유리여신

서희우 장편소설

下

유리여신 下

초판 1쇄 인쇄 2014년 11월 20일
초판 1쇄 발행 2014년 11월 27일

지은이 서희우
발행인 오영배
기획 박성인 **책임편집** 김규영
표지 · 본문 디자인 신경선
제작 김아름

펴낸곳 (주)삼양출판사 · 단글
주소 서울특별시 강북구 솔샘로67길 92
대표 전화 02-980-2112 **팩스** / 02-983-0660
출판등록 1999년 3월 11일 제9-00046호.

ISBN 978-89-542-4642-2 (04810) / 978-89-542-4640-8 (세트)

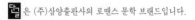 은 (주)삼양출판사의 로맨스 문학 브랜드입니다.

The Goddess of glass

유리여신

서희우 장편소설

下

단글

Contents

제9화
아카마츠 메이코

점심 식사를 마친 직장인들이 각자 제 사무실을 찾아 올라가는 시간.

성준은 L호텔 14층 비즈니스 컨퍼런스 룸에 혼자 있었다. 흰셔츠 소매를 접어 올린 채 무표정한 얼굴로 창을 응시하는 그의 양어깨는 잔뜩 굳어 있었다. 회의 테이블에는 서류들이 잔뜩 쌓여 있었고, 한쪽에는 그를 위해 준비된 간단한 샌드위치 접시가 놓여 있었다. 호텔 케이터링 서비스로 올려 온 먹음직스러운 BLT 샌드위치였지만 그는 접시에 손도 대지 않은 채 창밖만 바라보았다.

저쪽 어디였던 것 같다. 그 가게, 그 집.

며칠 후 혼자서 다시 찾아가 보려고 했지만 가짜만 놓여 있던 가게도 찾을 수 없었다. 주소를 적은 쪽지도 그녀가 가지고 있었고, 사내 뒤를 추격하듯 찾아간 빈집은 더더욱 찾을 수 없었다. 가까스로 기억을 더듬어 낙원상가 앞 돼지 냄새 나는 식당까지는 찾아볼 수 있었지만, 1시간 넘게 근처를 헤매도 그 빈집의 위치를 기억해 낼 수 없었다. 성준은 유난히 어두운 자신의 길눈을 탓했다.

아마 그녀는 찾아낼 수 있겠지. 길잡이 요정이니까.

얼어붙은 새벽 인사동의 좁은 길을 영양처럼 뛰어가던 그녀. 그녀의 날렵한 발걸음이 눈앞에 아른거렸다. 그녀는 바람에 실려 가듯 부드럽게, 그러나 생기 있게 걸었다. 자신의 커다란 손을 꼭 쥔 그 작은 손의 감촉이 생생했다. 부드럽고 가는 손가락, 흰 손목 밑으로 느껴지던 그녀의 맥박.

그는 그 순간 그녀가 살아 있음에 감사하고 있었던 것 같다는 생각이 들었다. 그리고 그녀와 떨어져 있는 지금 이 순간에도 그는 그것에 감사할 수 있기를 바랐다.

부디 그녀에게 아무 일도 없기를.

성준은 반협박조로 하나님께 애원하고 있었다.

그녀에게 연락이 닿지 않게 된 지 벌써 5일째. 하루에도 몇 번이나 휴대폰을 들었다가 다시 놓았다. 매일 아침 눈을 뜰 때마다 그녀에게 전화를 걸고 싶어 하는 자신을 억누르기 위해 한참 동안 눈을 감고 누워 있어야 했다. 밤늦게 차가운 호텔 룸에 돌아왔을 때, 그러한 욕망은 아침보다 더욱 심하게 불타올라 그를 괴롭혔다.

그녀와 닿고 싶다.

지금 그의 마음속에 낙인찍힌 단 한마디는 그것이었다. 그녀의 곁에 있고 싶다는 욕망. 그는 이런 느낌의 정체가 정확히 무엇인지 알 수 없었다. 이렇게까지 격렬한 감정을 느껴 본 적이 단 한 번도 없기 때문이었다.

성준은 늘 이성적이고 냉정한 편이었다. 어린 시절 교회를 다니면서 봉사활동이나 교회 내 소모임 등에 자주 참여하긴 했지만 어디까지나 교우 간의 친교였을 뿐, 가족 이외의 사람들에게는 언제나 적당한 거리를 두고 정중하게만 대했던 성준이었다. 심지어 그에겐 첫사랑조차 없었다. 외국에서 고등학교와 대학, 로스쿨을 다니면서 수차례 얼굴이 빨개진 여학생들의 고백을 받긴 했지만 매번 정중하게, 그러나 단호하게 거절했던 그였다. 성준이 이성에 대해 전혀 관심을 보이지 않자 그의 가족이 성준에게 무슨 문제가 있는 게 아닐까 걱정했을 정도였다.

성준 자신도 어쩌면 독신으로 생을 마감하게 될 운명인지도 모른다고 생각했다. 독신으로 사는 것도 나쁘지 않겠다는 생각이 점점 강해지고 있던 그 즈음, 그녀가 나타났다.

불안한 예지몽의 끝에 찾아온 사람. 그 악몽의 끝에서 걸어 나와 자신을 깨워 준 그녀.

온…… 온.

성준은 빈 겨울 하늘을 보며 그녀의 이름을 두어 번 되뇌어

보았다. 그녀를 본 순간 느꼈던 안도감. 그녀가 자신의 운명임을 자연스럽게 인지했던 바로 그 순간, 그 느낌을 성준은 평생 잊을 수 없을 것이다.

자신의 감은 눈 위로 관 뚜껑이 덮이는 순간까지, 아니, 어쩌면 그 이후까지 남을 강렬한 기억.

그는 자신이 느끼는 이 감정이 자기 여자를 지키고 싶어 하는 남자로서의 보호본능인지, 아니면 일종의 소유욕인지를 구분할 수 없었다. 어쩌면 이건 온이라는 여자를 향한 강렬한 성적 욕망일 수도 있다. 아니, 반대로 그저 순결한 애정인지도 모른다. 혹자는 그의 이러한 마음을 불꽃처럼 타오르는 열정이라고 부를 것이다.

그러나 이 감정을 정의하는 이름은 중요치 않다. 뭐라고 불러도 좋다. 중요한 것은 그녀를 향한 이 감정은 그가 살면서 한 번도 느껴 보지 못한 감정이라는 것, 그리고 앞으로 다른 누구에게서도 느끼지 못할 감정이라는 사실이었다.

성준은 이 순간이 그에게 주어진 단 한 번의 기회라고 생각했다.

이게 사랑이라면…… 이번이 그가 사랑을 할 수 있는 마지막 기회일 것이다. 다른 사람들은 평생에 몇 번씩 찾아온다는 기회. 그러나 그에게는 지금까지 없었던 기회들이 지금 이 순간에, 이 단 한 번에 집중된 것이다. 그의 예민한 감각이 그러한 운명을 감지해 냈다.

그러나 성준은 이 같은 자신의 운명이 불만스럽지 않았다. 이런 고통, 이런 갈망, 이런 기다림을 또다시 겪고 싶지 않았다. 다시 와서는 안 되는 감정들이다. 오직 그녀에게만 느끼고 싶은 감정이고, 그것으로 족했다.

이런 생각을 하며 성준은 빨갛게 충혈된 눈을 거칠게 비볐다. 그는 여전히 매일 밤 같은 꿈을 꾸고 있다. 잠을 자는 시간은 더욱 짧아져 하루에 두세 시간도 채 되지 않는다. 자는 시간이 짧아지는 것에 반비례하여 꿈의 강도는 점점 세지고 있었다. 꿈속에서 눈밭을 걸어가는 온의 걸음걸이는 더욱 가볍고 빨라졌으며, 그녀의 치마에서 떨어지는 핏방울은 밤이 지날수록 점점 선명해지는 것 같았다.

성준은 종로 거리에 늘어선 고층 빌딩들을 바라보며 피식 웃었다.

이런 게 사랑이라면 한 번만 하자.

두 번 했다간 바싹 마른 미라가 될지 몰라.

그때, 가볍게 노크 소리가 들리더니 성준이 등지고 선 출입문이 벌컥 열렸다.

"다녀왔습니다. 어……. 윤 변호사님, 식사 안 하셨네요?"

협상의 상대편인 모 기업의 실무진과 협상을 주재하는 성준을 돕기 위해 홍콩에서 건너온 스텝들이었다. 그들은 사이좋게 점심을 먹고 돌아온 참이었다.

성준은 다시 한 번 뻑뻑한 눈을 비비고 말없이 그들을 향해 돌아섰다. 그는 테이블 한쪽에 놓인 샌드위치를 거들떠보지도 않은 채 자리로 돌아가 앉았다. 그는 이 회의가 지겨워졌다. 빨리 끝내 버리고 호텔로 돌아가 좀 더 생각하고 싶었다.

그녀에 대해서, 그리고 그녀와 자신의 앞날에 대해서.

조금 전 먹은 점심을 천천히 소화시키면서 차라도 한잔하려던 사람들은 데이블에 앉은 성준의 냉엄한 분위기에 눌려 티테이블 근처에 가 보지도 못한 채 슬금슬금 눈치를 보며 회의 테이블 앞에 앉았다. 잠시 긴장된 침묵이 흐르고, 이윽고 성준이 냉소적인 목소리로 입을 열었다.

"오전 미팅은 시간 낭비였던 것 같습니다. 앞으로 2시간 안에 결론 내도록 하죠."

성준을 제외한 그 방에 있는 모든 사람들의 등줄기로 서늘한 땀방울이 흘렀다. 그리고 그중 몇 명은 방금 먹은 점심이 없히리란 걸 예감했다.

3시간 후, 성준은 호텔 룸으로 돌아와 재킷만 벗은 차림으로 침대 위에 누웠다. 그가 선언한 대로, 2시간 만에 회의는 마무리되었다.

대충 정리하고 돌아와 누운 지 30분째. 그의 몸은 쉬고 있었지만 그의 머리는 쉬고 있지 않았다.

성준은 호텔로 돌아오는 길에 아카마츠 회장에게 전화를 걸었다. 회장의 비서는 여느 때처럼 성준의 통화 요청에 침착하게 응대했다. 성준은 자신의 용무가 매우 중요한 일이며, 회장과 바로 연결이 되지 않는다면 자신이 맡은 이 일을 더 이상 진행시킬 수 없다는 점을 분명하게 전하라고 말했다. 비서는 잠시 후에 다시 전화를 드리겠다는 말을 남기고 예의 바르게 전화를 끊었다. 비서가 이 일에 대해 얼마나 알고 있는지 짐작할 수는 없었지만 성준은 일단 전에 없이 단호한 어조로 말해 두었다.

그로부터 1시간이 지난 지금까지도 회장의 전화는 걸려 오지 않았다.

회장이 연락해 오지 않는다고 해서 이 일을 마음대로 그만둘 수는 없다. 우선 이 일과 주식 인수 건은 긴밀하게 연결되어 있으며, 계약서에 최종 사인을 받기 위해서라도 회장과는 다시 만날 수밖에 없기 때문이다. 이상하다고 하면 이상할 수 있는 그의 부탁을 들어주기로 한 것도 다 계약 때문이었다.

그러나 그의 제안을 받아들이기 전까지 망설이지 않은 것은 아니다. 회장과 관련된 일련의 사건들이 어딘가 미심쩍은 느낌을 주었기 때문이다.

성준은 일본 굴지의 철강회사 회장이라는 그와의 첫 만남부터 미묘한 기운을 느꼈다. 날렵한 뱀의 눈을 떠올리게 만드는 눈동자. 작은 키에 마른 체구인 아카마츠 회장은 70대의 나이에도 불구하고 꽤나 강렬한 기운을 뿜어내고 있었다. 패전 후 혼란한 일본 사회에서 별다른 배경이나 자본 없이 성공한 자수성가형 인물이다.

맨손으로 일본 최고의 철강회사를 일궈 내기까지 그가 거쳐 온 지난한 세월들 때문일까. 그가 뿜어내는 아우라는 이유 없이 상대를 경직하게 만들었다.

조금이라도 틈을 보이면 상대를 한 번에 삼켜 버리는 보아뱀. 키 작은 노인의 주름진 얼굴과 왜소한 몸에서 뿜어져 나오는 분위기는 상대를 독사 앞에 놓인 토끼처럼 주눅 들게 만드는 무시무시한 것이었다. 그는 처음 만난 순간부터 성준의 뼛속까지 꿰뚫어 보려는 듯 유심히 관찰하는 시선을 보내왔다. 덩치가 회장의 두 배쯤 되는 성준까지도 긴장하게 만들었던 그 시선은 날카롭다 못해 섬뜩했다.

그러나 이 업계에서 산전수전을 다 겪어 온 성준이었다. 그는 회장의 시선에도 별다른 동요를 보이지 않았다. 한참 동안 성준을 노려보던 회장이 갑자기 희미한 미소를 지어 보였다. 그 웃음은 마치 '됐다!'라고 말하는 느낌이었다. 성준은 자신이 마음에 들어서였는지, 아니면 다른 무엇인가를 보았는지 도무지 모를 회장의 미묘한 웃음을 이해할 수 없었다.

이상하게도 그 이후로 계약은 일사천리였다. 희박한 가능성으로 참여했던 딜이 순조롭게 진행되었고, 성준의 능력에 대한 의뢰인의 신뢰는 더욱 깊어져 갔다. 마켓에 나와 있는 다른 회사들의 조건이 워낙 좋았기 때문에 굳이 성준 쪽 제안에 관심을 가질 이유가 없었음에도 불구하고, 회장은 최종적으로 성준의 의뢰인들을 택했다. 물론 인도 철강 쪽의 성장 가능성은 충분했지만, 역시 그렇게까지 딜이 순조롭게 진행되었던 건 이상한 일임이 틀림없다. 게다가 매번 성준을 만날 때마다 친근하게 말을 붙여 오는 회장의 태도에는 어딘지 석연찮은 구석이 있었다.

회장에 대한 생각으로 머릿속이 복잡해진 성준은 침대에서 일어나 셔츠의 단추를 몇 개 풀었다. 그리고 냉장고로 걸어가 생수를 한 병 꺼내 마셨다. 차가운 물을 들이켜며, 그는 회장의 집에 초대받았던 지난 가을을 떠올렸다. 그가 그날 회장의 집 후원에서 경험했던 그 일도 아카마츠 타츠야(赤松達也)라는 늙은이를 둘러싼 미묘한 답답함과 관련 있는 것임이 틀림없었다.

*　　　*　　　*

계약이 한창 진행되던 지난 가을의 어느 일요일 아침이었다. 예상하지 못한 전화 한 통이 성준의 휴대폰으로 걸려왔다. 회장이 직접 성준에게 전화를 한 것이다. 그때 성준은 얼마 남지 않은 검도 승단 시험을 준비하기 위해 아침 일찍부터 혼자 도장에 나와 있었다. 도쿄에 있는 동안 잠깐 빌린 맨션 근처에서 우연히 적당한 도장을 찾았고, 그곳에 다니기 시작한 지 얼마 되지 않은 때였다.

회장이 전화한 그때, 그는 막 연습을 마친 참이었다. 휴일 오전 갑자기 걸려온 회장의 전화에 성준은 당황한 기색을 보이지 않으려 노력하며 정중한 목소리로 답히 였다.

"회장님."

"윤 상, 일요일 아침인데 무엇을 하고 있습니까?"

"운동 중이었습니다."

"운동이라면……?"

"아, 검도 승단 시험을 준비하고 있어서…….”

"아, 윤 상이 검도를 하는 줄 몰랐군요. 정말 대단합니다."

"아뇨, 실력은 그다지…….”

회장의 갑작스러운 전화와 더욱 뜬금없는 칭찬에 성준은 능숙한 일본어로 응대하였다.

"윤 상, 혹시 괜찮다면 이따가 오후에 우리 집에 와 주겠습니까?"

"……네?"

"모처럼 날이 좋으니 우리 집 정원에서 차를 한잔하면 좋겠습니다."

누구라도 회장의 이 제안이 단순한 티타임 초대가 아니라는 것쯤은 알아차릴 수 있었을 것이다. 그러나 성준은 아무리 생각해도 회장과 단둘이 만날 이유를 찾아낼 수 없었다. 계약과 관련해서라면 회장이 자신에게 직접 할 말이 있을 리가 없다. 실무진과 지나칠 정도로 원활하게 소통이 되고 있었고, 그들은 이모든 것이 회장의 의사라는 것을 명확하게 밝혔다.

그렇다고 해서 그가 자신과 개인적으로 가깝게 지내고 싶어서 초대한 것 같지도 않았다. 일본 경제계의 거물인 회장이 한

낯 M&A를 전문으로 하는 한국계 국제 변호사와 개인적인 친분을 쌓고 싶어 할 이유가 없는 것이다. 업계에서 자신의 네임밸류가 빠른 속도로 높아지고 있긴 하지만, 역시 자택에까지 초대한다는 것은 이상한 일이었다. 그러나 성준은 휴대폰 너머에서 들려오는 차분한 회장의 목소리에서 어떠한 숨은 의도도 알아낼 수 없었다.

전형적인 일본인이군. 그렇다면 나도 전형적으로 반응해 주지.

이런 생각으로 성준은 순순히 그의 초대를 받아들였다.

그로부터 4시간 후, 도쿄 도심에 있는 성준의 맨션 앞에 회장이 보낸 검은 세단이 도착했다. 성준을 태운 차는 오오타구(大田區)의 덴엔쵸후(田園調布)로 향했다. 도쿄 외곽에 있는 덴엔쵸후는 일본 부촌의 대명사로, 녹지가 많은 주택단지다.

차에서 내려 대문을 지나 집까지 걸어가면서 성준은 잘 가꾸어진 정원의 크기에 내심 놀랐다. 덴엔쵸후에 이 정도 규모의 집을 갖는 것은 웬만한 재력으로는 불가능하다.

정문에서 천천히 걸어 현관 앞까지 가자 여자 한 명과 메이드복을 입은 가정부 한 명이 문 앞에 나와 성준을 맞이했다.

175센티미터는 족히 넘을 것 같아 보이는 여자는 날카로운 인상의 젊은 미인이었다. 에도시대 일본의 풍속을 그린 우키요에(浮世繪)에서 방금 막 걸어 나온 것 같은 고전적인 얼굴이었다. 길게 찢어진 눈, 붉은 입술, 흰 얼굴. 화려한 기모노 대신 검은 정장을 입고 있었지만 서양의 시선으로 보았을 때 전형적인 일본 여성이라고 부를 만한 얼굴이었다.

"어서 오십시오. 저는 회장님의 수행비서 중 하나인 요시하라 유진입니다."

가느다랗고 높은 목소리로 요시하라가 정중히 인사를 건넸다.

"처음 뵙겠습니다. 윤성준입니다."

"회장님께서는 잠시 급한 일로 출타를 하셨는데, 아직 돌아오지 않으셨습니다. 안에서 기다려 달라는 말씀을 남기셨습니다."

"네. 그럼."

성준은 가정부의 깍듯한 안내를 받아 집 안으로 들어섰다. 집은 목조 단층 건물로, 일본 전통 가옥의 구조를 따르고 있는 것처럼 보이나 일부는 현대식과 절충한 듯했다. 집의 규모는 한눈에도 꽤나 커 보여서 처음 들어선 성준에게는 미궁처럼 느껴질 정도였다. 집 가운데에는 멋지게 단장한 중정(中庭)을 두고 있었고, 중정을 둘러싼 복도마다 윤이 나는 나무가 깔려 있었다.

그들은 미로 같은 복도를 지나 방 앞에 섰다. 가정부가 정중하게 무릎을 꿇고 미닫이문을 천천히 열었다.

문 안의 방은 다다미 10조 정도 넓이의 큰 공간이었다. 방 한가운데에는 방석이 두 개 놓여 있었고, 방 반대편에는 정원 쪽으로 난 미닫이문이 활짝 열려 있었다.

문을 통해 늦가을 정원의 아름다운 경치가 한눈에 들어왔다. 방 바로 앞에는 작은 연못이 있었고, 그 옆에 집 뒤쪽으로 이어져 있는 듯한 오솔길이 나 있었다. 오솔길에는 붉은 단풍이 점점이 떨어져 있어 일본식 정원의 운치 있는 모습이 잘 구현되어 있었다.

잠시 후, 가정부가 차와 화과자를 올린 찻상을 들여왔고 성준은 홀로 정원을 감상하며 차를 마셨다. 그런데 차를 다 마셨을 때쯤, 회장의 집에 도착한 지 30분이 지날 때까지도 회장은 등장하지 않았다. 잠시 후, 요시하라가 공손히 방문을 열고 무릎을 꿇은 채 회장의 말을 전했다.

"회장님께서 돌아오시는 길이 막혀 늦어지신다고……."

"아, 그럼 조금 더 기다리지요."

"괜찮으시다면 밖에 나가서서 정원 구경을 하시는 게 어떻겠습니까?"

"그럴까요."

요시하라가 싱긋 웃었다. 그렇잖아도 가느다란 눈이 더욱 길게 찢어졌다. 그녀의 안내에 따라 집 밖으로 나선 성준은 먼저 연못 안을 들여다보았다.

"혼자서 천천히 둘러봐 주시겠습니까? 회장님께서 돌아오시면 사람을 시켜 알려 드리겠습니다."

"그래도 될까요?"

"물론입니다. 편하게 즐겨 주세요."

요시하라는 이번에도 가느다란 눈웃음을 지으며 가볍게 목
례를 한 후 성준을 정원에 남겨 두고 돌아갔다. 허락도 받았겠
다, 성준은 여유를 가지고 천천히 부호의 정원을 돌아 보기로
했다.

　아카마츠 회장의 정원은 생각보다 넓었다. 특히 집 뒤쪽으로
나 있는 후원은 작은 언덕과 연결되어 있어 나무들이 끝없이 우
거진 것처럼 보였다. 정원의 깊숙한 곳으로 이어지는 좁은 오솔
길 중간중간에는 일본식 석등과 분재된 소나무들이 멋스럽게
배치되어 있었다. 성준은 천천히 정원을 완상하며 오솔길 주변
의 나무들을 살펴보기도 하고 군데군데 놓여 있는 섬세한 조각
들을 만져 보기도 했다.

　그렇게 후원의 깊숙한 곳까지 들어왔다 싶었을 때, 우거진 나
무 아래에 자리한 단칸짜리 암자가 성준의 눈에 띄었다. 오솔길
에 닿아 있지도 않으며 울창한 나무들 사이에 숨어 있는 것처럼
외따로 서 있는 초암(草庵)은 마치 주인이 조심스럽게 감추어
둔 비밀의 공간처럼 보였다.

　'이 집의 다실인가……'

　일본의 전통 가옥에서 집과 떨어진 곳에 단칸짜리 다실을 두
는 것은 이상한 일이 아니었다. 성준은 조심스럽게 암자 쪽으로
다가섰다. 근처 어디선가 희미하게 향냄새가 나는 것 같았지만
그는 착각이라고 생각했다.

　그런데 가까이서 보니 다실치고는 이상했다. 손님과 다실을

이어 주는 길인 노지(露地)도 없이 오히려 세상으로부터 이 건물을 철저히 숨기려는 듯한 위치에다, 전통적인 초암다실의 입구인 니지리구치(躙口)도 보이지 않았다. 창문은 높은 곳에 작게 나 있었는데 그마저도 나뭇잎에 가려 잘 보이지 않았다. 창문 반대편으로 나 있는 출입문은 불투명한 유리 미닫이로 되어 있었다.

'그냥 창고인가?'

성준은 문 앞에서 잠시 망설였다. 정원을 둘러보는 것을 허락받았지만 아무 곳에나 들어가도 된다고 허락받은 건 아니다. 이 문을 여는 건 역시 실례가 될 것 같았다.

그러나 한편으로 이 문을 열고 안에 무엇이 있는지 알아보고 싶다는 마음도 들었다. 이 작은 집은 기묘하게 그를 끌어당기고 있었다.

성준은 조심스럽게 문의 손잡이를 잡았다. 그리고 천천히 손을 움직여 문을 오른쪽으로 밀었다.

덜컹.

미닫이문이 소리를 내며 무겁게 열렸다. 2센티미터쯤 틈이 생기자 성준은 손을 멈췄다. 이 문을 활짝 열어 버리면 정말로 이 초암을 범한 것같이 느껴질 것 같아 문을 더 열기가 꺼려졌다.

성준은 천천히 문틈으로 안쪽을 들여다보았다. 그가 문틈에 얼굴을 가져갔을 때 처음 느낀 것은 희미한 향내와 소독약 냄새였다. 아까 그가 맡았던 향내는 여기서 피어올랐던 것이었다. 더불어 포름알데히드 같은 냄새도 같이 느껴졌다. 예민한 코와는 달리 대낮의 밝은 빛에 익숙한 성준의 눈은 처음에는 어두운 집 안쪽을 식별하지 못했다. 그러나 차차 어둠에 익숙해지면서 몇 가지 물체를 식별할 수 있게 되었다.

가장 먼저 성준의 시선을 잡아 끈 것은 방 한가운데 놓여 있는 커다란 물체였다. 한 칸짜리 다다미방 중앙에는 기다란 물체가 놓여 있었다. 150센티미터쯤 되는 그 물체는 어둠 속에서 희미하게 빛나는 흰색 천에 덮여 있었다. 성준은 그 물체를 유심히 들여다보았다. 자세히 보니 물체의 아래에는 이부자리가 깔려 있었고, 물체를 감은 흰 천은 아무래도 이불인 것 같았다.

'뭐지? 사람이 자고 있는 건가?'

알 수 없는 섬뜩함에 소름이 돋았다. 저게 사람이라면 불도 켜지 않은 어두침침한 방에 홀로 이불을 머리까지 뒤집어쓴 채 누워 있는 것이다. 성준은 구석으로 눈을 돌렸다. 방 한쪽에는 불단이 놓여 있었다. 그러나 여느 일본 가정의 평범한 불단과는 달리 울긋불긋한 그림 몇 폭이 단 위쪽에 걸려 있었다. 불단에는 향 한 대가 가느다란 연기를 피우며 타고 있었다.

사람이 누워 있는 방에 불단만 있다니…….

그런데 만약 사람이 아니라면……?

성준은 문을 활짝 열고 들어가 물체를 덮고 있는 흰 천을 들춰 보아야 할지, 아니면 여기서 그만 문을 닫고 아무것도 보지 못한 척하며 본채로 돌아가는 것이 좋을지 몰라 잠시 망설였다.

"들어가고 싶어요?"

갑자기 등 뒤에서 들린 목소리에 성준의 온몸이 얼어붙었다. 크게 놀란 성준은 몸을 휙 돌려 뒤쪽을 살폈다.

거기에는 어린 소녀 한 명이 서 있었다. 앙증맞은 앞머리를 늘어트린 소녀는 빨간 멜빵 원피스를 입고 석상처럼 굳어 버린 성준을 바라보고 있었다. 열 살이나 되었을까. 성준은 그 나이를 가늠할 수 없었다.

성준은 뭐라고 해야 할지 몰라 말문이 막힌 채 그대로 서 있었다. 남의 집, 그것도 아카마츠 회장의 집 은밀한 후원을 제멋대로 휘젓고 다닌 것도 무례이거니와, 그곳에서 다시 숨겨진 공간을 제멋대로 열어젖힌 무도한 침입자라는 걸 저 작은 소녀에게 들켜 버린 꼴이다.

성준의 마음을 아는지 모르는지, 소녀는 성준의 얼굴을 몽롱한 표정으로 쳐다보고 있었다.

"너는 누구니?"

성준이 천천히 묻자 소녀는 미소 지었다. 어딘가 몽환적인 구석이 있는 얼굴이었다. 가무잡잡한 얼굴엔 뜻 모를 기운이 어려 있었다.

"알아볼 수 있는 사람이잖아요, 당신."

소녀는 성준의 질문을 무시한 채 계속 알 수 없는 말만 했다. 차라리 낯선 사람이 제 집을 침입했다고 고래고래 소리를 질렀다면 지금보다는 마음이 편했을 것이다. 무엇인가에 씐 것 같은 몽롱한 표정은 그를 더욱 불안하고 당황하게 만들었다. 성준은 더 이상 대꾸하지 않고 황급히 그 자리를 떠났다. 빠른 걸음으로 뒤도 한 번 돌아보지 않고 본채 현관으로 돌아오고 나서야 그는 비로소 자신의 심장이 미친 듯이 뛰고 있다는 것을 깨달았다.

성준은 조금 전 자신이 한 행동을 이해할 수 없었다. 아니, 유리문을 열어서 안을 들여다보려고 했던 시도 자체가 그답지 않았다. 조그만 여자아이에게 놀라 말 한 마디 제대로 못 하고 도망친 것은 더더욱.

갑자기 왜 이런 일을 저질러 버린 것인가. 미친 것처럼.

성준은 평정심을 잃어버린 스스로에게 짜증이 일었다. 그때, 요시하라가 본채에서 나와 그에게 공손히 전화를 건넸다. 회장의 전화였다. 회장은 갑자기 일이 생겨서 나왔는데 돌아가는 일이 여의치 않다며 오늘은 만나기 어렵게 되었으니 다른 날에 따로 다시 만나자고 했다. 한시라도 빨리 이 집에서 벗어나고 싶었던 성준은 흔쾌히 그러겠다고 말하고 서둘러 돌아갈 채비를 했다. 이 집을 감싸고 있는 알 수 없는 기운이 그를 불안하게 했고, 그를 그답지 않게 만들었다.

요시하라는 정문까지 따라 나와 그를 배웅했다. 이 여자는 성준의 기분 변화에 대해서는 조금도 눈치채지 못한 모양이었다. 아니, 어쩌면 그가 후원의 초암에 침입했다는 사실을 소녀에게 전해 들었음에도 일본인답게 모른 척하고 있는 것일 수도 있다. 그런 생각이 들자 성준은 더욱 짜증이 났다. 성준은 불편한 마음을 억지로 숨기며 정중히 인사를 한 뒤 대기하고 있던 차에 올라탔다. 모퉁이를 돌아 회장의 저택이 시야에서 사라지자 성준은 비로소 크게 숨을 내쉴 수 있었다.

그날 그곳에서 보고 만난 모든 것, 모든 사람이 성준에게 알 수 없는 불안감을 안겨 주었다. 그것은 성준이 처음 겪어 보는 종류의 감정이었다. 그런데 이같이 기분 나쁜 느낌은 아카마츠 회장과의 만남이 연이어지며 더욱 강해졌다.

성준은 불상을 가져와 달라고 부탁하던 회장의 얼굴, 표정을 또렷하게 기억하고 있다. 뱀처럼 무언가를 숨기고 있는 듯한 눈빛, 독기 어린 안색이 더욱 짙어져 있던 것 같기도 했다.

지시에 가까운 회장의 부탁을 수행하기 위해 한국에 들어왔지만 줄곧 그의 마음 한편에 자리하고 있는 뜻 모를 불안감은 결코 사라지지 않았다. 그리고 그녀를 잃을 뻔한 종로에서의 그날 밤 이후, 성준의 불안감과 의혹은 점점 커져만 가고 있었다.

*   *   *

늦은 오후의 햇빛이 호텔 룸의 넓은 창 안으로 쏟아지고 있었다. 성준은 반 이상 차 있는 생수병을 천천히 돌리며 푹신한 소파에 기내앉아 깊은 생각에 잠겼다.

회장에 대한 성준의 의혹을 더욱 증폭시킨 것은 그날 밤 그녀가 한 행동들이었다. 종로의 빈집으로 찾아갈 때까지, 그녀는 평소와 다름없었다.

그러나 그 석상…… 그 석상을 본 이후 분명 그녀의 얼굴은 하얗게 질려 있었다. 그 표정, 그 떨림은 평소 침착하고 조심성 많은 현온이 보일 만한 반응이 아니었다.

갑자기 등장한 정체 모를 소녀와의 대화도 이해할 수 없는 것이긴 마찬가지였다. 분명 그 여자아이는 온을 알고 있었다. 그녀는 소녀의 말에 대꾸하진 않았지만 그 여자애는 온에게 심한 적대감을 보였다.

그리고 무엇보다 그 커다란 호랑이……. 그녀 스스로가 호랑이와 함께 있겠다고 결정하고 문을 닫은 후 단 1분도 지나지 않아 온과 호랑이는 신기루처럼 사라져 버렸다. 자신 앞에서 닫아 버린 문, 닫히던 문 사이로 엿보였던 그녀의 표정. 그 얼굴에 어린 감정은 두려움이 아니었다. 그것은 체념…… 아니, 슬픔이었던 것 같다. 마지막에 보았던 온의 표정이 계속해서 그의 머리를 어지럽혔다.

사흘 뒤 새벽녘에 전화를 걸었을 때는 다시 평소의 그녀처럼 담담한 목소리였지만, 더 이상 자신을 만나지 않겠다는 차분한 선언은 그로서는 납득할 수 없는 것이었다.

이 모든 상황, 즉 아카마츠 회장과 관련된 이상한 느낌, 회장의 석상 구매 부탁, 정체를 알 수 없는 호랑이와 소녀의 난입,

도망쳐 버리거나 죽어 버린 석상 판매인들, 그리고 그 모든 것에 대해 순응하는 것처럼 보이는 그녀. 그것들이 지난 며칠 동안 성준의 머릿속을 복잡하게 했다.

그러나 M&A의 귀재라고 불리며 냉철한 문제 해결 능력을 가진 성준은 곧 상황을 정리해서 이해하기 시작했다. 주어진 단서들을 종합하여 그가 내린 결론은 비교적 간단한 것이었다.

첫째, 회장이 맡긴 이 일은 그저 그런 문화재 대리구매 건이 아니라는 것. 둘째, 호랑이와 소녀는 회장처럼 석상을 찾아왔으며 그날도 석상을 가진 자를 쫓아왔다는 것.

그리고 마지막으로, 그가 사랑하게 된 여자가 이 기묘한 사건에 깊게 연루되어 있다는 것.

생수병을 돌리던 성준의 손이 멈췄다.

그 꿈. 그 꿈이 강해지고 있는 것이 혹시 이것과 관련 있는 걸까. 그 맹수가, 아니, 이 사건과 관계된 어떤 인간이 그녀를 해친다면…….

그런 생각이 들자 몸속 깊은 곳에서 고통이 솟구쳐 올라왔다. 성준은 자신도 모르게 생수병을 꽉 움켜쥐었다. 우그러진 물병에서 물이 새어 나와 그의 손을 적시고 카펫 위로 떨어졌다.

해가 진 후, 한참 동안 어두운 표정으로 소파에 앉아 있던 성준은 천천히 전화기를 들어 홍콩에 있는 그의 어시스턴트에게 전화를 걸었다. 굳은 얼굴로 무언가를 지시한 성준은 전화를 끊은 후 재킷을 걸쳐 입고 호텔 룸을 나섰다. 성준은 긴장된 얼굴로 차를 몰아 서서히 시작되고 있는 퇴근길 정체 행렬 사이로 접어들었다.

*   *   *

연구실 시계가 10시를 가리키자 온은 기지개를 켜고 일어났다. 정신을 차려 보니 방 안이 싸늘했다. 공부에 집중한 탓인지 타이머를 맞춰 놓은 온풍기가 꺼진 줄도 모르고 있었다. 다들 일찍 집에 돌아갔기 때문에 연구실에는 그녀 혼자였다.

오늘은 그동안 밀린 학회 간사 일과 전공 관련 공부를 다 해 치웠다. 그녀는 후배가 사다 준 샌드위치로 점심도 대충 해결한 채 하루 종일 연구실에 앉아 있었다. 화장실에 가는 시간을 제외하고는 한시도 쉬지 않은 것이다. 그렇게 몰두하니 대략 정리가 되는 것 같았다. 그러나 지난 며칠 동안 책상에 앉지 못했기 때문에 박 교수님이 부탁한 자료 정리나 학위논문과 관련된 공부들은 여전히 잔뜩 쌓여 있는 상태였다.

온은 하품을 하며 가방을 챙겼다. 몸이 의자 모양으로 굳어 있다가 펴지니 뼈마디 곳곳이 쑤셔 왔다. 며칠째 제대로 자지 못했다. 오늘은 집에 가서 편하게 자야겠다고 생각하는 그녀였다.

현백의 집에 갔던 날, 그녀는 벽난로 앞에서 깜빡 잠이 들었다가 새벽녘에 깨어났다. 가스 벽난로의 불은 여전히 잔잔하게 타오르고 있었고, 그녀의 머리맡에는 현백이 웅크린 채 자고 있었다. 희미한 불빛 아래 현백의 깎은 듯 아름다운 얼굴이 한없이 연약해 보였다.

온은 말없이 자신이 덮고 있던 담요를 현백의 몸에 덮어 주었다. 그리고 소리 없이 집을 빠져나와 첫차를 타고 자신의 원룸으로 돌아왔던 것이다.

그리고 어제와 그제, 그녀는 하루 종일 여신과 관련된 자료를 찾아보았다. 밤늦게까지 혜연이 보내 준 논문들과 구비설화, 서사무가의 채록본들을 천천히 살펴보며 그녀는 자신의 마음이 차분하게 가라앉는 것을 느꼈다. 그건 아마도 그녀 속에 내재된 학자 기질 때문일 것이다.

종이 위에 인쇄된 글자를 읽고 두꺼운 도록을 펼쳐보면 늘 마음이 편안해졌다. 무엇보다 오래된 예술품을 볼 때 설레는 마음이 그녀를 계속 공부하게 만들었다. 마찬가지로 그녀의 어머니, 그녀의 이모들의 존재를 활자와 그림을 통해서 이렇게 확인하자 어쩐지 마음이 안정되는 것 같았다.

모든 것이 실재하는 것이라면 자신도 이제 그 운명이 시키는 대로 해야 하는 게 아닐까.

온은 책장을 한 장 한 장 넘기며 그런 생각을 한 것이었다.

잠시 후, 온은 건물 밖으로 나왔다. 버스 정류장까지는 한참 걸어 내려가야 한다. 뒤쪽에서 거센 바람이 불어왔다. 학교는 산 속에 있어서 서울 시내 평균 기온보다 언제나 2, 3도 정도 낮은 편이다. 출발하기 전 확인한 스마트폰 어플에서 오늘 밤 서울에 함박눈이 내린다는 예보를 보았었다. 올 겨울은 유난히 눈이 많이 온다.

혜연과 진승 선배의 연구실이 있는 건물 앞을 지나자 바람이 더욱 거세게 불어왔다. 혜연은 논문 목록들과 함께 짤막한 메일도 보내왔다.

더 필요한 책이 있으면 알려 줘. 우리 연구실에 대부분 있을 테니 빌려 줄게. 영등할망에 대해서는 내가 아는 게 많이 없어서 일단 논문만 몇 편 찾아서 메일에 첨부한다. 네가 알고 싶은 건 제주 쪽 전설이나 영등제 풍속인 것 같은데, 맞니? 너도 알다시피 제주 신화나 무속은 완전히 다른 세상이니까. 학부 때 민속학 시간에도 제주는 1/100도 못 보고 끝낸 거라고 최 교수님께서 그러셨던 거 기억해? 만약 정말 그 부분이 필요하다고 하면 내가 제주 신화 연구자나 영등제에 대해 알 만한 사람을 따로 알아봐서 소개해 줄게. 다시 말해 줘.

그리고 혜연은 메일 말미에 이렇게 덧붙였다.

진승 오빠도 나도 너 걱정 많이 해. 얼굴이 그게 뭐냐. 학기 시작하기 전에 같이 맛있는 거 먹으러 가자구!

그녀는 혜연의 애정 어린 편지를 읽으며 희미하게 미소 지었다. 그러나 그들에게는 아무 말도 할 수 없다. 세상 누구에게도 말할 수 없는 비밀이 자신에게도 생겨 버렸다.

온은 혜연이 보내 준 영등할망 관련 자료를 보면서 마음 한쪽에 밀어 놓고 있던 엄마 생각이 떠오르는 것을 막을 수 없었다. 산청에서 헤어진 뒤로 엄마에게 전화 한 통 하지 않았다. 온은 의식적으로 엄마에 대해 생각하지 않으려고 했다.

어쩌면 엄마를 원망하고 있는지도 모른다. 하지만 엄마가 보고 싶었다. 그녀는 갈팡질팡하는 자신의 마음을 알 수 없었다.

꽃상을 찾으면 다시 평범한 사람처럼 살 수 있을까.

이 무의미한 질문을 스스로에게 여러 번 되물어 보았다. 산청이모는 다시 인간으로 살라고 말했지만 온은 자신이 없었다. 꽃상을 찾아도 엄마는 여전히 여신이며, 이제 자신은 신들의 세계에서 벗어날 수 없게 되었다. 더 이상 '외면하고 살면 그뿐'이 될 수 없는 일인 것이다.

그녀는 그 비밀 때문에 시작하려던 사랑도 스스로 놓아 버렸으며, 언제나 혼자였던 현온은 이제 정말 혼자가 되고 말았다.

산 속에서 내려오는 찬바람을 맞으며 그녀는 가로등 불빛 아래로 천천히 걸어갔다. 그녀의 외로운 가슴으로 무섭게 스며드는 바람이었다. 온은 코트 깃을 여미며 핸드백과 자료가 든 보조가방을 꼭 쥐었다.

바람을 따라 이느새 하나둘 눈송이가 떨어졌다. 웬일로 일기

예보가 맞는 모양이다. 온은 자신의 작은 펌프스 구두 끝을 보며 천천히 걸었다. 부드럽게 날리는 눈발을 보자 문득 비행기 안에서 그녀의 눈길을 끌었던 성준의 흰 셔츠 깃이 떠올랐다. 눈부시게 하얀 셔츠 칼라가.

그녀는 산청에서 돌아온 날 자신을 지탱해 준 넓은 어깨와 떨리는 몸을 포근히 안아 주었던 가슴, 그리고 자신에게 입맞춤하던 그의 따뜻한 입술도 떠올렸다. 인사동 거리에서 자신의 손을 맞잡았던 커다랗고 따뜻한 손의 느낌은 지금도 그녀의 피부에 남아 있다.

하지만 이제 그는 그녀 곁에 없다.

그것이 눈처럼 차가운 현실이다.

그녀는 끊임없이 밀려드는 엄마와 성준에 대한 생각을 지우려 고개를 거칠게 흔들었다. 그런 절실한 노력에도 불구하고 저 길 끝 가로등 아래에 성준이 서 있는 것만 같았다. 온은 눈을 질끈 감았다. 그리고 바람을 피하듯, 기억을 피하듯 제 발끝만 보며 걸음을 옮겼다.

"나 좀 봐요."

바람과 함께 그녀의 품으로 날아든 그 목소리를 들은 순간, 그녀는 자신의 몸이 무너지는 것 같은 기분을 느꼈다. 온은 천천히 발끝을 향하고 있던 시선을 들어 자신의 팔목을 잡고 있는 커다란 손을 바라보았다. 그리고 다시 고개를 들어 그 손의 주인을 멍하니 쳐다보았다.

점점 굵어지는 눈발 속에 처음 만났을 때 입었던 그 낙타색 코트를 입은 성준이 서 있었다.

착각이 아니었다. 환상이 아니었던 것이다.

두 사람은 한동안 아무런 말도 없이 그렇게 서로를 바라보고만 있었다. 온은 멍한 표정으로 그를 보고 있다가 천천히 그의 팔을 뿌리치고 걸어 나갔다. 그러나 그녀를 놓칠 성준이 아니었다.

"온."

온은 아무것도 못 본 것처럼 길을 걷기 시작했다. 걸음걸이에 속력을 내려는 기색이 보이자 성준이 힘을 주어 다시 그녀의 손목을 잡아챘다.

"나 좀 보라구, 이 여자야!"

그의 힘에 걸음을 멈추긴 했지만 온은 여전히 그에게 고개를 돌리지 않았다. 그녀는 그저 그 자리에 서서 눈을 꼭 감았을 뿐이다.

잠시 후, 천천히 눈을 뜬 그녀의 얼굴에는 아무런 표정도 남아 있지 않았다. 성준은 그런 온의 옆얼굴을 강렬한 눈빛으로 응시하고 있었다.

"가세요."

"나 봐요. 보고 이야기해."

"다, 다시 만나고 싶지 않다고 했, 했잖아요."

추위 때문이라고, 그래서 말을 더듬는 거라고 그녀는 맘속으로 속삭였다. 스스로도 거짓임을 아는 무력한 변명.

"나한테 할 말 없어요?"

"없어요."

"나한테 숨기는 게 있잖아."

놀라서 커진 눈으로 그녀가 그의 얼굴을 바라보았다.

"그날 일…… 그 석상과 당신이 관련되어 있다는 거 알아."

순간, 그녀의 몸이 얼어붙었다. 그러나 성준의 얼굴에는 아무런 표정도 없었다. 그는 그저 강인한 눈빛으로 그녀의 두 눈을 응시하고 있을 뿐이었다.

그가 눈치채고 있었던 걸까. 어디까지 알고 있는 걸까. 온은 공포에 휩싸였다. 그가 다 안다면 자신은 어떻게 해야 하는 걸까.

"운명이라는 거, 믿어요?"

그녀는 심장이 멈추는 것 같았다. 지난 한 달 남짓 그녀의 가슴을 가득 채우고 있는 그 말. 운명.

"그날 당신과 내가 본 것들, 아니, 처음부터 내가 그 석상 때문에 한국으로 들어오게 된 것, 당신이 내 옆자리에 앉게 된 것. 그 모든 게 뭐라고 생각해요?"

온은 입술을 떨며 성준의 말을 듣기만 했다.

"난 말이에요, 그게 운명이라고 생각하기도 하고, 또 운명이 아니라고 생각하기도 해요."

"무슨…… 말이에요?"

"난 크리스천이었소. 지금은 길을…… 잃었지만. 그래도 말이에요, 지금 나는 나를 지켜보는 신을 믿어요. 그 커다란 손이 모든 위험한 일들에서, 고난과 고통에서 나를 덮어 주시길 매일 기도한다고. 길을 잃어버린 이런 나라고 해도 그분이 지켜 주길 바라."

그가 부드럽게 그녀를 돌려세웠다. 비로소 성준의 얼굴에 그녀를 향한 감정이 드러났다.

"난 모든 게 그분의 뜻이라고 믿고 있어요. 당신과 내가 겪은 일들, 그리고……."

그는 말을 잠깐 멈췄다. 그의 마음속에 그녀의 죽음을 예언하는 꿈속 영상이 아프게 지나갔다. 성준은 힘겹게 말을 이어갔다.

"그리고 앞으로 겪게 될 일 모두…… 난 그분의 뜻이라고 생각해."

온은 힘겹게 자신의 어깨를 잡은 그의 손을 떼어 내려고 했다. 그러나 그의 커다란 손은 꿈쩍도 하지 않았다. 그녀는 자신이 이제 한계에 다다랐다는 걸 깨달았다. 빨리 그에게서 벗어나지 않으면 안 된다.

"윤성준 씨."

그녀가 힘없이 그의 이름을 불렀다. 그녀의 목소리는 지금 펄펄 내리고 있는 눈에 젖어 버린 것처럼 무거웠다.

"그만둬요. 그런 말, 구태의연해."

"당신한테는 구태의연할지 몰라도 나한테는 안 그래. 난 매 순간 하나님께서 그분의 마음을 돌이키시기를 피를 토하는 심정으로 기도하고 있다구."

성준의 목소리가 격하게 떨렸다. 이 커다란 남자가, 이 거친 사람이 흔들리고 있었다. 더불어 온의 가슴도 무너지기 직전이었다.

"제발…… 돌아가면 안 돼요? 이 일 그만두고 돌아가면 안 되는 거예요?"

성준은 온의 눈에 눈물이 맺히는 걸 보았다. 그의 가슴이 칼에 찔린 듯 아파왔다.

"왜?"

그의 물음에 온은 아무런 말이 없었다.

"내가 위험해질 것 같아서?"

온은 눈물이 떨어지기 직전 고개를 돌렸다. 그에게 이런 모습을 보여 주고 싶지 않았다. 조금 더 단단한 자신을 보여 주고 싶었다.

이게 마지막이라면.

"내게 그런 말 하는 당신 마음, 내가 잘 알아."

성준이 온의 뺨을 부드럽게 쓸었다. 흘러내려 버린 눈물을 그의 긴 손가락이 닦아 냈다. 눈이 내리는 가로등 아래에서 그녀의 얼굴을 어루만지는 그의 손가락이 따뜻했다.

"내 마음이 그러니까. 나도 당신이 위험한 게 싫어."

그가 천천히 그녀를 끌어당겨 안았다. 부드러운 눈발이 두 사람의 머리와 옷자락 위로 떨어졌다. 성준의 품에 힘없이 안기며 온은 생각했다.

이 눈이 언제까지 올까. 이 눈이 그치면 우리는 어떻게 되는 걸까.

"믿지 않을지 모르지만 난 오랫동안 당신에 대한 꿈을 꿔 왔소. 내가 그날 본 일 때문에 혼란스러워 할까 봐 걱정하지 말아요. 난 아주 오랫동안 그런 일들을 겪었던 사람이니까. 별로 놀라지 않았어."

성준의 품에 무기력하게 안겨 있던 온은 혼란스러운 마음을 가눌 수 없었다. 지금 그는 그날 그 집에서 본 모든 것에 놀라지 않았다고 말하고 있었다.

어떻게 그럴 수 있을까. 그는 지금 무슨 말을 하는 것일까.

"내게 당신이 알고 있는 걸 다 말해 주면 좋겠지만…… 괜찮아요. 말하지 않아도 괜찮아."

산청에서 돌아온 날 그의 호텔 룸에서 그랬던 것처럼, 그는 다시 괜찮다고 말하는 것이다. 그녀가 숨기고 있는 것들을 듣지 않아도 괜찮다고. 도대체 이 남자의 이해심은 어디까지일까. 온은 눈물이 가슴에서부터 차오르는 것을 느끼며 눈을 꼭 감았다.

"그러니까 날 밀어내지 마. 내가 당신을 지켜볼 수 있게…… 내 곁에 붙어 있어. 내가 당신을 지켜 줄 수 있게."

자신을 지켜 준다는 말에 기어이 그녀의 가슴이 무너져 내렸다. 어릴 때부터 늘 혼자였던 그녀였다. 그녀와 엄마를 지켜 주어야 하는 아버지는 처음부터 없었다. 청초한 붓꽃처럼 말없이 앉아 있는 어머니는 다른 엄마들처럼 살갑지 않았고, 온은 누구에게든 언제나 '혼자서도 괜찮다'고 말해 왔다. 그래야 했다.

하지만 이제 그녀는 혼자서는 괜찮지 않았다. 성준을 만나고 난 다음부터 혼자서는 괜찮고 싶지 않았다. 그와 함께하고 싶었다. 그가 지켜 주는 안온한 울타리 안에서 오랫동안 그렇게 살고 싶었다.

이 모든 일이 끝나면 다시 이 사람과 함께할 수 있을까.

나는 그래도 될까.

스스로를 향한 질문이 채 끝나기도 전에 온의 가슴은 그러고 싶다고, 다시는 이 사람을 놓치고 싶지 않다고 외치고 있었다.

"내가 당신을 알아."

성준이 낮은 목소리로 말했다. 그는 한 손으로 그녀를 안고 다른 한 손으로는 그녀의 긴 머리카락을 쓰다듬었다.

"당신을 안다는 게 무슨 뜻인지 알아요? 그건 당신에게 어떤 일이 있었는지, 당신이 어떤 사람인지 안다는 말이 아니야. 당신을 안다는 건 현온이라는 여자의 모든 걸 받아들이겠다는 말이야. 당신의 모든 걸 그대로 안고 가겠다는 말이라구."

성준은 온의 머리카락에 부드럽게 입 맞췄다.

"책임감 없이 하는 말 아니에요. 지금 당신이란 사람한테 미쳐서, 순간 타오르는 열정에 눈이 멀어서 하는 말, 그런 흔한 약속 아니야."

성준은 이제 속삭이고 있었다. 감정이 북받쳐 올라왔는지 그의 저음이 떨리고 있었다.

"살면서 한 번도 해 본 적 없는 약속이야. 다른 사람에게 다시 하지 않을 약속이고……."

성준은 눈을 감은 채 다시 그녀의 관자놀이에 입 맞췄다. 그의 눈가에도 눈물이 맺혔다.

"그분이 끝내 그 뜻을 돌이키지 않으시면…… 그때, 그땐 내가……."

이제 그의 목소리가 떨리고 있었다. 그러나 그녀를 위해서라면 운명과도 격투를 벌이겠다는 그의 고백에 그녀의 떨림은 외려 잦아들었다. 이 순간, 온은 온전히 성준에게 기대고 있는 자신을 느낄 수 있었다.

그와 함께라면 괜찮을 것 같았다. 이 사람이라면.

포근한 함박눈이 천천히 쏟아졌다. 가로등 아래 두 남녀는 한동안 눈을 맞으며 그렇게 서 있었다.

제10화
큰 여신의 호출

동이 트기 직전, 잠에서 깬 현백은 우두커니 침대에 걸터앉아 있었다.

간밤 꿈에 어머니 목소리를 들었다. 어머니는 필요할 때마다 환청으로, 꿈으로 그에게 온다. 그리고 언제나 당신의 일을 마치면 연기처럼 사라져 버린다. 다정한 말 한마디 없이.

떨쳐 낼 수도, 그렇다고 안아 볼 수도 없는 차가운 어머니.

냉정한 산청 어머니에 비해 평창동 어머니는 살가움이 넘치는 사람이었다. 어젯밤에도 전화를 걸어 잘 지내느냐고, 집에 좀 다녀가라고 다정하게 잔소리를 늘어놓으셨다. 부암동으로 분가한 후 본가에는 잘 가지 않았다. 명절이나 집안 행사가 있을 때에만 마지못해 가 볼 뿐이다.

평창동 어머니는 분명 좋은 사람이다. 정치인의 아내로 큰살림을 나무랄 데 없이 잘 꾸려 왔고, 푸근한 인상에 단정한 말투, 넉넉한 마음씨까지, 나랏일 하는 남자의 부인으로 그만한 사람은 없었다. 그리고 무엇보다 밖에서 들여온 자식인 현백을 친자식처럼 받아들여 키워 준 사람이었다. 현백은 그녀에게 고마움과 함께 안쓰러움을 느꼈다.

그러나 언제나 그들 사이에는 메울 수 없는 거리감이 있었다. 그것은 평창동 어머니도, 현백 자신도 부인할 수 없는 서글픈 사실이다.

이런 상황을 아는 아버지는 아들에게 굳이 집에 자주 오라고 말하지 않았다. 대신 정, 재계 유력인사들과의 사적인 자리가 있을 때마다 가능하면 현백을 불러 동석시키는 것으로 아들과의 관계를 유지하려고 했다. 현백은 자신을 보는 아버지의 눈빛에서 아들에 대한 애정과 기대, 권력 세습에 대한 욕망을 읽었다. 그는 아버지가 요구하는 역할을 거부하지 않았다. 그것은 아버지의 욕망을 충족시켜 주기 위해서라기보다는 자신에게 부여된 운명에 도움이 되기 때문이다.

그것이 숙명이라면 따르기로 한다. 오래전에 항복한 그였다.

그러나 현백은 지금 간밤에 어머니가 내린 지시를 따라야 할지 말아야 할지 혼란스러웠다. 그는 침대에 걸터앉아 맞은편 벽에 걸려 있는 그림을 뚫어지게 바라보았다.

푸른 바람 속의 그녀는 부드럽게 웃고 있다. 그녀는 처음부터 이런 세계에서는 보호받기로 약속된 사람이었다. 현백은 그녀를 고통스럽게 하는 모든 것에서부터 그녀를 피신시키고 싶다. 개처럼 운명에 끌려가는 것은 자신 하나면 족하다. 그녀는 계속 저렇게 행복해야 한다.

그녀를 안온한 삶 속에서 끄집어내어 마구 휘두르려는 커다란 손. 그 잔혹한 손을 연약한 자신이 물리칠 수 있을까. 제 운명은 이미 오래전에 그 손에 맡겨 버렸는데 이제 와서 그 사람을 위해 싸울 수 있을까.

현백은 자신이 없었다.

동이 터올 때까지, 그는 말없이 그림을 바라보았다.

*　　　*　　　*

온은 일단 숨을 한 번 크게 내쉬었다. 살면서 수도 없이 이 집 벨을 눌렀지만 이렇게 긴장해 본 적은 처음이었다. 그리고 단호하게 벨을 눌렀다. 낡은 양철 대문에 달린 구식 벨이 쨱쨱 지저귀었다. 그 흔한 인터폰 하나 없는 낡은 대문. 그 안에 모녀의 소박한 보금자리가 있었다.

그녀의 모든 것을 받아들이겠다는 성준의 고백은 온의 마음 깊은 곳을 건드렸다. 자기 자신조차 피하고 있던 것들까지 모두 사랑하겠다는 성준의 진심을 듣고 온도 용기가 생긴 것이다.

엄마를 마주할 용기가.

"누구세요?"

대문을 열던 엄마는 갑작스럽게 찾아온 딸의 얼굴을 보고 말을 잇지 못했다. 단아한 엄마의 얼굴에는 만 가지의 표정이 서려 있었다.

안도감과 미안함, 그리움과 고마움.

언제나 감정을 잘 드러내지 않는 엄마였다. 그런 엄마의 얼굴에서 이런 표정을 발견한 것만으로도 온은 가슴이 아팠다. 엄마는 딸이 자신에게서 영영 등을 돌려 버릴지도 모른다고 생각했던 것이다. 얼마나 마음고생이 심했을까. 온은 전화 한 통 없었던 자신이 부끄러웠다.

"웬일이야…… 연락도 없이."

"학기 시작하기 전에는 매번 내려왔는데 새삼스럽게 뭘."

그동안 아무 일도 없었다는 듯, 딸은 덤덤한 표정으로 문 안에 들어섰다. 부산의 겨울은 따뜻했다. 졸음을 부르는 오후 볕이 따끈따끈하게 작은 마당을 간질이고 있었다.

"밥은?"

"안 먹었어."

"씻어, 얼른 차릴게."

잠시 후, 두 모녀는 소박한 밥상을 사이에 두고 마주 앉아 말없이 밥을 먹었다. 식사를 마치고, 엄마는 방을 훔치고 딸은 설거지를 했다. 일을 마친 두 사람은 별다른 말 없이 과일을 깎아 먹었다. 여느 때와 다름없는 평온한 시간이 흘러갔다.

지금까지 TV 연속극 한 번 본 적 없는 엄마는 언제나처럼 일찍 잠자리에 들었다. 안방의 불이 꺼지자 온은 자기 방으로 가서 책장을 바라보았다. 서울로 유학 가기 전까지, 그러니까 중학교 때까지 머물렀던 자신의 작은 방에는 어린 시절부터 모아온 책들이 책장 가득 꽂혀 있었다. 온은 음식을 씹듯이 제목 하나하나를 찬찬히 들여다보았다. 입으로 중얼거리며 제목을 훑던 그녀의 눈에 시집 한 권이 들어왔다.

『나와 나타샤와 흰 당나귀』

백석의 시집이었다. 그녀가 짝사랑했던 중학교 3학년 때의 국어 선생님이 선물해 준 책이었다. 반가운 마음에 시집을 뽑아들고는 표지를 넘겼다. 시집 첫 장 하단에는 바로 어제 쓴 것처럼 선명한 펜글씨가 쓰여 있었다.

— 항상 무엇인가를 헤치며 나아가고 있는 것처럼 보이는 온에게.

사범학교를 갓 졸업한 문학청년의 글씨. 그는 수줍음 많은 여중생 제자에게 따뜻한 한마디를 적은 시집을 선물하였던 것이다. 온의 입가에 절로 미소가 어렸다.

그녀는 찬찬히 책장을 넘기며 한 편 한 편 시를 읽어 내려가기 시작했다. 전집이 아니라서 시가 많지는 않았지만 책 중간중간 잘생긴 모던보이 백석의 사진이 삽입되어 있어 보기가 좋았다. 곱슬머리에 흰 얼굴인 백석과 그때 그 국어 선생님이 닮은 것도 같다는 생각이 들었다.

선생님에게 이 책을 선물 받은 후, 온은 몇 번이고 반복하여 백석의 시를 읽었다. 가난한 사람들에게 따뜻한 시선을 보내던 북방의 모던보이. 얼어붙은 시대에 뜨거운 사랑을 한 사나이. 작은 방에 엎드려 시집을 읽던 여중생은 이 북방 사내의 모습을 상상하며 잠이 들곤 했다.

옛 생각에 잠겨 한 장 한 장 책장을 넘겨 가던 중, 온은 한 귀퉁이가 접혀 있는 페이지를 발견했다. 그 당시 그녀가 가장 좋아했던 시였다. 시의 한 행에 연필로 밑줄이 그어져 있었고, 그 옆에는 열여섯 소녀 온이 또박또박한 글씨로 적어 놓은 메모가 있었다. 뜻하지 않은 발견에 기뻐하며 온은 천천히 메모를 읽었다.

그리고 잠시 후, 그녀는 먹먹해지는 가슴을 주체하지 못하고 천천히 책장 앞에 주저앉았다.

어두운 방에 달빛이 맑았다. 내일이 보름이다. 커튼을 치지 않은 유리창으로 달빛이 쏟아졌다. 엄마는 흰 이불 홑청 아래 언제나처럼 단정하게 누워 있었다. 온은 가져온 베개를 엄마 옆 자리에 놓고 웅크리고 누웠다. 엄마는 미동도 숨소리도 없이 반듯이 누워 있다.

"엄마, 자?"

"아니, 안 자."

"나 여기서 잘래."

"그래."

모녀는 나란히 누워 말이 없었다. 달빛이 아른거리는 작은 방에 누워 딸은 엄마의, 엄마는 딸의 규칙적인 숨소리를 듣고 있었다. 평화로운 시간이 흘러갔다. 온이 먼저 입을 열었다.

"아버지는…… 어떤 사람이었어?"

한동안 대답이 없었다. 한참이 지난 후, 천천히 입을 연 엄마의 목소리는 담담했다.

"예뻤어."

"예뻤어? 잘생긴 것도 아니고?"

"응, 예뻤어."

온이 킥킥 웃었다. 한 번도 묻지 않았던 아버지. 그러나 마음 한구석에는 희미한 그림자로 존재하던 아버지의 얼굴이 잘생긴 것도 아니고 예뻤다고 한다. 아버지의 한 조각이 퍼즐처럼 맞춰진 것만 같았다.

"많이 예뻤어?"

"응. 많이 예뻤어…… 너처럼."

온은 어둠 속에서 빙긋 웃었다. 웃음 끝에 저릿한 아픔이 따라왔다.

"엄마."

"응……?"

"아버지······."

잠시 말을 멈추고 머뭇거리던 딸이 어렵게 말을 이었다.

"죽었어?"

이번에는 한참이 지나도 대답이 없다. 온은 부스스 일어나 옆에 누운 엄마의 얼굴을 내려다보았다. 쏟아지는 달빛을 받는 얼굴은 평온했지만, 두 눈꼬리에서 한 방울 눈물이 빛나고 있었다. 창백한 석고상 같은 엄마 옆에 온은 말없이 다시 누웠다. 완성되지 않은, 어쩌면 그녀가 죽을 때까지 완성되지 못할 그 얼굴이 흰 천장에 아른거리는 것만 같았다.

아마도 아버지는 죽지 않았을 거야. 아버지가 죽었다면 엄마는 알았겠지. 아니, 적어도 신들이 알려 줬겠지. 죽었다면 이렇게 바보같이 오랜 세월 기다리지 않았겠지.

그녀는 오래전부터 엄마가 아버지를 기다린다는 것을 알고 있었다. 엄마가 말없이 먼 곳만 바라보는 이유는, 거친 바닷바람이 부는 용호동 골목에 숨어서 지치지 않고 살아가는 이유는 아버지였다. 아버지는 엄마를 지탱하는 생명의 축이었다.

부디 돌아와 주기를, 자신이 사그라지기 전까지 돌아와만 주기를.

엄마는 한결같이 기다려왔다.

그러나 그는 지금까지 오지 않았다.

나라는 생명을 이 세상에 만들어 놓은 사람······.

여신의 영혼을 송두리째 가져간 그 남자는 무슨 이유에선지

이 세상 어딘가에 살아 있으면서도 그들을 찾아오지 않았다. 그러나 그녀는 엄마에게 그만두라고 말할 수 없었다. 참 미련하다고, 차라리 원망하며 잊어버리라고 말해 버릴 수 없는 그런 기다림이었다. 엄마의 사랑은.

온은 말없이 옆으로 돌아누워 엄마의 팔을 꼭 껴안았다. 지난 27년간 돌아오지 않는 한 남자를 기다리며 산 두 여자는 그날 밤 달빛 아래에서 살포시 잠들었다.

다음 날.

아지랑이 같은 겨울 볕이 따끈따끈하게 내리쬐는 마루에 앉아 모녀는 마늘을 깠다. 온은 신문지 위에 마늘 한 접을 몽땅 잘라 놓은 엄마에게 괜스레 투정을 부려 보았지만, 이내 한 쪽 한 쪽 정성스럽게 마늘 껍질을 벗기기 시작했다.

속이 꽉 찬 마른 마늘을 까면서 그녀는 머지않아 봄이 올 거라는 생각을 했다. 부산의 봄은 서울보다 빨리 오니까 정말 머지않았다. 봄이 오면 이 작은 꽃밭 가득 꽃이 필 것이다. 엄마는 여름과 가을까지 이 마당에 꽃과 나무가 가득 우거지도록 만들어 놓겠지. 바람이 가득 차 있는 작은 마당은 언제나 아름다울 것이다.

이 겨울이 끝나면 온에게도 새로운 날들이 시작될 것이다. 그녀는 성준의 마음을 보았고, 그의 사랑을 통해서 자신의 삶에 봄이 피어날 것임을 믿었다.

비록 엄마는 이 집에서 지난날들과 다름없이 살아가겠지만, 문득 그런 삶도 괜찮을 거라는 생각이 들었다. 엄마는 아버지에 대한 기억으로, 언젠가 돌아오리라는 희망으로 매해 꽃을 피웠다. 그렇게 자신은 자신의 꽃을, 엄마는 엄마의 꽃을 피워 놓고 살면 될 거라고, 엄마와 마주 앉아 마늘을 까는 딸은 생각했다.

"계십니까?"

바람소리 외에는 고요하던 마당에 남자 목소리가 울렸다. 온이 일어나서 마당으로 내려갔다. 낡은 양철 대문 바깥에 서 있는 방문자를 확인한 온이 환하게 웃었다.

"어머, 웬일이에요?"

현백이었다. 담 저편으로 키 큰 현백의 얼굴이 보이자 온이 반가움에 얼른 대문을 열었다. 아이보리 터틀넥에 네이비 코트, 회색 캐시미어 목도리를 한 현백이 집 앞 좁은 골목에 서 있었다. 궁색한 골목길에 서 있는데도 빈티지 의류 화보 촬영을 하러 나온 모델처럼 멋진 모습이다.

"우리 집, 알고 있었군요?"

"전에 몇 번 온 적 있어요."

"어서 들어와요. 벨을 누르지 그랬어요. 현백 씨, 얌전하구나."

장난스러운 온의 말투에 현백이 빙긋 웃었다. 그는 고개를 숙여 낮은 대문 안으로 들어섰다. 온은 서둘러 엄마에게 그가 왔음을 알렸다. 다 깐 마늘씨를 정리하고 있던 엄마 역시 친아들을 대하는 것처럼 현백을 포근한 웃음으로 맞아 주었고, 그 또한 선한 미소를 지어 보이며 꾸벅 고개를 숙였다.

온은 차를 준비해 오겠다고 하고 마늘 그릇을 챙겨 주방으로 들어왔다. 그녀는 엄마 성격대로 깔끔하게 정리되어 있는 주방 찬장에서 연잎차를 발견하고 다기를 올려 찻상을 차렸다.

물을 끓이며 온은 현백이 무슨 일로 부산에까지 왔을까를 생각해 보았다. 그러나 딱히 특별한 이유를 생각해 낼 수 없었다. 물이 다 끓자 온은 찻상을 들고 마루로 나갔다. 엄마와 현백은 말없이 마주 앉아 있었다.

현백과는 그의 집에 갔던 날 이후 처음 만나는 것이었다. 그날 밤 이후 온의 마음속에는 현백에 대한 미묘한 감정이 자리 잡았다. 산청에서부터 줄곧 자신을 돌보아 주던 현백에게 피붙이 같은 살가움, 동생으로서의 애틋함 같은 걸 느끼게 된 것이다. 사실 그는 온에게 피붙이나 다름없었다. 이 세상에 이런 괴이한 출생의 비밀을 가진 사람은 현백과 그녀 둘뿐이니까. 그들은 세상으로부터 고립된 오누이일지도 모른다.

온이 다정하게 차를 권하자 현백이 공손히 따뜻한 찻잔을 받아 들었다.

"그나저나 부산까지 정말 무슨 일로?"

현백은 대답 대신 미소를 지어 보였지만, 어째서인지 그의 낯에는 어두운 기색이 서려 있었다. 현백의 표정에서 이상한 기운을 느낀 온은 슬쩍 엄마의 눈치를 살폈다. 엄마는 굳은 표정으로 말없이 앉아 무엇인가를 생각하고 있었다. 자신이 차를 끓이는 동안 두 사람은 분명 무슨 심각한 이야기를 나눈 것이다.

"무슨 일이에요?"

현백은 말없이 차를 마셨다. 다도를 배운 것처럼 품위 있는 자태였지만 온은 그의 넓은 어깨가 단단하게 굳어 있다는 것을 눈치챘다. 아무렇지 않은 듯 보이려고 애쓰는 그의 표정에서도 미묘한 불안감이 느껴졌다.

"엄마……?"

이번에는 엄마에게 물었지만 역시 입을 다문 채 말해 주지 않았다. 심상치 않은 두 사람의 반응으로 인해 온의 마음 또한 서서히 불안으로 채워지기 시작했다. 현백이 힘겹게 입을 열었다.

"저랑 같이…… 어딜 가야 해요."

온이 무슨 소리냐는 듯 현백을 쳐다보았다. 현백은 애틋한 눈빛으로 그녀의 얼굴을 응시했다. 현백의 저런 눈빛을 전에도 본 적 있다.

"……어딜?"

"마고가 당신을 불렀어요."

"애는!"

엄마가 갑자기 소리 질렀다. 한 번도 들어 본 적 없는 엄마의 울부짖음이 작은 집 구석구석에 메아리 쳤다. 온이 깜짝 놀라 엄마를 쳐다보았다. 엄마는 진정 두려워하고 있었다.

"얘는…… 얘는 그냥 인간이잖니."

"이모……."

"인간인데, 거기엘, 거기엘 왜 불러……."

엄마가 작은 새처럼 높고 가느다랗게 울었다. 온은 엄마의 팔을 잡으며 진정하라고 말했다. 엄마의 연약한 몸이 파르라니 떨리고 있었다. 온은 엄마를 위로하려는 듯 팔목을 더욱 강하게 움켜쥐었다. 그리고 차분한 목소리로 현백에게 물었다.

"마고?"

현백이 천천히 고개를 끄덕였다.

"현백은 그걸 어떻게 알았어요?"

"어머니가 알려 주셨어요. 누나를 그곳까지 데려다 주라고."

엄마의 눈에서 눈물이 후드득 떨어졌다. 살면서 한 번도 본 적 없는 엄마의 두려움. 온은 찬찬히 엄마의 얼굴을 살펴보았다.

"엄마, 왜 그래? 나, 거기 가면 죽는 거야?"

"아냐, 니가 죽긴 왜 죽어. 가지 마. 너 거기 가지 마. 니가 거기에 왜 가……."

온은 다시 현백을 바라보고 물었다. 그녀의 얼굴은 더할 나위 없이 침착했다.

"마고가 나를 왜 부른대요?"

"저도 잘 모르겠어요. 아마 꽃상 때문이 아닐까…… 생각해요."

온은 한동안 말없이 무언가를 생각했다. 잠시 후, 그녀는 빙긋이 웃으며 말했다.

"가요. 갑시다. 여신들의 수장이 부른다면 가야죠."

"온아!"

"엄마가 그동안 그들에게서 나를 떼어 놓으려고 했다는 거 알아요. 하지만 이제 알게 되어 버렸잖아. 다 알게 되었는데 어떻게 해. 옛날로 돌아갈 순 없게 됐는데."

엄마의 몸이 더욱 심하게 떨렸다. 온은 엄마 손을 꽉 쥐었다.

"걱정 마요."

온은 큰 문제가 아니라는 듯 담담하게 상황을 받아들이고 있었다. 현백은 그것이 오히려 더 불안했다. 그녀가 현백을 돌아보며 물었다.

"어디로 언제까지 가야 해요?"

"일단 가장 북쪽으로. 오늘 밤 달이 남중(南中)할 때 보기로 했어요. 지금 출발해야 해요."

그녀는 말없이 방으로 들어가 옷을 갈아입고 가방을 챙겼다. 마루에서는 아무 소리도 들리지 않았지만 아마 엄마는 계속 사시나무처럼 떨고 있을 것이다.

마고. 혜연은 마고를 창조 여신이라고 했다. 산천을 주물러 만든 대지모(大地母), 하늘에 닿을 만큼 몸집이 큰 거녀. 여신 중의 여신, 거대한 땅의 어머니 마고.

온은 논문에서 읽었던 내용을 필사적으로 떠올리며 서둘러

머리를 빗었다. 가방을 들고 마루에 나와 보니 현백과 엄마는 아까 그 자세 그대로 석상처럼 앉아 있었다.

"지금 출발합시다. 북쪽이라면…… 어디까지 가야 하는 건가 요?"

"일단은 고성."

"고성이라…… 이거 뭐, 정말 끝에서 끝이잖아. 엄마! 나 갈 게. 나오지 말아요."

온은 아침에 학교 가는 여고생처럼 마치 아무 일 없었다는 듯 이 신발을 신었다. 현백도 인사를 하고 온의 뒤를 따랐다.

그런데 온이 대문을 막 나서려다 말고 갑자기 무언가 생각난 듯 다시 집으로 들어갔다. 엄마는 그 자세 그대로 마루에 앉아 있었다. 넋 나간 듯 미동도 없이 앉아 있는 엄마의 어깨가 안쓰 러워서 온은 눈물이 왈칵 쏟아질 것 같았다.

자신이 떠나면 또 얼마를 저러고 앉아 있을까.

온은 자기 방으로 들어가 어젯밤 책상 위에 올려놓았던 백석 시집을 핸드백에 챙겨 넣었다. 그리고 방을 나서기 전 마지막으 로 벽에 붙은 거울을 들여다보았다. 거울 속 여인은 창백하긴 했지만 침착해 보였다. 온은 고개를 한 번 끄덕여 보이고 나서 마루로 나섰다.

엄마는 여전히 그 모습 그대로 앉아 있었다. 딸은 두려움에 시들어 버린 엄마를 마지막으로 한 번 더 안아 주었다. 엄마가 더듬더듬 온의 등줄기를 찾아 손을 내밀었다. 그리고 딸의 가냘픈 허리를 꼭 안았다. 작은 손이 그녀의 옷자락을 강하게 움켜쥐는 것이 느껴졌다.

"갔다 올게."

온은 약속이라도 하듯 엄마를 한 번 더 힘주어 안아 주고 그들의 작은 집을 나섰다.

*　　*　　*

"그러니까, 결론은 별다른 게 없다는 거군."

성준은 휴대폰을 들고 방 안을 천천히 서성였다. 그는 홍콩에서 걸려온 타카하시의 전화를 받고 있었다. 그의 어시스턴트인 타카하시는 입사 후 줄곧 성준 밑에서 일을 배우고 있었다. 로스쿨을 갓 졸업한 풋내기였지만 빠른 일 처리 능력과 센스 있는 성격 덕분에 성준의 신임을 얻은 인물이었다. 그는 일본의 명문가 출신으로, 일본 재계 곳곳에 인맥이 있었다.

성준은 전날 온을 만나러 가기 직전에 타카하시에게 전화를 걸어 아카마츠 회장의 뒷조사를 지시했다. 지난 며칠 동안 타카하시는 공식 및 비공식적인 루트로 은밀히 회장의 정보를 모아 왔고, 지금 성준에게 그 결과를 보고하는 중이었다.

「뭐, 크게 이상한 걸 발견하지 못했으니까요. 부인과는 젊었을 때 사별했고, 딱히 여자를 끼고 다니는 일도 없는 것 같고.」

"형제도 없고."

「네, 외아들이니까요.」

"그렇군……."

「돈 버는 낙으로 살아온 사람이라고 하더라구요. 사업 스타일 보면 끔찍할 정도로 냉혹한 늙은이지만, 성실한 건 뭐 따라갈 사람이 없고. 젊었을 때부터 죽도록 일만 했다는 건 이 바닥에서 모르는 사람이 없잖아요. 아, 그리고 이건 은밀하게 도는 루머인데 말이에요…….」

"루머?"

「글쎄…… 회장이 한국계라는 이야기가 있어요.」

"그건 이미 알고 있었어."

「에? 그럼 그게 진짜군요!」

"그래. 어머니가 한국인이라고 하더군. 해방 이후 일본으로 건너왔다고. 회장이 직접 말한 거니까 사실이겠지."

「아니, 변호사님께 그런 것도 말해 줬단 말이에요? 회장이 직접? 뭐예요, 그럼? 두 분이 엄청 친밀한 관계가 된 건가요? 아니면 같은 한국계라서?」

"그 외에 다른 건 없나?"

「오오, 대단해요, 변호사님!」

"다른 거, 타카하시."

호들갑 떠는 타카하시의 말을 자르며 성준이 건조하게 물었다. 능력은 있지만 다소 경박한 그의 어시스턴트는 숨겨진 개인사를 본인에게 직접 들을 만큼 재계의 거물과 그의 보스가 친밀한 관계가 되었다는 사실에 좀 흥분한 모양이었다.

「아, 네! 어…… 음…… 뭐, 그게 다인데요. 가까운 친척도 없고, 극진하게 모신다는 모친의 병세가 악화된 다음에는 외부 활동도 거의 하지 않았으니까요. 사생활이 있다고 해도 밖으로 알려질 게 없었죠. 아! 맞다! 그러고 보니 어린 딸이 하나 있군요.」

"어린 딸?"

그 순간, 성준의 머릿속에 얼굴 하나가 지나갔다. 회장의 저택 후원에서 만났던 소녀. 약에 취한 듯, 꿈을 꾸는 듯 멍한 표정. 앳된 얼굴 위에 구름처럼 뭉쳐 있던 그 오묘한 표정이 그의 기억 저편에서 불거져 나왔다. 성준이 다급하게 물었다.

"부인이 일찍 죽었다더니 어디서 난 딸이지?"

「먼 친척 아이를 입양했는지 밖에서 낳아서 들여왔는지 확실하진 않은데, 아무튼 모친이 위중해지고 얼마 안 돼서 집으로 데려왔다고 합니다. 집에 어린애가 있으면 그래도 좀 사람 사는 분위기가 나니까 데려왔을 수도 있죠. 지금은 집 근처 사립 초등학교에 다니고 있다고 하구요.」

우거진 후원에서 유령처럼 등장한 그 소녀는 회장의 딸이었단 말인가.

"이름은?"

「아카마츠 메이코(赤松明子).」

"메이코……."

「뭐, 근데 애를 외부에 내보이지도 않고, 다른 집 영양들하고 어울리게 하지도 않고…… 뭐 그래서 이상한 소문이 좀 있는 모양이더라구요…….」

"무슨 소문?"

「애가 자폐라는 소리도 있고, 그 늙은이가 어린애를 끼고 사는 게 좀…… 뭐, 더러운 소리죠.」

통화를 마친 성준은 켜 놓은 모니터를 바라보며 생각에 잠겼다. 회장은 그가 연락을 부탁한 지 사흘이나 지난 어제 오전에야 전화를 걸어왔다. 구렁이 같은 늙은이는 연락이 늦어서 미안하다는 말과 함께 성준의 근황을 물어 왔다. 회장이 한참 동안 자신의 근황 이야기를 늘어놓고 정작 석상에 대해서는 아무 말도 하지 않자 외려 성준 쪽에서 불안감을 느끼게 되었다.

「아, 그나저나 윤 변호사, 내가 조만간 한국에 한번 가려고 해요. 그때 봅시다.」

"한국에요?"

「그래. 우리 그룹 토자이 생명이 이번에 진명하고 합작해서 PSG생명을 인수했지 않나. 그 출범식 때 참석할까 싶어서 말이에요.」

"아, 그러십니까."

석상 이야기가 나올 기색이 보이지 않자 성준은 자신이 먼저 말을 꺼내 보려고 하였다.

"회장님, 드릴 말씀이 있습니다."

「뭐, 그 불상 일 말인가요?」

능글맞은 늙은이. 회장도 짐작하고 있었던 것이다. 회장은 심드렁한 목소리로 말을 이었다.

「불미스러운 일이 있었다는 이야기는 들어 알고 있습니다. 그 사람이 내게 전화를 했더군.」

회장에게 그자가 전화를 했다……. 어째서 회장은 그자의 연락처를 내게 알려 주지 않는 걸까. 처음부터 성준과 바로 연락이 닿았다면 상황은 달라졌을지도 모른다. 석상과 함께 사라진 노인의 아들은 그날 있었던 그 기묘한 사건을 회장에게 모두 말한 것일까. 성준은 회장이 이 일에 대해서 어떻게 생각하는지 궁금했지만, 휴대폰 너머 회장의 목소리에서는 어떠한 감정도 읽어낼 수 없었다.

「뭐, 너무 걱정할 건 없어요, 윤 변호사.」

"무슨 말씀이신지……."

「이번에 내가 한국에 가서 직접 그 사람을 만날 생각이니까. 그 일로 겸사겸사해서 한국에 가기로 한 겁니다.」

회장이 직접 그자를 만나기로 하다니. 무슨 심경의 변화를 일으킨 것인가. 판매인의 말을 듣고 불안감을 느낀 나머지 직접 나서기로 한 것일까? 도망친 노인의 아들이 회장에게 직접 전화를 건 것이 사실이라면 좋은 이야기를 했을 리 만무하다. 그럼 지금 이 일을 그만두라고 완곡하게 말하고 있는 것인가? 성준은 회장의 의중을 알 수 없어 침묵할 수밖에 없었다. 회장은 부드러운 목소리로 말을 이어갔다.

「물론 윤 변호사가 그 자리에 동석을 해 줘야겠지만 말이야.」

"제가요?"

「이번 일은 윤 변호사가 꼭 도와줘야지요. 처음부터 그러기로 약속했잖소. 안 그런가?」

천 년 묵은 구렁이의 은근한 협박이 성준의 목을 조여 왔다. 지금 회장은 성준을 이 일에 묶어 두겠다고 말하고 있었다. 그것은 JPR 스틸 건의 성사가 전적으로 석상 구매에 달려 있음을 강조하는 것이기도 했다. 노인은 자신이 손 하나 까딱한다면 마무리 단계에 와 있는 딜이 한순간에 엎어질 수도 있다는 것을 은근한 뉘앙스로 암시하고 있었다. 회장의 말 아래 깔려 있는 협박조를 느낀 성준은 부아가 치밀었다. 그러나 그는 겉으로는 조금도 내색하지 않고 침착하게 대답했다.

"네, 알겠습니다. 제가 수행하도록 하지요."

성준이 회장의 요구를 별다른 이의 없이 수락한 것은 이번 딜의 의뢰인인 인도 철강 쪽의 입장을 생각해서만은 아니었다.

온……

회장의 석상 입수는 그녀를 석상에서 떼어 놓을 수 있는 결정적인 기회였다.

자신에게 자세한 사정을 말하지는 않았지만 그녀는 분명 그 석상과 밀접하게 연관되어 있었다. 처음에 그는 석상을 구매해서 넘기든, 아니면 구매 자체를 포기해 버리고 미제 사건으로 남겨 두든, 어느 쪽이라도 좋으니 빨리 해결해 버리려고만 했었다. 나흘 전 회장에게 전화를 걸어 요청하려고 했던 것도 그런 것이었다. 어떻게든 그 석상에서 그녀를 멀리 떼어내기만 한다면 그녀가 덜 위험해질 것 같았기 때문이다.

· 그러나 역시 석상이 계속 한국에 있는 이상 온은 그것에서 벗어날 수 없을 것 같았다. 쏟아지는 눈 속에서 서로의 사랑을 확인했던 그날 이후에도 그녀는 무엇인가 비밀을 숨기고 있었다. 그녀의 모든 것을 포용하겠다는 이야기를 한 후로 그녀는 성준에게 마음을 준 것 같았지만…… 구체적으로 자신의 상황을 말해 주지는 않았다. 그것은 아직도 석상을 포기하지 않았다는 의미일 것이다.

이런 상황에서 성준의 생각에 가장 좋은 해결책은 석상이 회장 손에 들어가 일본으로 옮겨지는 것이었다. 만약 물건이 회장의 컬렉션의 일부가 되어 회장의 금고에 들어가 버린다면 그녀도 더는 어쩔 수 없을 것이다.

여기에까지 생각이 미치자 성준의 마음은 한층 더 다급해졌다. 자신이 이렇게까지 필사적으로 그녀와 석상을 떼어 놓으려고 하는 것을 당사자가 알게 된다면 분명 자신을 말리려고 할 것이다. 어쩌면 자신을 미워하게 될지도 모른다. 그러나 이것이 그녀의 안전을 위해 그가 할 수 있는 최선이다. 성준은 그 점을 조금도 의심하지 않았다.

*　　　*　　　*

밤이 될 때까지 아직 시간이 넉넉했다.

온과 현백은 포항에서 7번 국도를 탄 후 동해고속도로를 통해 북쪽으로 올라가는 길을 택했다. 북쪽으로 올라가는 내내 오른쪽에 바다를 끼고 달리는 여정이었다. 7시간 넘게 가야 하는 길이었지만 두 사람은 간간이 일상적인 대화를 몇 마디 나누었을 뿐 별다른 말이 없었다. 쉬어야 할 때는 쉬고, 운전을 교대해야 할 때는 교대했다.

삼척쯤 왔을 때 해가 뉘엿뉘엿 저물고 있었다. 현백은 조수석에서 눈을 감고 쉬고 있었고, 운전은 온이 하고 있었다.

"자요?"

온이 나지막이 말을 걸었다.

"안 자요."

현백이 부드러운 목소리로 대답하며 창 쪽으로 기대고 있던 머리를 돌려 온을 바라보았다. 온이 빙긋이 웃어 보이자 현백도 희미하게 마주 웃었다.

"뭐 하나 물어봐도 돼요?"

"뭐요?"

"현백의 아버님은…… 어떤 분인가요?"

"갑자기 왜요?"

"그냥 궁금해서."

현백은 온의 갑작스러운 질문에 곰곰이 무언가를 생각하는 듯 말이 없다가 이내 덤덤한 목소리로 입을 열었다.

"아버지는 정치 명문가의 외아들이에요. 어머니는 뭐라고 해야 하나…… 씨를 잘 골랐다고 할 수 있겠죠."

그는 말을 하다 말고 자조적인 웃음을 클클 웃었다.

"대대로 왕후장상의 씨였고, 부와 명예를 놓친 적 없는 명문가 집안이었죠. 증조부는 대한제국 의정대신이었고 나중엔 만주로 가 독립운동을 하셨어요. 덕분에 집안은 독립유공자 집안이 되었죠. 조부는 그 옛날 미국 유학까지 다녀온 정치인이시고, 아버지도 학생운동을 하다가 나중에 사법고시 패스하고 정계에 입문한 야당 중진 의원이고. 정민호 의원이라고 알아요?"

"알아요. 뉴스에도 자주 나오는 평의당 국회의원이잖아요. 음…… 그리고 보니 현백이 대단한 집 아들이구나."

온이 놀리듯 말하자 현백도 피식 웃었다.

"그러니까 우리 천왕성모님께서 씨를 잘 골랐다는 거죠. 조건을 따져서 그렇게 된 건지 어떤 건지……."

"어떻게 만나셨대요?"

"어머니는 사법고시 공부 때문에 지리산 암자에 머물고 있던 아버지를 꼬셔 냈어요. 산 밑 마을에 사는 시골 처녀인 것처럼 가장해서는. 전형적인 옛날이야기 식이죠, 뭐. 지난번에 말했잖아요. 과거 보러 가는 선비 꼬여서 하룻밤 보내는 여산신 이야기. 아버지는 그때 결혼도 한 상태여서 평창동 어머니가 서울에 버젓하게 앉아 있었는데."

"뭐랄까…… 옛이야기의 현대적 재해석이군요."

"그리고 나서 아버지는 공부가 안 됐는지 어쨌는지 얼마 안 있다가 서울로 돌아왔고, 그로부터 1년이 지난 다음 집 앞에 어린애 하나가 놓여 있었던 거죠. 아, 싸구려죠, 이런 줄거리."

포대기에 싸여 집 앞에 버려진 아기가 눈앞에 어른거리는 것 같았다. 온은 별다른 말 없이 현백의 말을 듣기만 했다.

"여신님께서 집을 제대로 찾아서 날 그 앞에 버려 두고 가셨던 거죠. 그래도 그 집에서 날 업둥이로 받아들이도록 할아버지 꿈에 현몽도 하시고, 점쟁이 입을 통해서 예언 같은 것도 하시고, 뭐 두루두루 힘써 놓긴 하신 모양이더군요. 가뜩이나 그런 거 좋아하는 노인 양반 꿈에 밤마다 나타서는 집 앞에 업둥이가 올 것이니 잘 키워라, 큰 인물로 클 네 핏줄이니 소중히 키워라…… 여기저기서 계속 그렇게 말해 대니 그 집에서 어떻게 나를 버리겠어요. 갓난쟁이 때부터 성심성의껏 받들어 키워 주셨죠. 옛날 사람들은 쉽게 속아줬을 텐데 20세기 사람들은 의심이 많아서 속이기 힘들었을 것 같아요. 아주 욕보셨어요, 우리 성모님께서."

자신의 출생에 대해 클클거리며 빈정대는 현백의 표정은 덤덤했다. 그러나 일일연속극 줄거리를 요약하는 듯 조롱을 섞어 말하는 그의 모습에서 온은 감춰진 아픔을 찾아냈다.

"여섯 살 때였나, 일곱 살 때였나…… 친자 확인 검사까지 해서 아버지의 혼외 자식인 게 명백해진 후부터 할아버지의 총애는 이루 말할 수 없었죠. 자식이 없었던 아버지는 '어떻게 이런 일이 생겼나' 섬뜩해하면서도 좋아했던 것 같고."

현백이 키득키득 웃기 시작했다. 그러나 곧 웃음을 그쳤다. 흘끗 살펴본 현백의 얼굴은 더할 나위 없이 차가웠다.

"평창동 어머니, 그러니까 아버지의 본부인 말이에요. 그분한테는 애가 없거든요. 그래서 저를 참 예뻐해 주셨어요. 고마운 분이죠."

"그렇군요."

"근데, 가끔 그런 생각을 해요. 산청 어머니가…… 나 때문에 그렇게 만들어 버린 걸까. 뭐, 그런…….'

그녀는 말꼬리를 흐린 현백의 다음 말이 무엇인지 알 것만 같았다.

자신 때문에 평창동 어머니의 인생이 망가져 버린 게 아닐까 걱정하는…… 현백은 그런 마음씨를 가진 사람이었다.

해가 수면 아래로 잠기며 바다는 점점 어두워지고 있었다. 그들은 끝도 없이 북쪽으로, 북쪽으로 가고 있었다.

"자신이 여신의 아들이라는 걸 언제 알았어요?"

"열일곱 살 때요. 여름 방학 때 친구들이랑 지리산 종주 여행을 갔는데 거기서 혼자 길을 잃었어요. 그때 처음 사계지로 들어갔고, 거기서⋯⋯."

현백은 잠시 말을 멈췄다. 그때의 기억이 구석 저편에서 살아오는 듯 그는 힘겨워 보였다. 잠시 후 입을 연 그의 목소리는 무거웠다.

"어머니를 처음 만났어요. 그곳의 풍경, 여신으로서의 어머니 모습⋯⋯ 보고 나니 믿을 수밖에 없었죠. 어쩔 수가 없었는걸요. 그리고 몇 날 며칠을 거기서 잠만 잤어요. 계속 자면서 꿈을 꾸기만 했죠. 그렇게 꿈을 다 꾸고 나니까 모든 걸 알게 되었지만⋯⋯."

"알게 되었지만⋯⋯?"

"그냥 무력했어요. 세상이 다 끝난 것처럼."

그때 그가 느꼈던 막막함을 그녀는 이해할 수 있을 것 같았다.

그건 그녀가 느꼈던 감정과 다르지 않은 것이다. 스물일곱 온도 받아들이기 힘들었던 일인데, 열일곱 어린 소년이 감당하기엔 너무나 큰 고통이었을 것이다. 이런 운명을 만난 연약한 인간이라면 누구나 그럴 수밖에 없었을 테니까.

만약 지금 운전을 하고 있지 않았다면 그녀는 현백을 안아 주었을 것이다. 그들에게 필요한 것이 위로라는 걸 오직 온만이, 오직 현백만이 알고 있기 때문이다.

"처음, 어머니가 나를 보고 말해 준 건 단 한마디였어요."

현백의 목소리에는 아무런 감정도 깃들어 있지 않았다.

"모든 것이 정해져 있으니 따르라…… 따르라."

온의 가슴이 미어졌다. 그것은 단호한 선고였다. 거부할 수 없는 운명의 수레바퀴는 열일곱 소년 현백에게도 가차 없었던 것이다.

처음 만난 어머니는 자신의 기묘한 출생을 알게 된 아들에게 '너의 평생은 네 의지도 무엇도 없이, 그저 정해진 길대로 굴러 갈 것이다'라고 차갑게 말했던 것이다.

소년의 상처가 눈에 아른거려서 자꾸만 온의 눈가에 눈물이 맺혔다. 그 눈물은 현백을 향한 것이기도 했고 그녀 자신을 향한 것이기도 했다. 온은 눈물을 참으며 이제 완전히 어두워진 도로를 말없이 질주했다.

"사실 그전까지 그림을 그렸거든요. 저. 평창동에서 계속 반대했지만 고집을 피워서 미대에 가겠다고 했어요. 그때까지는요. 하지만 그 일이 있고 나서 그만뒀어요."

"왜요?"

"뭐, 그림쟁이로 살아도 되긴 했겠지만 아마 굉장히 여러 가지 일을 겪어야 했겠죠. 내 운명에 걸맞은 경로가 아니었으니까. 결국 내 임무를 완수하기 위해선 그림은 접는 편이 나았어요. 정해진 것에 반항해 봤자 다치는 건 나잖아요. 결국 그들이 원하는 대로 될 텐데."

그는 마치 다른 사람 이야기를 하는 것 같았다.

"그러고 나서 공부를 시작했어요. 누구든 납득할 만한 과거를 만들기 위해. 어머니가 말한 운명이 완성되는 순간 나를 거추장스럽게 할 만한 것이 없게 하기 위해서. 근데 재미있는 게 뭐냐면 말이죠, 그게 별로 노력하지 않아도 그냥 막 되더라고요. 참 신기하죠? 그때까진 공부에 별 취미도 없었는데 말이에요. 일단 어머니의 피가 발현이 되면 난 뭐든 할 수가 있었어요. 공부도, 운동도, 사람 마음을 사로잡는 것도…… 뭐, 맘만 먹으면 그렇게 되는 거예요. 거칠 것이 없죠."

같은 반인반신이라도 '빈 몸'이라 불리는 그녀와는 달리, 현백에게는 능력이 있었다. 말명이나 호종과 같은 온전한 신은 아닐지라도 그는 신비로운 세계의 혈통을 물려받은 존재답게 초인(超人)처럼 특별한 재능을 지니고 있었던 것이다. 유리병처럼 텅 빈 그녀와는 확실히 다른 존재였다.

"처음엔 그게 그렇게 싫더라고요. 배부른 소리였죠. 하지만 지금은 뭐, 괜찮아요. 나쁠 게 없잖아요. 세상 살기도 쉽고."

진심이라고는 조금도 느껴지지 않는 목소리로 현백이 피식 웃으며 말했다. 지금 그가 그의 어머니를 비웃고 있는 것인지, 그들을 굴려 가는 운명을 비웃고 있는 것인지, 그도 아니면 그들에게 끌려가는 자기 자신을 비웃고 있는 것인지, 그녀는 알 수 없었다.

이제 끝없이 뻗은 도로를 달리는 현백의 승용차는 어둠을 뚫고 북쪽을 향하고 있었다. 현백의 가슴처럼 그녀의 가슴도 답답하게 막혀 있었다. 동쪽에 달이 떠 있어도 길은 어둡다. 아무리

액셀러레이터를 밟아도 저 어둠을 뚫고 저 너머로 갈 수 없을 것만 같았다. 길 끝에는 넓은 아가리를 벌린 시커먼 허공이 그들을 기다리고 있었고, 은빛 승용차가 앞으로 달려들 때마다 검은 입은 자꾸만 뒤로 물러났다. 가도 가도 이 길은 끝이 없을 것만 같았다.

속초 근처에서 식사와 주유를 마친 두 사람은 쉬지 않고 다시 달려 고성까지 올라왔다. 강원도의 산은 명성대로 험준했고, 길이 구불구불한 탓에 운전하기가 쉽지 않아서 운전 솜씨가 나은 현백이 운전석에 앉았다.

근처에 인가 한 채도 없는지 작은 불빛조차 보이지 않았다. 내비게이션에도 산과 도로만 보일 뿐, 어떤 건물도 표시되지 않았다.

좁고 험한 국도를 달리던 현백이 갑자기 핸들을 틀어 도로 옆으로 갈라져 나온 비포장 길을 오르기 시작했다. 내비게이션에도 나오지 않는 좁은 길이었다.

"여긴 길 아닌 거 같은데? 여기 와 봤어요?"

"아뇨."

"그런데 어딘지 알고 막 가는 거예요?"

"어머니가 어젯밤 꿈에서 우리가 가야 할 곳을 보여 줬어요. 다 그런 식이에요. 누나도 이제 좀 익숙해져 봐요."

온은 그의 농담에 피식 웃었다. 그는 엑셀을 세게 밟아 비포장 경사 도로를 한참이나 올라갔다. 얼마나 올라갔을까, 현백이 갑자기 핸들을 꺾어 길옆으로 빠졌다. 그는 달빛을 피하려는 듯 커다란 금강 소나무 그늘에 차를 세우고 라이트를 껐다. 군데군데 녹지 않은 눈이 나무 밑동과 누렇게 마른 풀 위에 쌓여 있었다.

시간은 이미 11시를 넘기고 있었다. 달이 거의 하늘 정중앙에 온 것도 같았지만 아직 아무 일도 일어나지 않았다. 차를 세운 현백은 담배를 꺼내 물며 차 밖으로 나갔다.

잠시 후, 창밖 어둠 속에 빨갛게 불꽃 하나가 타올랐다. 그녀는 현백과 산청에 갔던 날 밤을 떠올렸다. 그날도 그는 차에서 내려 담배를 피우고 있었고, 잠에서 깬 그녀는 어둠 속에서 빨갛게 피어오르는 불티 한 점을 보았었다.

'그래…… 그랬었지.'

몇 분이 지나자 불꽃이 완전히 꺼졌다. 현백이 차 문을 열더니 꽁초를 들고 운전석에 탔다. 그에게서 칼칼한 담배 냄새와 차가운 산 공기 냄새가 났다. 그의 체취와 뒤섞인 여러 향기를 맡으며 온이 부드럽게 웃었다.

"그거 알아요?"

"뭐요?"

현백이 고개를 돌려 그녀를 바라보았다. 긴장을 억지로 감추려는 듯 옅은 미소를 지어 보였지만 그는 분명 불안해하고 있었다.

"오늘 말이에요, 전에 현백이 우리 집으로 데리러 왔던 날이
랑 좀 비슷한 거 같아."

"그래요?"

"그날 집 앞에 현백이 서 있어서 첨엔 엄청 놀랐거든요. 난 누
가 나 죽이러 온 줄 알았다니까. 오늘도 낮에 왔지만 놀라긴 마
찬가지였고."

그때의 기억을 떠올리는 듯, 그의 얼굴에 부드러운 웃음이 감
돌았다.

"산청에 도착해서 이모랑 집으로 올라갈 때에도 현백은 담배
를 피우고 있었어요. 그리고 안채 앞에서 나를 잡고 이야기했을
때······ 그때도 그랬어. 지금처럼 담배 냄새가 났거든. 현백
한테서는."

"어, 미안. 미안해요"

그가 질책이라도 받은 양 당황해하자 그녀는 고개를 저으며
작게 웃었다.

"담배 냄새가 싫다는 게 아니라, 현백하고 뭐랄까, 잘 어울리
는 거 같아, 이 냄새. 이 냄새를 맡으니까 그냥······ 그런 생각
이 나서요. 매번······ 현백은 나를 새로운 세계로 데려가 주는구
나. 뭐 그런 생각."

잠시 머뭇거리던 현백이 무거운 목소리로 말했다.

"그때는 내가 아는 세상에 데려다 줬지만 오늘은 모르는 곳에
보내야 해요. 그때는 내가 같이 있을 수 있었지만······ 오늘은

같이 갈 수 없어요."

그의 목소리가 너무 막막하게 들려서 온은 가슴까지 답답해지는 것 같았다.

"보내고 싶지 않아요."

그의 아름다운 목소리가 떨리자 온은 손을 뻗어 현백의 가느다란 손가락을 꼭 쥐었다. 차갑고 흰 그의 손가락도 목소리처럼 떨리고 있었다. 그녀는 집을 떠나기 전 어머니의 손을 잡았던 것처럼 힘주어서 현백의 손을 한 번 쥐어 주고는 핸드백을 챙겨 차 문을 열고 나왔다.

"전화 좀 하고 올게요."

차가 세워져 있는 나무 그늘에서 벗어나자 세상이 온통 달빛으로 가득 찼다는 걸 알 수 있었다. 오늘은 보름이다. 어젯밤 엄마와 누워서 본 달보다 한층 큰 달이 하늘에 가득 차 있었다.

온은 차에서부터 스무 발자국쯤 떨어진 곳으로 가서 휴대폰을 꺼냈다. 그리고 성준에게 전화를 걸었다. 바로 지금 그의 목소리를 듣고 싶었다.

「기다렸어요.」

수화기 너머 들리는 굵고 낮은 목소리. 그러나 그녀는 그 목소리 아래 깔린 자신을 향한 그의 애정을 느낄 수 있었다.

"음, 정말?"

「이 아가씨가 왜 전화를 안 하나, 내가 먼저 전화하면 혹시 매달리는 건가, 전화를 하면 당신이 귀찮아하진 않을까, 여러 가지 생각을 하게 되더군.」

"어머, 그랬군요. 보통 그런 걱정은 여고생들이나 하는 건데."

「당신을 사랑하면서부터 내가 여고생이 되었나 보지.」

"윤성준 씨가 여고생이 되었다니. 어쩐지 좀 징그러운걸요."

장난기 가득한 대화를 나누며 두 사람은 키득기득 웃었다.

"자고 있었어요?"

「자려던 참이에요. 오늘은 회의도 낮에 끝났고 저녁 약속도 없어서 휘트니스에서 운동하고 올라와서 혼자 저녁 먹고 일찍 누웠지. 그런데 잠이 와야 말이지.」

"아, 내가 전화를 안 해서?"

그녀의 능청스러운 질문에 성준이 크게 웃었다.

「호텔 밥이 맛이 없어서. 그때 그 김치찌개가 먹고 싶어.」

"칫."

「당신은 바빴나 보군. 어머니랑 오붓한 시간 보내느라 나를 잊었나 했어요.」

여기는 경남 부산이 아니라 강원도 고성이에요. 온이 속으로 속삭였다. 그러나 그 이야기를 그에게 밝힐 순 없는 일이었다. 자신의 모든 것을 받아들이겠다고 한 그였고, 그녀 또한 그의 약속을 믿었다. 그러나 그렇다고 해서 그에게 이 모든 상황을 숨김없이 말할 수는 없다.

누가 이 일을 이해해 줄 수 있겠는가. 그녀는 자신이 없었다.

"네, 이런저런 일로 바빴어요. 전화 못 해서 미안해요."

「괜찮아요. 뭐, 이런 기분도 나쁘진 않군.」

"무슨 기분이요?"

「기다리는 기분, 그리워하는 기분, 언제나 전화가 올지 몰라서 자면서도 전화기를 쥐고 있는 기분. 뭐, 그런 거?」

"아, 정말 여고생 다 되었네요. 아니, 어쩌면 여중생일지도."

「여중생이라니…… 끔찍하군.」

두 사람은 그렇게 몇 분 더 다정한 웃음과 함께 가벼운 이야기를 나누었다. 그사이 달은 점점 솟구쳐 이제 정말 머리 위까지 올라왔다. 이제 가야 할 시간이다.

"이제 끊을게요. 피곤할 텐데 어서 자요."

「그래요. 당신도 편히 자요.」

"성준 씨."

온은 마지막이 될지도 모른다는 심정으로 그의 이름을 불렀다. 자신도 모르게 목소리가 떨렸다. 그리고 휴대폰 너머에서 그 애틋한 부름에 대한 답이 들렸다.

「왜 그래요?」

"그냥, 그냥요."

「온.」

그가 그녀를 부르자 그녀의 가슴이 크게 뛰었다. 심장 한쪽이 저릿저릿해지며 아팠다. 아파서 자꾸 눈물이 나려고 했다.

"왜요?"

「나도 그냥…… 그냥.」

다정한 목소리로 그는 '그냥'이라고 말했다. 어느 연인이 장난 치고 말하는 것처럼 '그냥'이라고. 울컥울컥 밀려오는 아픈 마음으로 자신의 심장이 터질 것 같아서, 온은 왼쪽 가슴을 지그시 눌렀다.

"정말 끊을게요. 잘 자요."

「그래요. 당신도 잘 자고, 곧 봐요.」

종료 버튼을 누르는 그녀의 손가락이 조금 떨렸다. 전화가 끊긴 후 한참 동안이나 온은 휴대폰의 액정에서 눈을 떼지 못했다. 빨리 돌아오란 성준의 말이 자꾸 귓가에 맴돌았다. 그녀는 조용히 눈을 감았다.

이제 가게 될 곳은…… 어떤 곳일까.

마고. 여신 중의 여신. 그 얼굴을 마주했을 때, 자신은 어떻게 해야 하나.

그러나 그녀는 곧 아무리 걱정해도 별 소용이 없으리란 걸 깨달았다. 그 많은 일을 겪은 후 자신도 꽤나 담이 세진 것 같다고 생각하면서 그녀는 피식 웃었다. 성준과의 전화 통화는 그녀를 진정시켰다. 어느 정도 자신감도 생긴 것 같았다.

무슨 일이 생긴다 하더라도 자신은 이 남자에게 사랑받는 사람이다.

그 사실이 그녀를 강하게 했다.

그 사실이 그녀에게 용기를 주었다.

잠시 후, 차로 돌아가려고 몸을 돌린 온은 몇 미터 앞에 서 있는 현백을 발견했다. 달빛 아래 서 있는 현백은 무대 조명을 받은 배우처럼 아름다웠다. 여자라면 누구라도 마음을 빼앗길 만큼 섬세한 이목구비, 훤칠한 키와 넓은 어깨에 호리호리한 몸매, 몸짓 하나하나에서 풍겨 나오는 기품과 권위.

이 여신의 아들은 누구라도 매료될 만한 존재였다.

그런데 어찌된 일인지 이 완벽한 미소년의 얼굴이 무척 어두웠다. 아쉬움과 분노, 좌절이 미묘하게 뒤섞인 표정이 조각 같은 그의 얼굴에 떠올라 있었다.

"나 찾으러 온 거예요?"

온이 그에게 다가서며 물었지만 그는 대답 없이 그녀의 얼굴만을 내려다볼 뿐이었다. 온은 무슨 일이냐는 표정으로 그를 바라보았다.

"왜 그래요?"

"그때…… 집 앞에서 봤던 그 사람이에요?"

갑작스러운 그의 물음에 무슨 뜻인지 몰라 어리둥절해하던 온은 잠시 후 이제야 알았다는 듯 말없이 웃었다.

"그 남자가 아이들이 종로에서 봤다던 그 사람인가요?"

"맞아요. 석상 구매를 의뢰받았다는 대리인."

현백의 얼굴이 딱딱하게 굳었다. 온은 대체 무엇이 그를 화나게 했는지 알 수 없었다. 그리고 대답한 직후에 들려 온 뜻밖의 질문에 그녀는 말문이 막혔다. 현백이 갑자기 왜 이런 걸 묻는지 이해할 수 없었다.

"그 사람…… 좋아해요?"

갑자기 현백이 그녀의 팔을 꼭 쥐면서 속삭였다. 온은 얼떨결에 그에게 팔을 잡힌 채 멍하니 그의 얼굴만 바라볼 수밖에 없었다. 현백의 입술이 그녀의 코끝에 닿을 만큼 가까이 와 있었다. 티 없는 피부는 달빛 아래 종잇장처럼 눈부셨고, 크고 선명한 눈동자는 가늘게 일렁이고 있었다. 온은 가까이서 본 그의 아름다움에, 그리고 그 아름다움 뒤에 숨겨진 갑작스러운 분노에 놀라 몸이 굳어 버렸다.

그때, 현백의 등 뒤쪽에서 바스락거리는 소리가 들렸다. 현백은 재빠르게 몸을 돌려 그녀를 자신의 등 뒤로 숨기면서 동시에 소리의 진원지를 주시했다.

은색 벤츠가 세워져 있는 소나무 숲 사이로 커다란 물체 하나와 가느다란 체구의 사람 하나가 보였다. 그들은 향기가 풍겨오는 것처럼 소리 없이 이쪽을 향해 다가오고 있었다. 몇 초가 지나지 않아, 그들은 환한 달빛 아래 모습을 드러냈다.

호랑이로 변한 호종과 말명이었다.

제11화
내금강 삼불암

"너 좀 가만히 안 있을래!"

커다란 호랑이가 몸을 뒤집었다 폈다, 일어났다 누웠다, 마른 풀과 덜 녹은 눈을 온몸에 묻히며 난리법석을 피우자 보다 못한 말명이 날카롭게 쏘아붙였다. 온과 다시 만난 것이 너무 반가운 나머지 호종은 거의 발광(發狂)하고 있었던 것이다.

호종은 말명의 말을 들은 척도 안 하고 연신 온의 허벅지에 얼굴을 비벼 대고 있었다. 몸길이가 거의 2미터나 되는 이 호랑이 소년은 세 살 사내아이보다 어리광이 더 심했다. 칼에 찔려 다친 곳은 다행히 다 나은 듯 흔적도 보이지 않았다. 온이 환하게 웃으며 목덜미를 세차게 긁어 주자 호종은 마냥 좋다며 배를 드러내고 뒹굴뒹굴 사방을 헤집고 다녔다.

그 모습을 보고 있자니 말명은 기가 막혔다. 원래 인간을, 특히 인간 여자를 좋아하는 놈인 데다가, 평소엔 구경할 기회조차 별로 없긴 하니 저 여자를 볼 때마다 저렇게까지 난리법석을 떠는 건 알겠다. 하지만 아무리 그래도 그렇지, 저 꼴을 보니 도무지 신으로서 자존심이 상해서 견딜 수가 없었다.

나중에 단단히 버릇을 고쳐 놓아야겠다는 결심을 하며, 말명은 뾰루퉁한 얼굴로 현백을 쳐다보았다. 현백은 심각한 표정으로 자신만의 생각에 잠겨 있었다.

"오빠."

말명이 호종에게 외쳤던 목소리와는 180도 다른, 부드럽고 상냥한 목소리로 현백을 불렀다.

"무슨 생각 해요?"

"너희가 올 줄 몰랐어."

말명은 가볍게 한숨을 내쉬며 촘촘히 땋은 머리끝을 매만졌다.

"나도 내가 불려 나올 줄 몰랐어요. 이런 일이 우리 같은 아이들에게 가당키나 해요, 어디. 큰 여신님들 중에서 한 분이 오시거나 성모님께서 직접 나서실 줄 알았는데, 나도 왜 나랑 쟤가 이런 일을 맡게 됐는지 잘 모르겠어요."

여신인 말명도 긴장한 상태라는 걸 깨닫고 현백의 표정이 더욱 어두워졌다.

"어떤 곳이야, 그곳은?"

현백은 어머니에게 꿈을 통해 지시를 받은 터라 마고에 대해서 아는 것이 거의 없었다. 그의 질문에 말명은 제대로 대답을 못 하고 머뭇거렸다.

"왜?"

말명이 입을 열기를 망설이자 현백이 다그치는 눈빛으로 말명을 바라보았다.

"……죽으러 가는 곳인데."

간신히 나온 말명의 대답에 현백의 얼굴이 하얗게 질렸다. 뜻밖의 대답에 그는 말명의 팔을 거칠게 잡아챘다. 그는 온이 듣지 못하게 목소리를 낮춰 물었다.

"뭐라고?"

"신들이 죽으러 가는 곳이라고."

말명이 슬며시 그의 손에서 자신의 팔을 뺐다. 현백이 이렇게까지 예민하게 구는 게 저 여자 때문이라는 걸 알고 있기에, 말명은 기분이 별로 좋지 않았다.

호종도 오빠도 왜들 이렇게 난리인지. 도대체 저 여자는 왜 갑자기 나타나서는 자신과 오빠, 호종까지 이런 일을 겪게 만든단 말인가. 그냥 살던 대로 살면 되는 인간 주제에.

"나도 처음이라구요. 이 근처까지 오니까 기운이 엄청나. 사방이 길이라서 어지러워."

"그게 무슨 소리야?"

"죽으러 오는 신들 잘 찾아오라고 길을 열어 놓고 있다구요!"

현백의 절박한 표정에 화가 난 말명이 쏘아붙이듯 말했다. 현백은 입술을 지그시 깨물었다.

원칙적으로 영생할 수 있는 신들이 죽으러 가는 곳. 그들이 죽을 자리. 그런 곳에 그녀가 가야 한다니……!

온은 분명 들었다. '죽으러 오는 신'이라는 말을.

그리고 그게 무슨 의미인지 알 것 같았다. 마고의 이름을 들었을 때 어머니가 보인 반응에서 이미 얼마간 눈치를 채고 있었던 것이다. 그러나 그녀는 별다른 내색을 하지 않고 담담히 호종의 배를 긁어 주었다.

달이 남중하더니 서편으로 기울기 시작했다. 시간은 자정을 갓 넘겼다. 떠나야 할 시간이다. 현백은 온의 코트 주머니에 작은 스위스 나이프와 손전등을 챙겨 주었다. 온은 이게 무슨 소용이 있을까 싶었지만 말없이 그가 챙겨 주는 물건을 받아들였다. 온은 전처럼 호종의 등에 타기로 했다. 그녀는 자기 옆에 강아지처럼 앉아 있는 호종의 넓은 등을 긁어 주면서 말명에게 물었다.

"이 근처인가?"

말명은 뾰족한 얼굴로 차갑게 대답했다.

"근처긴 근처죠. 좀 더 위쪽이긴 하지만."

"더 위쪽? 여기서 더 위쪽이 있어? 지금이 최북단이잖……."

온이 말을 하다가 말고 말끝을 흐리며 말명의 얼굴을 바라보았다. 말명은 뭘 멍청하게 보고 있냐는 듯 눈썹 한쪽을 올리며 깔보는 표정을 하고 온을 쳐다보았다. 온이 멍하니 되뇌었다.

"우리…… 휴전선을 넘는 거군요."

말명이 피식 웃었다.

"그것 때문에 우리가 여기서부터 당신을 데려가야 하는 거잖아요, 귀찮게시리."

말명은 또박또박 그녀를 '당신'이라고 부르며 짜증 섞인 목소리로 답했다.

온은 '아아'라고 작게 소리를 내뱉으며 눈을 비볐다. 이건 무섭다기보다는 좀 우스웠다. 팔자에도 없는 월북이라니. 그것도 판문점을 통하거나 제3국에서 비행기로 들어가는 것도 아닌…… 무식하게 그냥 철조망을 넘어가는 거라니. 학부 때 NL계열 운동권하고는 친분조차 없었던 자신이, 지금은 남북 관계와는 조금도 관련 없는 공부를 하고 있는 현온이 이런 때 이런 일을 겪게 될 줄은 꿈에도 상상 못 했었다. 뭐, 사실 요 근래 일어난 일 치고 이전에 상상해 본 일이라곤 하나도 없었지만.

따지고 보면 이상할 것도 없다. 인간에게만 38선이고 휴전선이지, 이념도 없고 물리적 제약도 거의 없는 신들에게는 엉킨 칡넝쿨이 하나 더 널려 있는 것일 뿐일 테지. 온은 너무 깊게 생각하지 않기로 했다.

"최종 목적지는?"

"금강산."

기회가 없어 못 해 본 금강산 관광을 한밤중에 하게 되는구나.

"오늘은 신의 길로 갈 거예요. 뭐, 그럴 수밖에 없지만."

퉁명스러운 말명의 설명을 들으며 온은 현백 쪽을 처다보았다. 그의 얼굴은 눈에 띄게 굳어 있었다. 온은 아까 성준과 통화한 이후부터 줄곧 심각한 표정을 하고 있는 그가 신경 쓰였다.

현백은 성준을 자신들에게 위협적인 존재로 보고 있는 것일까. 성준도 석상을 찾고 있는 사람이므로 현백이 경계하는 것은 어쩌면 당연한 일이라고 볼 수 있다. 그러나 지금 현백의 얼굴에 어린 표정은 경계보다는 불안 같아 보였다.

자신도 알지 못하는 곳에 보내는 것이 무섭다고 한 그였다. 언제나 자신을 친누나처럼 살갑게 보살펴 준 저 선한 청년의 걱정을 온이 이해 못 하는 바는 아니었다. 그러나 그녀는 더 이상 자신이 그의 걱정거리가 되는 것을 바라지 않았다.

"현백."

현백이 그녀를 내려다보았다. 유령이라도 본 것처럼 멍한 표정이었다. 그녀는 장난치듯 그의 눈앞에 한 손을 휙휙 저어 보였다.

"너무 걱정 마요. 나 이젠 좀 즐기고 있는 것 같아."

온이 활짝 웃어 보였다. 그러나 그의 굳은 표정은 풀리지 않았다.

"……여기 계속 있을게요."

현백이 허스키한 목소리로 다짐하듯 말했다. 기다리겠다는 그의 말에 그녀는 대답 대신 미소를 지어 보였다.

그녀도 알고 있었다. 어쩌면 다시 돌아오지 못할지도 모른다는 것을, 그리고 현백도 그걸 알고 있다는 것을. 어쩌면 헛된 것이 될지도 모르는 그런 약속을, 지금 두 사람은 하고 있었다.

현백은 자신이 두르고 있던 회색 캐시미어 목도리를 풀어 그녀 목에 둘러 주었다. 긴 목도리로 둘둘 감싸자 온의 얼굴이 목도리에 반쯤 파묻혔다. 어른 옷을 입은 계집애 같아서 온이 킥킥 하고 웃었다. 말명은 질투가 가득 찬 얼굴로 그 모습을 애써 외면했다.

그때, 갑자기 온이 무엇인가 생각난 듯 차 쪽으로 뛰어갔다. 그녀는 조수석에 있는 자신의 핸드백을 꺼내 아까 낮에 집에서 챙겨 왔던 백석 시집을 꺼냈다. 그녀는 뭐 놓고 온 것이 있나 해서 뒤따라온 현백에게 시집을 건넸다.

"짠, 선물이오."

그녀가 장난스럽게 말하며 책을 내밀었다. 현백은 그녀의 손에 들린 책을 물끄러미 바라보았다.

"어제 집에서 중학교 때 좋아했던 시집을 찾아냈어요. 이거 현백한테 줄게."

온은 망설이는 현백의 손을 잡아당겨 책을 쥐어 주었다.

"어제 이거 다시 읽고, 뭐랄까…… 알게 되었다고 해야 하나. 아님 용기가 생겼다고 해야 하나. 뭐라고 말하긴 힘들지만."

온이 잠시 생각하다가 빙긋 웃으며 말을 이었다.

"세상 아무도 몰라 줘도 나랑 현백만은 이해할 수 있는 그런 말…… 그런 말이 여기 쓰여 있더라고요. 그래서 현백 씨 주려고 일부러 가져왔어요."

여전히 현백은 자기 손에 쥐여진 시집을 내려다보며 서 있기만 했다. 어쩌면 돌아오지 못할 사람이 자신에게 주는 유품인 것만 같아서, 그는 이 책을 받기가 두려웠다.

"아까 오면서 현백 씨 이야기 들었을 때 마음이 많이 아팠어. 나랑 다르지만…… 또 다르지 않은 것 같은 느낌이 들어서 그랬나 봐요."

온의 목소리는 다시 없이 차분했다.

"있잖아요. 나 스물일곱 해나 살았지만 살아 있다는 거, 살아간다는 거에 대해 뭘 알았나 싶어요. 갑자기 그런 생각이 들었어."

어둠 속에서 그녀가 미소 지었다.

쌉싸래하지만 차분한 미소. 꼭 그녀 자신 같은 미소였다. 그녀는 한 걸음 그에게 다가섰다. 그리고 천천히 그를 안아 주었다. 그녀의 뺨이 자신의 가슴팍에 닿은 것을 느끼며, 현백은 차오르는 감정에 눈시울을 붉혔다.

그녀의 몸은 너무 작고 가냘팠다. 달빛 아래 흰 모데미풀같이 작고 여린 그녀가 바보 같은 자신을 위로하며 안아 주었다.

"고통스럽지만…… 우리."

그녀가 잠시 말을 멈추었다. 그리고 한숨을 쉬듯 차분하게 말했다.

"……너무 원망하지는 맙시다."

그 순간, 현백의 두 눈에서 왈칵 눈물이 솟았다. 그녀는 지금 그들의 운명에 대해서 말하고 있는 것이다.

너무 미워 말라고, 그 미움으로 자신을 상하게 말라고, 부디 이 세상에서 잘 버티며 살아 달라고…….

어쩌면 그 끝이 죽음일지도 모르는 미지의 세계로 떠나면서, 그녀는 마지막이 될지 모르는 당부를 하고 있는 것이다. 현백은 이 모든 것을 견딜 수가 없어서 밤의 눈동자 같은 그녀의 정수리에 툭 하고 눈물을 떨어트렸다.

그리고 그 말을 끝으로 그녀는 떠났다.

그녀가 호종의 등에 올라타자 두 신과 한 인간은 연기처럼 현백의 시야에서 사라졌다. 한 번 돌아보지도 않고.

그들이 가고 겨울 산에 홀로 남은 현백은 떨리는 손으로 담배를 찾았다. 몇 대를 연달아 피워도 가슴 속에 남은 허전함을 채울 수 없었다. 흰 연기가 허공에 흩날리듯이 그의 심장박동도 흩어지는 것 같았다.

담배 한 갑을 다 피운 현백은 운전석에 한참을 우두커니 앉아 있었다. 얼마나 시간이 지났을까. 현백은 천천히 실내등과 히터를 켜고 온이 준 시집을 펼쳤다.

백석.

고등학교 때 들어 본 적 있는 이름이었다. 그는 책날개에 찍힌 청년 시인의 얼굴을 흘끗 훑어보고는 시선을 맞은편 페이지로 돌렸다. 시집의 첫 장에 쓰여 있는 단정한 펜글씨. 어린 시절의 그녀와 함께했던 누군가의 다정한 한마디.

— 항상 무엇인가를 헤치며 나아가고 있는 것처럼 보이는
온에게.

그녀는 소녀였을 때도 무언가를 헤치며 나아갔던 것일까. 맑은 눈을 가진 단발머리 소녀가 고집스럽게 입술을 앙다문 채 서 있는 모습이 눈앞에 선하다.

현백은 시집 한가운데쯤 접힌 페이지가 있는 것을 발견하고 첫 장을 넘기려다 말고 바로 그 페이지를 펼쳤다.

어젯밤 온에게 속삭였던 소녀가 살고 있는 페이지였다. 거기에는 『남신의주 유동 박씨봉방』이라는 시가 실려 있었다. 20대 청년 시절의 백석이 가족과 사랑하는 사람으로부터 떨어져 혼자 지낸 시기에 쓴 시였다. 첫 연에는 어느 추운 밤 북방 지역 남의 집 골방에 누워 세상에서 고립된 채 홀로 남겨진 마음이 담담하게 서술되어 있었다. 현백은 천천히 시를 읽어 내려갔다.

내 가슴이 꽉 메어 올 적이며,

내 눈에 뜨거운 것이 핑 괴일 적이며,

또 내 스스로 화끈 낯이 붉도록 부끄러울 적이며,

나는 내 슬픔과 어리석음에 눌리어 죽을 수밖에 없는 것을 느끼는 것이
었다.

그러나 잠시 뒤에 나는 고개를 들어,

허연 문창을 바라보든가 또 눈을 떠서 높은 천정을 쳐다보는 것인데,

이때 나는 내 뜻이며 힘으로, 나를 이끌어가는 것이 힘든 일인 것을 생
각하고,

이것들보다 더 크고, 높은 것이 있어서, 나를 마음대로 굴려가는 것을
생각하는 것인데,

이렇게 하여 여러 날이 지나는 동안에,

내 어지러운 마음에는 슬픔이며, 한탄이며, 가라앉을 것은 차츰 앙금이
되어 가라앉고,

외로운 생각만이 드는 때쯤 해서는,

더러 나줏손에 쌀랑쌀랑 싸락눈이 와서 문창을 치기도 하는 때도 있는
데,

나는 이런 저녁에는 화로를 더욱 다가 끼며, 무릎을 꿇어보며,

어느 먼 산 뒷옆에 바우섶에 따로 외로이 서서,

어두워 오는데 하이야니 눈을 맞을, 그 마른 잎새에는,

쌀랑쌀랑 소리도 나며 눈을 맞을,

그 드물다는 굳고 정한 갈매나무라는 나무를 생각하는 것이었다.

현백은 긴 손가락으로 밑줄이 그어진 행을 더듬었다.
그의 손가락이 파르라니 떨리고 있었다.

이때 나는 내 뜻이며 힘으로, 나를 이끌어가는 것이 힘든 일인 것을 생각하고,
이것들보다 더 크고, 높은 것이 있어서, 나를 마음대로 굴려가는 것을 생각하는 것인데,

그 옆에는 또박또박 연필로 쓴 어린 온의 글씨가 적혀 있었다.

 — 이렇게 더 큰 존재가 나를 굴려가는 것이라지만. 나는 괜찮다.
갈매나무처럼 괜찮을 것이다.

현백은 몇 번이고 그 글자를 더듬으며 매만졌다. 책장 위로 눈물이 방울방울 떨어져 맺혔다.
고집스러운 입매를 한 어린 시절의 그녀 목소리가 들리는 것 같았다.

'괜찮다.'

아버지가 없어 외로운 소녀. 가냘픈 체구의 작은 단발머리 소녀가 그의 옆에 와 앉아 말한다.

'괜찮아요. 나는 갈매나무처럼 괜찮을 거예요.'

현백은 두 손에 얼굴을 묻으며 흐느꼈다.
항상 그리워한 사람. 닿는 것이 허락되어 있지 않아서 그저 멀리서 바라보기만 한, 바람을 닮은 그녀.
그녀는 운명을 너무 원망하지는 말자며 산 저편으로 사라졌다. 어쩌면 돌아오지 못할지도 모른다. 그는 눈물을 흘리며 어디에 있는지도 모를 커다란 손에게 간절히 기도했다.

그 사람이 아무 일 없이 돌아와만 준다면…….
다시는 원망하지 않겠습니다.
그러니 나의 흰 모데미풀을 돌려주세요.
다시 그녀를 안고 싶습니다.

*   *   *

호랑이 등에 처음 타 본 것은 아니지만 이번엔 달랐다.

지리산 자락을 뛰어내려올 때도, 종로 바닥을 바람처럼 가로지를 때도 호종은 분명 땅을 딛고 있었다. 하지만 지금은 발을 땅에 대지 않고 공기 속을 달리고 있는 듯한 느낌이었다. 그들 쪽으로 불어오는 바람도 세차지 않았다. 오히려 주변 공기가 따뜻하게 느껴지기까지 했다.

천천히 달리고 있는 게 아닐까.

털 아래에서 거세게 움직이는 호종의 근육과 뜨거운 체온이 아니었더라면 온은 그가 멈춰 있다고 생각했을 것이다. 그녀는 주변 상황을 살펴보기 위해 꼭 감고 있던 눈을 살포시 떠 보았다. 그러나 사방이 어둠이라 아무것도 보이지 않았다. 간간이 뒤쪽으로 사라지는 검은 나무줄기만을 확인할 수 있었다. 말명은 어둠에 숨어서 오고 있는 건지, 아니면 따로 오는 것인지 보이지 않았다.

분명 달이 밝았는데…… 달빛이 닿지 않는 곳으로만 가고 있는 걸까.

왜 이렇게 어두운 걸까.

고개를 돌리자 현백이 둘러준 커다란 회색 목도리가 뺨에 닿았다. 보드라운 감촉에 마음이 편안해졌다. 어깨를 움츠려서 목도리에 얼굴을 파묻었다.

어느 순간부터 온의 마음은 차분히 가라앉기 시작했었다. 현백의 집에서 그와 대화를 나눈 이후부터, 또는 자신을 둘러싼 새로운 세계의 정체를 책과 자료를 통해 알아보는 과정에서 변한 것일 수도 있다. 아니…… 어쩌면 쏟아지는 눈 속에서 성준의 사랑을 확인받은 날부터일지도 모른다.

　정확히 어느 순간부터인지는 알 수 없어도, 그 언제부터인가 온은 '현실'과 마주할 준비를 하고 있었다. 그리고 어젯밤 백석의 시집을 펼쳐 어린 시절 자신이 적은 단단한 연필 글씨를 발견한 순간, 스물일곱 평범한 사람으로 살아온 현온은 비로소 자신에게 주어진 새로운 세계를 진심으로 받아들일 수 있게 되었다.

　열여섯 어린 소녀였던 온은 자신을 굴리는 커다란 존재에게 괜찮다고 말했다. 자신을 끌어 가는 그 커다란 손에게, 그리고 손이 건네준 자신의 운명에게.

　이 모든 괴로움은 그녀 자신을 너무 믿었기 때문에 일어난 일이었다.

　대단할 것 없는 존재.

　세계 앞에 한없이 약한 존재인 자아가 너무나 컸던 탓이다. 어젯밤 그녀의 방 저편에 누워 있던 엄마도 운명 앞에서는 그저 약한 존재일 뿐이었다. 한때는 커다란 능력을 가진 신이었지만 엄마 또한 커다란 손의 뜻에 따라 아버지를 만나고, 잃어버리고, 혼자서 자신을 낳아 기른, 약하고 약한 영혼일 뿐이었다. 아니, 엄마야말로 긴 시간 운명의 가혹함을 소리 없이 견뎌 낸, 약하지만 강한 존재일지도 모르겠다.

　그러니 누구를 원망할 일도, 미워할 일도 없다. 어젯밤 그녀는 엄마와 달빛 아래 나란히 누워 그러한 운명의 존재를 비로소 받아들였던 것이다.

그래서 지금 가는 이 길이 두렵지 않았다. 죽음이 겁나지 않는 것은 아니었지만 풀줄기만큼 약한 자신에게 너무 엄격해지지 않기로, 주어진 삶을 거부하지 않기로 했으므로 마고와의 대면 또한 자신에게 부여된 '몫' 중 하나라고 여기기로 했다.

그녀의 생각이 여기까지 닿은 순간.

호종이 갑자기 몸을 쭉 펴고 뛰어오르는 것이 느껴졌다. 생각에 잠겨 있던 온은 이상한 느낌에 놀라 눈을 번쩍 떴다. 그러자 눈앞에 커다란 달이 보였다. 그건 마치 노란 빛 우물로 뛰어드는 느낌이었다.

아까는 달을 피해 달리더니 이제는 달 속으로 돌진하려는 걸까.

온은 재빨리 고개를 돌려 아래를 내려다보았다. 털이 북슬북슬한 호종의 발 아래로 거무튀튀하게 뒤엉킨 철조망이 보였다.

아, 달이 이렇게 큰데…… 달이 이렇게 환한데 그냥 막 넘나…….

호종은 방금 휴전선을 뛰어 넘은 것이었다. 전방 초소에 있는 육군 총각에게 총질을 당해도 이제는 어쩔 수 없는 일이라고 생각하며, 온은 눈을 감고 캐시미어 목도리의 부드러운 감촉에 집중하려고 노력했다. 느긋하다고까지는 할 수 없을지라도, 마음은 평온했다.

출발했을 때보다 달이 10도 정도 기운 것 같은데 몇 시인지는 알 수 없었다. 현백이 챙겨 준 나이프와 손전등 외에는 아무것도 들고 오지 않았기 때문이다.

어느 정도 속도로 이곳까지 왔는지도 알 수 없었다. 그래도 고성에서 금강산까지라면 차로도 한참 가야 하는 거리일진대, 호종은 마치 걸어온 것처럼 숨 한 번 거칠게 내쉬지 않았다. 종로에서 헐떡이던 것과는 딴판이었다. 온은 기운을 받을 만한 산이 주변에 있으면 된다던 현백의 말이 생각났다.

달이 환했지만 골짜기 구석구석을 비출 만큼은 아니었다. 그래도 산이 눈에 띄게 깊고 험준하다는 걸 대충이나마 알 수 있었다. 호종이 발걸음을 멈춘 곳은 구불구불한 길 위였다. 자정이 넘은 시간, 깊고 깊은 내금강 골짜기라지만 마고가 사는 곳이 이렇게 사람들이 오가는 길 근처에 있다는 게 좀 이상했다.

그때, 갑자기 그들 뒤에서 말명이 나타났다. 여느 때처럼 푸른 코트를 입은 소녀는 호종과 온을 무시한 채 길을 걸어 올라가기 시작했다.

"말명!"

자신을 부르는 소리에 말명은 대꾸도 않고 계속 길을 따라 올라갔다. 온이 어떻게 해야 할지 몰라 그저 멍하니 서 있자 뒤에 있던 호종이 온의 엉덩이를 얼굴로 밀었다. 온은 호종이 시키는 대로 서둘러 말명을 따라갔다.

길은 명주실 다발처럼 구불구불 위쪽으로 이어져 있었다. 그들은 왼쪽에 계곡을 끼고 길을 따라 올라갔다. 앞서간 말명은 얼마나 빠르게 움직였는지 이미 보이지 않았다. 그때, 달이 구름에 가려 잠시 자취를 감췄고 주변이 확연히 어두워졌다. 오직 옆에서 그녀를 따르고 있는 호종의 두 눈동자만 어둠 속에서 빛나고 있었다.

온은 주머니에서 현백이 챙겨 준 작은 손전등을 꺼내 켰다. 발 앞으로 한 줄기 빛이 떨어졌다. 갑자기 장난기가 생긴 온은 턱밑에 손전등을 대고 호종의 넓적한 얼굴에 자신의 얼굴을 쑥 들이대며 외쳤다.

"어흥!"

타다다닥!

귀신 같은 얼굴이 갑자기 눈앞에 나타나자, 덩치만 컸다 뿐이지 순진하기 그지없는 호랑이 소년은 겁을 집어먹고 놀라 후다닥 물러났다. 그런 호종이 귀여워서 온은 까르르 웃음을 터트렸다. 몸집은 맹수, 성격은 강아지인 호종은 처음엔 무슨 일인지 몰라 멍하니 서 있었지만, 곧 온의 장난인 것을 알고는 신이 나서 그녀의 주변을 폴짝폴짝 뛰어 다녔다.

온과 호랑이는 한결 가벼운 기분으로 한 줄기 손전등 빛에 의지해서 길을 걸어 올라갔다. 잘 닦인 길을 따라 아름드리 전나무가 무성했다. 아무리 생각해도 이곳은 분명 사람들의 발길이

잦은 곳이다.

50미터쯤 더 올라갔을까. 드디어 앞서 간 말명이 보였다. 푸른 코트를 입은 소녀는 길 가운데에 서 있었다. 그들이 따라 올라온 길은 삼각뿔 모양의 커다란 바위 두 개 사이를 통과하고 있었다. 말명은 두 바위 앞에 서서 그중 더 큰 오른쪽 바위를 올려다보고 있었다.

온과 호종이 말없이 그 옆에 가 섰다.

뭘 보고 있는 거지?

온이 말명의 눈치를 흘끗 보았지만 소녀는 미간을 찌푸린 채 바위만 노려보고 있었다.

커다란 삼각바위 앞에 호랑이 한 마리와 두 여자가 서 있기를 몇 분. 그때, 마침 달을 가리고 있던 구름이 걷히고 불현듯 골짜기가 환해졌다. 그들이 서 있던 바위 사이 길도 볕 아래 있는 듯 하얗게 빛났으며, 더불어 말명이 올려다보고 있던 거대한 바위의 모습도 또렷하게 드러났다.

온은 달빛 아래 드러난 바위의 표면을 보고 숨을 멈췄다. 벌어진 입은 다물어질 줄을 몰랐다. 그녀는 바위에서 눈을 떼지 않고 천천히 뒷걸음질 쳐서 수 미터 떨어진 곳에서 멈췄다.

그녀는 달빛을 받은 바위를 한눈에 알아볼 수 있었다.

그것은 내금강 삼불암(三佛巖)이었다.

삼불암은 고려시대 조각으로 추정되는 마애불이다. 시원하고 부드러운 곡선, 온유한 표정을 가진 미륵, 석가, 아미타불이

8미터가 넘는 삼각형 바위에 장중하게 새겨져 있는 불교 문화재. 북한의 보물급 문화재인 삼불암은 길이가 3미터, 폭이 1미터가 좀 넘는 크기였다.

그녀가 정확히 알고 있는 이유는 이전에 삼불암과 관련된 연구를 한 적이 있기 때문이었다. 온은 재작년 석사 전공 수업에서 김홍도의 금강사군첩(金剛四郡帖)에 대해 발표했다.

금강사군첩은 단원이 44세 때 정조 임금의 명으로 김응환과 함께 금강산 일대를 답사하여 그려 올린 화첩이다. 순조의 매제인 홍현주에게 하사된 원본은 이후 자취를 감췄고, 지금은 이모(移模)한 75폭, 60폭, 45폭짜리 화첩만이 전해지고 있다. 금강사군첩은 정조 년간 실경산수의 수준 높은 경지와 탁월한 미의식을 보여 주는 뛰어난 작품이라고 할 수 있는데, 내금강의 명승지 중 하나인 삼불암은 이 60폭 화첩 중 권(卷) 사(四)에 수록되어 있었다.

그녀는 당시 발표문을 작성하기 위해 금강사군첩에 실린 명승지들의 실물을 하나하나 찾아보았다. 마침 내금강 관광로가 열린 직후라서 다녀온 사람들의 사진이나 답사 자료들이 많이 있었기 때문에, 온은 삼불암의 모습을 손쉽게 확인할 수 있었다. 사진을 보면서도 언제 한번 실제로 이것들을 볼 수 있을까 생각했던 그녀였다.

그런데 지금 그 당시 사진을 보며 아쉬워한 삼불암을, 자정이 넘은 이 시간에 직접 와서 보게 된 것이다.

'예정에 없는 북한 문화재 답사인가.'

그녀는 이걸 뜻하지 않은 행운이라고 불러야 할지 말아야 할지 잘 모르겠다고 생각했다. 온이 신기한 눈으로 삼불암을 올려다보고 있는 동안, 말명은 짜증을 내고 있었다.

"아, 진짜!"

골짜기가 쩌렁쩌렁하게 질러 댄 소리에 놀라 온이 그 옆으로 달려왔다.

"왜 그래요?"

"여기가 맞는데 도대체 인간 따위를 어떻게 데리고 들어가냐고!"

말명의 짜증에 온은 말문이 막혔다. 신인 호종과 말명은 마고의 공간에 어떻게든 들어갈 수 있겠지만, 자신은 운신이 쉽지 않아서 여기까지 오는 데도 호종의 신세를 져야 했다. 늘 자신이 문제다. 아무 능력도 없이 텅 비어 있는 자신이. 지난번 사계지에서도 느꼈던 위축감으로 온은 괜스레 입술만 깨물었다.

민망해진 그녀는 손전등으로 주변을 슬쩍 비추어 보았다. 가는 빛줄기를 부지런히 돌려 주변 구석구석까지 살펴보았지만 마고가 있다는 곳으로 이어질 만한 길은 보이지 않았다. 무안해진 그녀는 손전등을 돌려 괜스럽게 삼불의 얼굴을 하나하나 비추어 보았다. 서서히 목, 가슴, 다리, 발 쪽으로 손전등 불빛을 내렸는……

"잠깐."

갑자기 온이 무엇인가를 발견한 듯한 얼굴로 다시 손전등을 올렸다. 손전등 불빛이 고정된 곳은 다름 아닌 가장 왼쪽의 아미타불과 가운데 있는 석가의 하반신이었다. 두 여래의 다리 부분은 긴 옷자락으로 가려져 있었으며, 그 아래로는 투박한 발이 삐져나와 있었다.

그런데 놀랍게도, 겹쳐진 두 부처의 옷깃이 마치 커튼이 바람에 날리듯 부드럽게 흔들리고 있는 것이 아닌가?

온은 제 눈을 믿을 수 없어서 몇 차례 눈을 끔벅였다. 몇 번을 확인해도 손전등 불빛 아래 옷자락은 계속 물결치고 있었다.

도대체 어떻게 돌 위에 조각된 옷이 흔들린단 말인가? 돌 벽을 마모시켜 만든 것이라 저걸 마애불(磨崖佛)이라고 부르는 건데!

그녀는 넋이 나간 표정을 감추지 못한 채 찰랑찰랑 흔들리는 아미타불과 석가의 옷깃을 보고만 있었다. 그러나 말명은 달랐다. 말명은 망설임 없이 그 앞으로 폴짝 뛰어올라 펄럭이는 옷깃을 잡았다. 온의 머리보다 높은 곳에 위치한 옷깃을 잡기 위해 키가 작은 말명은 개구리처럼 뛰어오른 것이다. 점프력 좋은 이 소녀는 아미타불의 돌 옷자락에 매달려 커튼을 젖히듯 옷을 들췄다.

그 모습을 보던 온은 하마터면 '악!' 하고 소리 지를 뻔했다.

부처님에게 아이스께끼라니!

그러나 '부처님한테 무슨 망령된 짓이야!'라고 생각한 것도 한순간. 말명이 젖힌 돌 옷깃 안쪽에서 커다란 검은 구멍이 드러나자 온은 아무 소리도 내지 못했다.

"아, 입구도 진짜 이상한 데다가 숨겨 놨네."

옷깃을 놓고 내려온 말명이 툴툴거렸다. 온은 폭이 1미터가 될까 말까 한 구멍을 멍하니 바라보고 있었고, 호종은 그 옆에서 고개를 갸웃거리며 온을 올려다보고 있었다.

"야, 너."

말명이 호종에게 손가락질을 했다.

"너 먼저 들어가."

갑자기 지명당한 호종은 고개를 도리도리 저으며 주춤주춤 뒤로 물러났다. 딱 봐도 온의 뒤편으로 숨고 싶어 하는 듯했지만, 덩치가 족히 온의 두 배는 될 만한 녀석에게 그런 일이 가능할 리 없었다.

"들어가라고, 이 자식아!"

호종은 공포에 질려 더욱 세차게 고개를 저었다. 덩치만 큰 호랑이 소년은 어리광뿐만 아니라 겁도 많았다. 하긴 신들이 죽으러 가는 곳이라는데 아무리 천방지축 개구쟁이 호종이라도 들어가고 싶을 리가 없다. 게다가 제일 먼저 들어가라니.

"셋 셀 때까지 안 들어가면 던진다."

말명이 이를 꽉 깨물고 복화술 하듯 읊조리자 듣고 있던 온의 등줄기에까지 식은땀이 흘렀다.

"하나."

말명은 기다리지 않고 바로 카운트다운을 시작했다.

"두우……."

약간 커진 목소리가 '둘'의 리을 받침을 채 발음하기도 전에 호종의 꼬리가 구멍 안으로 자취를 감췄다. 훌쩍 점프해서 시커먼 원 안으로 사라지는 도톰한 뒷발을 보면서, 온은 불붙은 굴렁쇠를 통과하는 서커스단 호랑이 못지않다고 생각했다.

"들어가요."

분명 자신에게 하는 소리였다. 여기 말명과 자신 외에는 아무도 없으니까.

여기까지 왔는데, 나 때문에 이렇게 고생까지 했는데…….

내가 안 들어가겠다고 하면 화를 낼까?

역시…… 화내겠지?

온은 방금 전 호종이 느낀 기분이 무엇인지 확실히 알 것 같았다. 그녀는 꿀꺽 침을 삼키며 삼불암에서 최대한 멀리 떨어지도록 천천히 뒷걸음질 쳤다. 구멍이 좀 높아서 도약 없이는 힘들 것 같았기 때문이다. 삼불 옆에 서 있는 말명의 표정이 잘 보이진 않았지만 아마 그녀가 도망치려는 줄 알고 '저게 내 손에 죽고 싶나!'라는 표정을 짓고 있는 것 같았다. 여차하면 던져 버릴 준비를 하며 이를 갈고 있는지도 모른다.

온은 심호흡을 한 번 하고 전속력을 다해서 삼불암 쪽으로 돌진했다. 원 아래쪽 끝이라도 잡으려면 어쩔 수 없었다. 담을 넘을 때처럼 대롱대롱 매달려서 안으로 기어들어가기로 한 것이다.

온은 삼불암 바로 앞에서 힘껏 도약해서 구멍 아래쪽을 간신히 붙잡았다. 그런데 바로 그 순간, 갑자기 원의 테두리가 찰흙처럼 축 처지더니 온의 아랫배 있는 곳까지 늘어났다. 갑작스레 입을 앙 벌리듯 길어진 입구에 당황하는 것도 잠시, 온은 망설임 없이 구멍 안으로 몸을 던졌다. 그 앞에서 조금이라도 망설였다간 말명이 와서 자신을 구멍 안으로 던져 넣었을 테니까.

그리고 잠시 후 마지막까지 남아 있던 말명마저 검은 입 안으로 사라졌다. 들어가야 할 이들이 모두 들어가자마자 부처의 옷깃은 대극장의 막이 내려지듯 부드럽게 가라앉았다.

한밤의 소란자들이 떠난 내금강은 다시금 고요해졌다.

*   *   *

호종을 먼저 내려 보낸 말명의 선견지명은 탁월했어.

온은 호종의 뱃가죽에 얼굴을 묻은 채 생각했다. 그러나 정작 혜안의 당사자인 말명은 온의 머리에서 1미터쯤 위 좁은 통로에 끼인 채로 계속 짜증을 내고 있었다.

"너, 호종이 이 자식! 빨리 못 뚫어!"

호종은 말명이 소리를 지르건 말건 온을 배 위에 올려놓고 태평하게 그릉그릉대고 있었다.

10분 전.

망설임 없이 구멍 안으로 몸을 던진 온은 한없이 밑으로 떨어졌다. 그것은 마치 어린 시절 읽었던 『이상한 나라의 앨리스』의 주인공이 된 것 같은 경험이었다.

그 책을 읽었을 당시 금발 소녀가 구멍으로 떨어지는 장면을 그린 삽화가 꽤나 무서워 보였기 때문에 온은 주인공이 겪은 모험이 조금도 부럽지 않았다. 게다가 유치원에 다니고 있던 온이 보기에도 체셔 고양이나 토끼, 여왕은 너무 예의가 없었다. 어린 시절부터 똑 부러지는 성격이었던 온은 그렇게 못된 사람들이 가득한 원더랜드 따위 가고 싶지 않다고 고집스럽게 생각했던 것이다.

그런데 스물일곱이나 먹어서 이렇게 앨리스처럼 굴속을 자유낙하하게 되다니. 그녀는 밑으로 떨어지면서도 '사람 일은 모르는 거다'라는 만고불변의 진리를 다시 한 번 곱씹었다.

놀라운 사실은 그들이 추락하고 있는 이곳, 그러니까 마치 수도관 같은 이 검은 굴은 무장공비나 빠삐용 같은 사람들이 심혈을 기울여 뚫어 놓은 것 같은 종류의 굴이 아니라는 것이다. 한마디로 요약하자면, 이 굴은 고등학교 지구과학 시간에 배운 지구 내부 구조와 물리 시간에 배운 자유낙하 법칙을 깡그리 무시한 괴상한 굴이었다.

온은 구멍 아래로 뛰어내리면서도 딱딱하게 얼어붙은 땅굴이나 종유석이 잔뜩 자라나 있는 용암 동굴 같은 걸 상상했었다. 돌 같은 데 부딪혀서 온몸에 피멍이 들 것을 각오하고 뛰어내렸던 것이다. 그런데 이 통로 벽의 표면은 차가운 흙이나 단단한 돌이 아닌, 부드러운 무엇인가로 되어 있었다. 의외로 놀랍도록 따뜻했으며, 따뜻한 속살과 같은 감촉이 느껴졌다.

그뿐만이 아니었다. 중력의 영향을 받고 있는 지구가 맞나 싶을 정도로, 그녀가 낙하하는 속도는 느릿느릿했다. 조금 과장을 보탠다면 천장에서 떨어트린 깃털처럼 가볍게 추락한 것이다.

덕분에 그녀는 떨어지면서도 별다른 생명의 위협을 느끼기는커녕 오히려 꽤나 여유까지 있어서 이와 같은 잡생각도 할 수 있었다. 온은 한 치 앞도 보이지 않는 검은 굴 밑으로 떨어지면서 어쩌면 자신이 갈릴레이의 물리법칙에 반기를 들 수 있는 유일한 기회를 얻은 것일지도 모른다고 생각했다.

그녀가 이런 생각을 떠올린 바로 그 순간.

"아악!"

온의 몸이 포근한 감촉의 괴물체와 충돌했다. 온은 갑작스러운 충격에 놀란 나머지 비명을 질렀다. 그것은 그들을 둘러싼 벽과는 다른 부드러움, 마치 털과 같은 것이었다.

'언제까지 떨어지나 했더니 그 끝은 털인가'라고 생각했던 것도 잠시, 그녀의 몸 밑에 있는 보드라운 털이 '그르렁' 소리를 내면서 떨렸다. 온은 깜짝 놀라서 더듬더듬 자신이 떨어진 곳을 만져 보았다.

소리 나는 털은 다름 아닌 호종의 배였다.

빛 한 점 없이 어두운 곳이었으므로 아무것도 보이지 않았다. 온은 일단 주머니를 뒤져 손전등을 꺼내 켰다. '그르렁' 우는 소리가 나는 쪽을 비추니 호종의 커다란 얼굴이 보였다. 호종은 눈이 부신 듯 눈을 깜박였는데 어둠 속에서 빛을 찾으려는 듯 노란 동공이 커다랗게 확대되어 있었다.

"우와…… 이게 끝인 거야?"

뜻밖이라는 듯한 그녀의 물음에 호종이 끙끙거리는 소리로 답했다. 여기가 바닥이라면 그녀는 호종 덕분에 다치지 않은 것이다. 먼저 뛰어내린 호종이 다음으로 뛰어내린 온을 밑에서 받쳐 주면서 일종의 쿠션 역할을 해 준 것이었다. 온은 고마움의 표시로 호종의 목덜미를 북북 긁어 주었다. 호종이 갸르릉거리며 웃었다.

일단 부드러운 호랑이의 배에 안착하긴 했는데 이제 어떻게 해야 할지 몰라, 온은 일단 그 자세 그대로 가만히 있었다.

몇 초 지나지 않아 그녀의 머리 위에서 소리가 들렸다.

"아, 뭐야! 또!"

말명이었다. 요정처럼 날렵한 어린 여신은 능력 없는 빈 몸인 온처럼 꼴사납게 떨어지지 않고 그들의 1미터쯤 위에서 벽을 짚고 우아하게 멈춘 모양이었다. 온은 꾸물꾸물 몸을 돌려 손전등으로 말명이 있는 위쪽을 비추었다.

"아, 좀 치워요!"

짜증이 북받친 목소리에 온이 황급히 손전등을 통로 벽 쪽으

106 유리여신

로 돌렸다.

손전등의 불빛에 통로의 모습이 드러났다. 통로의 폭은 처음 들어왔을 때보다는 좀 좁아진 것 같았다. 굴의 벽은 독특하게도 붉은색이었으며, 어찌된 일인지 흙이나 돌이 아니었다.

온은 손을 쭉 뻗어 벽의 표면을 쓸어보았다. 울퉁불퉁 요철이 나 있는 벽의 표면에서는 아무것도 묻어 나오지 않았고, 놀랍게도 촉촉하고 따뜻했다. 마치 살갗 같았다.

맨틀이란 게 원래 이런 거라면, 지구과학 선생들은 다 사기꾼이잖아.

온은 호종의 넓고 복슬복슬한 배 위에 누운 채 손을 뻗어 연신 벽을 찔러 보았다. 몇 번을 만져 보아도 역시 신기한 감촉, 신기한 온도였다.

그나저나, 이렇게 좁은 데서 마고가 산다고?

그때, 위에서 말명이 소리를 지르며 호종을 재촉했다.

"너 빨리 안 뚫을래?"

"그르르룽, 그릉……."

갑자기 호통 소리가 들리자 호종이 움찔 놀라며 그르릉 울었다.

뚫다니? 여기가 끝이 아닌 건가?

"밑에 뭐가 더 있어?"

온이 호종의 얼굴 쪽으로 손전등을 비추자 호종이 눈알을 데 굴데굴 굴리는 것이 보였다. 보이진 않았지만 아마도 식은땀 같은 걸 홀리는 것도 같았다.

설마……?

"니가 그 몸으로 들어와서 막힌 거잖아, 이 돼지야! 몸을 줄이든가! 내가 진짜 너 때문에! 너 빨리 안 뚫으면 내가 내려가서 발로 누른다!"

말명의 협박에 호종이 거의 우는 것처럼 신음 소리를 냈다. 호종의 제1 천적은 역시 말명이었다. 온은 호종이 안쓰러우면서도 귀여웠다. 이 두 어린 신들은 티격태격하면서도 매번 같이 다니며 한 몸처럼 지내고 있었다.

"이게, 진짜……."

성질을 참다못한 말명이 내려오려는 듯 짜증을 부리자 화들짝 놀란 호종이 바짝 긴장했다. 그러고는 잠시 후, 그가 온몸의 근육에 힘을 잔뜩 주기 시작했다. 돌처럼 딱딱해지는 호랑이의 몸을 느끼며 온은 무슨 일이 일어날지 몰라서 일단은 손전등을 주머니에 집어넣고 호종의 굵은 허리를 꽉 껴안았다.

"우어어어훙!"

귀가 찢어질 것 같은 커다란 포효와 동시에, 놀랍게도 벽이 찢어지는 소리가 들렸다. 깨지거나 부서지는 것이 아니라 천이나 살갗이 찢어지는 소리라니! 호종의 기합과 같은 울음은 강력한 파괴력을 지니고 있어, 그들이 머물러 있던 통로를 순식간에 넓혔다.

역시 호종이 커서 중간에 끼었던 거로구만.

호종이 괴력을 써서 굴의 벽을 찢자 커다란 호랑이의 몸은 다시 자유낙하 아닌 자유낙하를 시작했다. 그리고 그와 더불어 그의 허리를 꽉 붙들고 있던 온까지 아래로 추락했다.

*　　*　　*

꿉꿉한 냄새와 까끌까끌한 촉감.

아무것도 보이지 않았음에도 불구하고 이 선명한 감각들이 그녀가 지금 어디 위에 누워 있는지를 알려 주었다. 온은 푹신한 짚 더미 위로 떨어졌다. 아까 호종의 배 위에 떨어졌을 때만큼이나 부드러운 착륙이었다. 이번엔 호종을 깔고 앉지 않았다는 점도 마음에 들었다.

그녀는 더듬더듬 주머니를 뒤져 손전등을 꺼내려고 했다. 그런데 손전등이 없다! 떨어질 때 충격으로 어디론가 사라져 버린 것 같았다.

"호종아?"

그녀는 낮은 목소리로 호종을 불렀다. 대답이 없었다. 덜컥 겁이 난 온은 더욱 큰 소리로 사촌들을 불렀다.

"호종아! 말명아!"

한참을 기다려도 대답이 없었다. 온은 공포에 휩싸였다. 산청에서도 종로에서도, 그리고 휴전선을 넘어 삼불암까지 올 때도 늘 누군가가 함께 있었다. 현백이, 성준이, 말명과 호종이 그녀의 곁을 지켜 주었다. 그런데 이 지하 깊숙한 곳에는 그녀의 부름에 답해 줄 이가 없었다. 그녀를 도와줄 사람도, 지켜 줄 사람도 갑자기 사라져 버린 것이다.

온은 주머니를 다시 뒤졌다. 지금 필요한 건 빛이다. 그러나 그녀의 손에는 손전등 대신 현백이 같이 챙겨 준 스위스 나이프만이 잡혔다. 손전등을 반대편 주머니에 넣었던 것 같아서 다시 뒤져 봤지만 역시 없었다.

그녀는 일단 아쉬운 대로 칼을 꺼내서 칼날을 뺐다. 어둠 속에서 더듬거리며 칼을 쥐어든 그녀는 몸을 일으켜 보기로 했다. 발밑에 깔린 두툼한 짚단의 감촉을 느끼며 천천히 일어서긴 했지만 빛 한 점 없는 어둠 속에서 어디로 가야 할지 알 수가 없었다.

완벽한 암실이잖아. 이제 정말 어쩌지?

추락하면서 방향감각을 완전히 잃어버린 온은 그냥 그 자리에 서 있을 수밖에 없었다.

그때, 발밑에서 바스락거리는 소리가 들렸다.

버…… 벌레인가?

온의 등줄기로 소름이 돋았다. 아무것도 보이지 않는 지하의 암실에서 정체불명의 움직임을 느끼자 갑자기 공포가 밀려왔다. 이렇게까지 아래로 내려온 거라면 심해의 괴생물체 같은 벌레일 것이다. 머릿속으로 상상할 수 있는 것 중 가장 기괴한 형체를 떠올리며 그녀는 몸을 떨었다.

"호종아! 말명아!"

거의 울기 직전이 된 그녀는 소리 질러 일행을 찾았다. 그때, 갑자기 그녀의 오른쪽 발등을 덮는 짚단 한 묶음이 느껴졌다.

뭐지? 누가…….

그녀는 어둠 속을 두리번거리며 자신의 발에 짚을 올려놓은 존재를 찾으려고 했지만 뭐가 보일 리가 없었다. 그때, 다시 왼쪽 발목에 짚 한 뭉텅이가 닿는 것이 느껴졌다. 동시에 다른 쪽 종아리에도 짚 묶음의 감촉이 느껴졌다.

온몸이 얼어붙는 것 같았다. 짚단이 움직이고 있었다!

어찌된 일인지 더 생각할 겨를도 주지 않고, 짚단 묶음들은 그녀의 몸을 타고 올라오기 시작했다. 끈적거리거나 물컹거리는 느낌은 아니었지만, 까끌까끌한 짚 뭉치들이 온의 발등, 종아리, 무릎에서 허리를 타고 가슴까지 올라오자 그녀의 피부에 소름이 돋았다. 마치 짚으로 만든 부두(voodoo) 인형에 혼이라도 쓰인 듯, 짚단들은 그녀의 호리호리한 몸을 타고 위로, 위로 올라오며 온의 몸을 집어삼키려고 했다.

그녀는 날카로운 비명을 지르며 거칠게 짚 뭉치들을 뿌리쳤다. 한 손으로는 짚 더미가 접근하지 못하게 스위스 나이프를 휘둘러 댔고, 다른 한 손으로는 연신 몸에 붙은 짚 뭉치들을 떼어냈다. 그러나 짚 더미들은 쉬지 않고 그녀를 덮쳐왔다.

"저리 가! 저리 가라구!"

온은 어둠 속에서 죽을힘을 다해 짚과의 혈투를 벌였다.

"꺄악!"

그때, 발버둥을 치던 온이 중심을 잃고 짚 더미 위로 넘어졌다. 단말마 비명을 지르며 몸부림을 쳐 봤지만 짚 뭉치들은 어디선가 끝도 없이 나타나 그녀의 몸을 덮쳐 왔다. 무서운 짚단들은 쓰러진 그녀의 배와 가슴, 목 위로 피서철 해파리처럼 밀려들었다.

이것들은 살아 있어! 살아서 나를 질식시키려는 거야!

온은 저항을 멈추지 않았지만, 어쩐지 이대로 죽을 것 같다는 생각이 들었다. 한없이 가볍게만 느껴졌던 짚들은 알 수 없는 무게로 그녀를 찌르고 눌렀다. 마침내 커다란 짚 뭉치가 그녀의 얼굴까지 덮쳐 왔다. 거적에 덮이게 될 시체처럼 온은 속수무책으로 당할 수밖에 없었다.

그녀는 자신의 운명에 대해서 생각했다.

커다란 손이 자신을 굴려온 곳은 이 지하의 짚 무덤이었던가?

온은 눈물을 흘리며 두 눈을 꼭 감았다.

어린 시절에도 없었다.

이렇게 아기를 안아 올리듯 양 날갯죽지에 팔을 넣어 그녀를 번쩍 들어 올려 준 사람은. 적어도 그녀의 기억엔 그랬다. 딸을 그렇게 안아 주는 건 언제나 아버지들이었고, 온에게는 아버지가 없었으니까. 가냘픈 엄마는 딸의 손을 쥐어 주었을 뿐, 안아 올려 주진 않았다.

손. 커다란 손.

짚 더미에 매장되기 일보 직전, 온의 양 날갯죽지 사이로 들어온 것은 크고 따뜻한 손이었다. 누군가가 짚 더미를 헤치고 그녀를 가볍게 들어 올린 순간, 정신을 잃고 쓰러진 온은 잊고 있었던 바람을 희미하게나마 기억해 냈다.

어린 시절 누군가 이렇게 자신을 안아 주길 바랐던 것 같다. 지금 그녀를 안아 올려 준 손은 그녀의 오랜 소망을 이루어 주듯 온을 들어 올려 그녀의 턱을 제 어깨에 댈 수 있게 해 줬다.

짚 다발들과의 사투에 지친 온은 눈을 뜨기도 힘들었다. 그저 자신을 안고 있는 이의 어깨에 얼굴을 묻은 채 마른 난초처럼 늘어져 있을 뿐이었다.

"영등할망의 딸한테 너희가 어찌 이랬느냐?"

부드러운 남자의 목소리가 사방에 쩌렁쩌렁 울렸다. 그녀를 숨 막히게 했던 어둠이 사라지고 어디선가 빛이 들어와 사방은 희미하게 밝았다. 천천히 눈을 떠 아래를 내려다보니 호종이 애처로운 눈빛으로 그녀를 올려다보고 있었다. 걱정이 담긴 노란 눈동자를 보자 눈물이 왈칵 솟았다.

살았다. 살았다.

온을 안고 있던 사내의 어깨 위로 그녀의 눈물이 방울방울 떨어졌다.

"울지 마라, 아가. 이제 괜찮다."

그녀를 안고 있는 목소리가 그녀를 다정하게 위로했다. 온은 울음 때문에 꽉 막혀버린 목으로 가냘프게 속삭였다.

"누구…… 누구세요?"

"네 어미를 잘 알고 있단다."

온을 안은 남자는 손이 무척 컸고 어깨도 아주 넓었다. 그녀를 안은 존재가 쿵쿵 발소리를 내며 어디론가 걸어갔다. 온은 강아지처럼 그 품에 축 늘어져 있었다. 그들 뒤로 사스락대는 소리가 따라왔다.

잠시 후, 따뜻한 손이 그녀를 평평한 돌 위에 내려놓았다. 눈을 감고 있던 온의 마른 입술에 단단한 돌그릇이 닿는 게 느껴졌다.

"마셔라."

지쳐 버린 그녀는 그가 대 준 그릇에 담긴 것이 뭔지도 모르고 꿀꺽꿀꺽 받아 마셨다. 목구멍을 타고 흐르는 차가운 액체는 물이었다. 목구멍에 감기듯 내려오는 찬물이 너무나 달고 향기로워서 온은 그릇에 담긴 것을 남김없이 다 마셨다. 물을 다 마시자 어느 정도 정신을 차릴 수 있었다.

그녀는 천천히 눈을 뜨고 주변을 살펴보았다. 햇볕 같은 하얀 빛이 멀리 돌 틈새에서 새어들고 있었다. 그들이 있는 곳은 거무튀튀한 돌을 깎아 만든 커다란 동굴이었다. 온의 발밑에는 호종이 엎드려 있었고, 말명은 한쪽에서 불안한 듯 서성이고 있었다.

그리고 그녀 앞에는 조금 전까지 물이 담겨 있던 그릇을 든 커다란 거인이 서 있었다. 키가 2미터, 아니, 3미터도 넘을 것 같은 그는 흰 옷을 입고 긴 검은 머리를 등 뒤로 넘겨 치렁치렁 늘어뜨린 중년의 남자였다. 키가 어찌나 큰지 TV에 나오는 K1 선수보다 더 커다란 것 같은 느낌이었다. 거인의 얼굴은 깎은 것처럼 반듯했지만 현실의 미남과는 어쩐지 다른 느낌이었다.

신비하면서도 몽환적이랄까. 신선이 있다면 꼭 저렇게 생겼을 것 같았다.

거인은 조심스럽게 주변을 둘러보기 시작한 그녀를 말없이 내려다보고 있었다. 온은 뭐가 뭔지 몰라 그저 자신을 보는 남자의 얼굴을 멍하니 올려다볼 뿐이었다.

잠시 후, 그가 온을 향해 빙그레 웃었다. 그러더니 뒤쪽에서 서성대고 있는 말명에게 말을 건넸다.

"용케 잘 찾아왔구나."

"힘들었습니다."

말명이 툴툴댔다. 호종이 대답하듯 갸르릉대자 온이 발치에 엎드린 그의 머리를 쓰다듬어 주었다.

"보통은 그렇게 안 오니까 힘들었겠지. 마고의 자궁에 인간이 온 것은 처음이구나."

마고의 자궁. 마고가 산다는 곳을 결국 찾아온 건가.

"저기…… 죄송한데……."

온이 조심스럽게 입을 열자 남자가 고개를 돌려 온의 눈을 들여다보았다.

"누구세요?"

"나는 이 산의 산주(山主)다. 네가 온다고 해서 기다리고 있었는데, 터줏가리들이 널 습격할 줄은 미처 생각 못 했구나."

"터줏가리……?"

말명이 그녀 쪽으로 다가오며 말했다. 약간 긴장한 표정이었다.

"터주 말이에요…… 아까 언니를 공격한 그 애들."

그 악마 같은 짚 뭉치들!

"지금은 아무도 터주를 받들지 않으니까 죽으려고 마고님을 찾아왔는데, 마고님께서 죽지 말고 여기에 모여 살라고 하신 모양이에요. 지들 딴에는 침입자를 보고 놀라서 방어를 하겠다며 달려든 건데…… 뭐, 인간이 마고의 자궁 근처에 올 일이 있어야 말이지. 흥."

말명은 의외로 온을 걱정하고 있었던 모양이다. 툴툴대면서 산주의 뒤쪽에서 서성대고 있기는 해도, 얼굴에는 걱정스러운 기색이 가득했다. 온은 바스락 소리가 계속해서 나고 있는 동굴의 반대편으로 시선을 돌렸다. 거기에는 그녀를 공격한 주범들이 잔뜩 모여 있었다. 흡사 추수를 끝낸 들판처럼 짚 뭉치들이 끝도 없이 우글대고 있었다.

백 개, 이백 개? 이 괴상한 누런 뭉치들의 행렬이 어디까지 이어지는지 알 수가 없었다. 동굴 저편이 뚫려 있다면 아마 계속 이어져 있지 않을까 싶었다.

터줏가리에 깃든 터주들이란 말이지…….

옛날 집 장독대 옆에 짚으로 묶어서 만들어 놓은 터줏가리.

그들은 짚을 두툼하게 엮어 만든 버섯 모양을 하고 있었다. 크기는 한 50센티미터쯤 될까. 집터의 안녕과 재산을 지켜 준다는 가신(家神)이 묵은 터줏가리를 쓴 채로 금강산 지하 동굴에 잔뜩 모여 있다니.

물론 이제 한옥도 거의 없고, 터주를 믿는 사람은 더더욱 없다. 시루떡을 잔뜩 해서 터주신에게 빌고 이웃과 나누어 먹는 사람도 모두 사라졌으므로, 터주는 아무도 믿지 않는 신이 되어 버린 것이다. 그래도 죽으러 온 터주라니.

조금 전까지 자신의 몸을 마구잡이로 덮어 산 채로 암매장시켜 버리려고 하던 짚 뭉치들을 온은 그저 멍하니 바라볼 수밖에 없었다. 어둠 속에서 그들이 자신의 온몸을 겹겹이 덮어올 때는 분명 무서웠다. 하지만 그들은 마고의 자궁을 지키기 위해 침입자를 공격한 것뿐이었다. 자신을 거두어 준 마고를 지키기 위해 잊힌 신 터주들이 그런 일을 했다는 것을, 그녀는 이해할 수 있었다.

"네 어미가 너를 품고 여기 왔을 때 태중에 있는 너를 봤다만, 그 짧은 시간 동안 참 많이도 컸구나. 인간이란 신기해."

거인은 커다란 손으로 온의 머리를 쓰다듬었다. 온은 깜짝 놀란 얼굴로 거인을 올려다보았다.

"엄마가 여기 왔었어요?"

거인은 쓸쓸한 미소를 지어 보였다. 어머니를 기억하는 그의 얼굴에 슬픔이 어렸다. 그러나 그는 별다른 말 없이 빛이 새어 나오는 저쪽 뒤편 돌벽으로 걸어가 안을 살짝 들여다보았을 뿐이었다. 먼 곳을 바라보는 듯 미간을 찌푸리며 한동안 벽 안쪽을 응시하던 그가 이윽고 입을 열었다.

"이제 가도 되겠구나."

저 안에 마고가 있다. 이제 정말 마고를 만나러 간다.

온은 앉아 있던 평평한 돌에서 일어나 담담하게 그쪽으로 걸어갔다. 그녀의 발치에 엎드려 있던 호종과 불안한 듯 계속 서성이던 말명도 온의 뒤를 따르려고 했다. 거인은 돌 틈 앞에 서서 마주 선 온의 어깨를 잡고 토닥여 주었다. 그러고는 다가오려는 말명과 호종에게 엄한 목소리로 말했다.

"너희는 거기 있거라."

"하지만……."

말명은 얼떨결에 목소리를 높이려다가 자신도 놀라 금세 뒷말을 삼켰다. 오악(五嶽)의 산주 중 하나인 금강산신에게 아직 좌정도 못 한 어린 여신이 목소리를 높이다니, 있을 수 없는 일이었다.

"신이 마고를 만나는 날은 태어난 날과 죽는 날뿐이다."

금강산신이 느릿느릿한 말투로 입을 열었다. 그러나 그 말에는 위엄이 담겨 있었다.

"그래서…… 너는 지금 죽겠다는 것이냐?"

말명의 몸이 굳었다. 물러나는 수밖에 다른 도리가 없었다.

혼자서 괜찮을까. 말명은 입술을 지그시 깨물었다. 항상 눈엣가시처럼 밉상이긴 했지만…… 그래도, 그래도…… 저 여자를 혼자 보내고 싶진 않았다. 분명 현백 오빠가 화를 낼 테고…… 그리고…….

말명은 자신의 마음이 자꾸만 약해지는 것에 짜증이 났다. 하지만 걱정하는 마음을 멈출 수는 없었다.

거인은 두 손으로 온의 양어깨를 잡으며 다정하게 말했다.

"들어가서 꽃밭까지 가면 된다. 거기에 마고님께서 계신다."

온은 천천히 고개를 끄덕이고는 호종과 말명이 서 있는 쪽을 흘끗 돌아보았다. 어쩐지 말명의 얼굴이 잔뜩 흐려져 있는 것이 맘에 걸린다.

저 새침데기 아가씨는 분명 자신을 걱정해 주고 있었다. 온은 아까 말명이 처음으로 자신을 언니라고 불러 주었다는 것을 기억했다. 형제자매 한 명 없이 외롭게 자란 자신에게도 여동생이 생긴 것 같았다. 그런 생각에 기운이 난 온은 말명과 호종을 향해 씩씩하게 손을 흔들어 보였다. 호종은 강아지처럼 꼬리를 흔들어 댔지만, 말명의 얼굴은 여전히 펴지지 않았다.

잠시 후.

온의 작은 몸이 좁은 돌 틈을 지나 다른 공간으로 들어섰다.

그곳부터가 진짜 마고의 자궁이었다.

*　　　*　　　*

밤이었다. 그리고 낮이었다.

세상이었으며 또한 세상이 아니었다.

온은 자신이 모든 것을 초월한 공간에 서 있다는 걸 깨달았다. 그녀는 그 기묘한 분위기를 느끼며 잠시 서 있었다. 발끝을 내려다보았으나 푸른 이끼 위에 놓인 작은 발은 자신의 것이 아닌 것만 같았다. 할 수만 있다면 뺨이라도 꼬집어 보고 싶을 정도로, 그 공간은 사람을 몽롱하게 만들었다.

고개를 들어 앞을 보자 멀리 아스라한 곳에 무언가가 보였다. 시야의 끝, 그 소실점에 사람의 형체가 있었다. 그녀는 망설이지 않고 그쪽을 향해 걸음을 내디뎠다. 그렇게 한참을 걸었다. 얼마나 걸었는지 알 수 없었지만 걷고 또 걸었다. 걸으면서 온은 깨달았다.

호종의 등에 업혀 금강산까지 오는 내내, 그리고 검은 구멍으로 빨려 들어가 떨어지는 내내 자신을 감싸고 있었던 그 이상한 기운은 모두 마고가 일으킨 것이었다는 사실을.

마고는 속도도 시간도 장소도 제거해 버리는 존재인 것 같았다. 모든 것을 순간이면서 영원처럼, 가까우면서도 멀게 느끼도록 만드는 존재. 마고가 있는 곳까지 걸어가는 이 시간이 온의 평생처럼 느껴지기도 하였고 거인의 손을 벗어난 직후인 것처럼 여겨지기도 하였다.

온은 묵묵히 마고라고 생각되는 형체가 있는 쪽으로 계속 걸어갔다. 그러나 막상 그곳에 도착하니, 거기에 마고는 없었다. 분명 그 형체 가까이에 왔다고 생각했는데…… 마고는 보이지 않았다.

온은 걸어갔다. 열 걸음을 더 걸은 것 같기도, 열흘을 더 걸은 것 같기도 했다. 형체는 자꾸만 멀어지고, 가끔은 사라지고, 또 가끔은 나타났다. 몇 번의 잠을 자고 일어난 것 같기도 했고, 단지 몇 번 눈을 깜박였던 것 같기도 했다. 머리는 점점 더 몽롱해졌고, 이제 자신이 누구인지도 잘 모르겠다는 생각이 들 정도로 몸 전체에서 힘이 빠졌다.

잠시 후, 온은 드넓은 호수를 발견했다. 금강산신은 분명 꽃밭에 마고가 있다고 했다. 하지만 그곳에는 꽃밭 대신 뿌연 안개에 휩싸인 커다란 호수가 있을 뿐이었다. 온은 호수 근처까지 가보기로 했다. 물 가까이로 가자 안개가 스르륵 하고 다가와 그녀의 몸을 삼켰다. 두려움은 없었다. 그저 몽롱할 뿐이었다.

차가워.

물감을 푼 것처럼 푸른 호수에 발목이 닿자 정신이 들었다. 정신을 놓고 걷다가 물속으로 돌진해 버리고 말았던 것이다. 안개를 들이마시며 몽롱해졌던 정신이 비로소 제자리를 찾았다. 온은 머리를 쓸어내리며 호수 주변을 둘러보았다.

저 멀리 호수 저편, 짙은 안개 속에 한 여자가 있었다. 마고는 거녀(巨女)라던데 그녀는 조금도 크지 않았다. 크지도 작지도 않은 그 여자는 구름처럼 부드러워 보이는 흰 옷을 입고 있었다. 온은 천천히 그 여자가 서 있는 쪽으로 걸어갔다. 여자는 호숫가 한쪽에 서서 푸르다 못해 시린 호수 안을 들여다보고 있었다.

온은 그녀와 스무 발자국쯤 떨어진 곳에서 걸음을 멈추었다.

푹신한 이끼를 밟고 온 온이 소리를 냈을 리 없지만, 여자는 그녀가 가까이 왔다는 것을 다 알고 있다는 듯 놀라는 기색이 없었다. 그저 천천히 고개를 들어 공간에 섞여 들어온 먼지를 바라보듯 온을 쳐다볼 뿐이었다. 온 또한 거울을 들여다보듯 여자의 얼굴을 담담히 응시했다.

그녀는 기묘한 얼굴을 하고 있었다.

할머니이면서 소녀였다.

어머니이면서 처녀였다.

창백한 얼굴에는 세월의 흔적이 가득했으나, 그와 함께 생생한 생명력과 젊음도 뿜어져 나왔다. 아이 열을 낳은 푸근한 미소를 띠면서도 남자를 모르는 순결한 수줍음이 엿보였다. 세상 모든 여인의 모습이 그 여자의 얼굴과 몸, 그림자에서 흘러나왔다.

그 자체가 모순인 존재. 한 존재 안에 공존할 수 없는 속성들이 그녀의 몸과 그 주변을 가득 채우며 휘몰아치고 있었다. 온은 그 여자를 느꼈다. 뜨겁고 달콤한…… 더운 피 냄새가 나는 여신.

아름답다. 마고는 아름답다.

이 말 외에는 다른 어떤 단어로도 그녀의 모습을 표현할 수 없다는 것을 온은 깨달았다.

두 사람은 한동안 안개 속에 서서 서로를 바라보며 말이 없었다. 지상에서 가장 완벽한 여성성을 만나는 영원 같은 시간이었다.

"비어 있는 딸."

여신의 수장이 천천히 입을 열었다. 생명이 움트는 것 같은 소리. 새싹이 바람에 스치고 비를 맞아 뿌리를 뻗어 나가는 소리였다. 마고의 목소리는 깊고 명징했다.

마고가 말하자 그 손에 쥐인 붉은 꽃 두 송이의 꽃잎이 부드럽게 흔들렸다. 마고는 천천히 호수 쪽으로 걸어가 쥐고 있던 꽃 중 한 송이를 물 위에 올려놓았다. 꽃은 푸른 수면 위에 잠시 떠 있는가 했더니 곧 어디론가 사라져 버렸다. 여신 중의 여신은 꽃이 사라진 자리를 한참 동안 내려다보고 있었다. 여신은 호수에서 눈을 떼지 않은 채 입을 열었다.

"네 어미 배 속에 있던 너를 본 때가 언제였던가."

온도 차분하게 대답했다.

"아마도 스물일곱 해 전이겠죠."

"그래, 그렇구나."

마고는 남은 꽃 한 송이를 든 채 몸을 돌려 다시 온의 얼굴을 응시했다.

"오늘 또 하나의 강이 죽으러 왔다."

다시 마고의 손가락 안에 꽃송이가 부드럽게 흔들렸다.

"신이 죽으면 두 송이의 꽃이 남지."

온은 마고의 손에서 흔들리고 있는 가냘픈 꽃송이를 바라보았다.

"이건 강의 혼이다. 가라앉은 꽃은 강의 권능이고."

혼……? 그러니까 저것이 산과 강, 바다와 온갖 생물을 제어하는 신의 혼이란 말인가. 꽃 대공조차 연약해 보이는, 그래서 곧 꽃잎이 떨어질 것만 같은 한 송이 붉은 꽃이 혼이라고? 온은 현백이 그의 방에서 해 주었던 이야기를 떠올렸다.

"산이 있고 강이 있어도 거기를 지키는 신들은 이미 없다는 거예요. 대도시란 그렇죠. 녹음이 우거지고 단풍이 물들어도 인간의 더러운 손이 그곳의 정수(精髓)에 닿아 버리면 신은 더 이상 그곳에서 살 수 없어요. 아무리 그곳이 태초부터 그의 땅이었다 해도 심장이 더럽혀진 상태에서는 어쩔 수 없죠."

더럽혀진 강. 범해진 강.

설마 그래서 강이 죽으러 왔다는 건가. 온은 아까 자신을 덮친 터주들이 일전에 죽으러 마고를 찾아왔다는 이야기를 기억해 냈다.

"화가…… 나겠네요."

뭐라 할 말이 없어 간신히 입을 뗀 온이 위로하듯 말했다. 그러나 마고는 덤덤한 표정이었다.

"모든 것이 명(命)인데 무엇이 화가 난다는 말이냐."

온은 말문이 막혔다. 고통 속에서 자라난 자신의 운명론과 마고의 운명론은 전혀 다른 것이었다.

"명대로, 뜻대로 가고 있는 것이다. 네 어미가 나를 찾아왔을 때 네 어미만 거두고 너를 거두지 않은 것도 다 명이었지. 화낼 것도 거부할 것도 없다."

"어머니는 죽지 않았어요."

온이 굳은 목소리로 말했다.

"여신으로서는 죽었다. 그날 바람의 권능도 꽃이 되었지."

마고의 말이 끝난 그 순간, 호수의 수면 위로 푸른 꽃 한 송이가 떠올랐다. 마고는 천천히 호수로 다가가 꽃을 집어 들어서는 온에게 내밀었다.

"네 어미의 꽃이다. 꽃잎 가득 바람이지. 영등은 곧 바람이고 풍요였는데, 꽃도 그처럼 예쁘구나."

온은 어머니의 권능이 담겨 있다는 한 송이 푸른 꽃을 슬픈 눈으로 바라보았다. 꽃은 마당에 앉아 바람을 맞으며 오지 않는 아버지를 기다리는 엄마의 가냘픈 어깨와 닮아 있었다.

"네 어미는 아주 오래전에 자신을 던져 다른 이의 생명을 구했다. 그 공덕으로 바람신이 되었지. 죽어서 신이 된 네 어미는 또다시 죽어서 너를 얻어 갔고……."

온은 혜연이 보내 준 자료에서 본 어머니의 탄생 설화를 기억하고 있었다.

아주 오래전, 외눈박이 괴물에게 쫓긴 제주 한수리 마을 어부들이 소녀를 찾아왔다. 소녀는 어부들을 숨겨 주었다가 괴물의 분노를 사 온몸이 찢겨 죽었다고 했다. 그 머리는 소섬에, 사지는 한수리에, 몸은 성산으로 흘러들었고, 소녀는 그 공덕으로 어부와 해녀를 지켜 주는 신이 되었다는 이야기였다.

그 소녀가 어머니였다. 어머니는 인간에서 신이 되었을 때 인간으로서 한 번 죽었고, 온을 배고 나서 딸과 함께 살기 위해 신으로서 또 한 번 죽었다.

마고는 말없이 푸른 꽃잎을 쓰다듬었다. 꽃잎이 파르라니 떠는 것 같았다.

"너는 명(命)에 순응하느냐?"

갑작스러운 마고의 질문에 온은 대답할 수 없었다. 자신의 명이 무엇인지 몰라 순응할 수 없었다고 말해야 할까, 아니면 알게 된 명이 너무 커서 아무것도 못 했다고 해야 하나. 그도 아니면 이제는 받아들일 수 있게 되었다고 말해야 하나.

"꽃상은 온전히 네 명이다."

꽃상. 마고는 지금 꽃상이 그녀의 운명이라고 말하고 있다.

온은 혼란스러웠다. 마고가 그 석상 때문에 자신을 부른 것이라고 예상은 했지만…… 어느 날 성준과 함께 자신의 인생에 뛰어든 그 작은 돌 불상이 자신의 모든 것을 바칠 운명이라니.

"꽃상은 무엇인가요?"

마고는 손에 들고 있던 엄마의 권능이 담긴 꽃을 물 위에 놓아 버리고 천천히 입을 열었다.

"꽃상은 힘이지."

"힘?"

마고는 천천히 호수 주변을 걷기 시작했다. 온과의 거리가 점차 멀어지고 있는데도 그 명징한 목소리는 옆에 서 있는 것처럼 그대로였다. 온의 가슴에 스피커를 달아 놓은 듯, 마고가 말을 할 때마다 온의 온몸이 떨렸다.

"그분의 능력은 크고 아름답다. 내가 받은 그것을 모두에게 나누어 주는 것이 내 첫 일이었고, 그것을 거두어 그분께 가져가는 것이 내 마지막 일이지."

마고는 이제 호수의 정 반대편까지 갔다. 온과 마고는 푸른 호수를 사이에 두고 서로를 바라보고 있었다.

"이곳은 나의 마지막 자궁. 세상이 끝나는 날까지, 나는 이곳에서 모든 권능이 돌아오기를 기다리고 있다."

마고가 그 말을 마친 순간, 커다란 호수의 수면 가득히 아름다운 빛깔의 꽃들이 가득 찼다. 한 번도 본 적 없는 향기와 빛깔을 가진 꽃들 수천, 수만 송이가 호수의 물 안쪽에서 솟아오른 것이었다. 온은 놀라움에 입을 벌린 채 꽃으로 가득 찬 호수를 바라보았다. 스스로 빛을 내고 있다고 해도 좋을 만큼 화려하고 아름다운 꽃들이었다.

꽃밭.

저것이 금강산신이 말한 꽃밭이었다. 물 아래에서 갑자기 떠오른 형형색색의 꽃들은 아까 마고가 내려보낸 강의 권능과 같은 죽은 신의 능력들이었다. 마고는 자신의 자궁이라고 불리는 바로 이곳에서, 태초에 그녀가 나누어 준 신들의 권능을 하나하나 거두어 가며 때를 기다리고 있는 것이다.

그 때는 바로 세계의 종말이었고.

"마지막 자궁인 이곳으로 옮겨 오기 전, 나는 몇천 년 동안 모은 꽃들을 작은 석상에 옮겨 담았다. 권능꽃을 쥔 여신에."

온의 심장이 빠르게 뛰었다. 머릿속에 물이 가득 담긴 긴 유리관 가운데 떠 있던 아름다운 여인상의 모습이 스쳐 지나갔다. 살아 있는 것 같은 미소, 자신을 숨 막히게 했던 묘한 아름다움.

그렇다. 그 석상은 연꽃을 쥐고 있는 관음상이 아니었던 것이다.

그것은…… 권능꽃을 품은 신물(神物)이었던 것이다!

온은 놀라움에 숨이 막혔다.

"이곳이 열리면 꽃상은 힘을 품은 채로 여기에 잠들어 있기로 되어 있었다. 마지막 자궁이 열리기로 한 그 시간 전까지는 세상 속에서 기다리기로 했고."

마고는 아무런 감정도 느껴지지 않는 목소리로 말을 이어나갔다.

"꽃상은 운주사의 천불(千佛)들과 함께 천 일 동안 하늘 아래 있었다. 불신(佛神)들은 언제나 우리를 비호해 주었으니까, 그들 사이에 숨어들어 간 꽃상은 안전할 거라고 생각했었지."

마고는 양손으로 강의 혼을 담은 꽃 한 송이를 모아 쥔 채 온의 두 눈동자를 차분히 응시했다. 온 세상이 담긴 듯한 그 얼굴에는 평온만이 감돌고 있었다. 그러나 그런 마고를 보며 온은 왠지 모를 두려움에 숨이 막혔다.

"하지만 꽃상은 돌아오지 않았어."

"……말도 안 돼."

온은 더 이상 말을 잇지 못했다.

수천 년 동안 죽은 신들의 권능이 담긴 꽃과 그것을 품고 있는 작은 여신상을 어떻게 신들이, 어떻게 마고가 그것을 잃어버릴 수 있다는 말인가!

"천불 사이에 숨겨진 꽃상을 찾은 인간이 있었지."

마고가 빙긋 웃었다. 스스로도 재미있다는 표정이었다.

"인간이란 얼마나 맹랑한 존재들인가. 태초에 기운조차 나눠 받지 못한 미약한 것들이 말이다. 거두어 갈 만한 힘이라는 게 없어서 그저 혼만 데려가야 하는 미물들이 결국 산을 꺾고 강을 말리더니 신의 권능마저 훔쳐 가지 않았느냐."

"믿을 수 없어!"

온이 소리 질렀다.

"그걸, 그걸 못 찾다니 믿을 수가 없어요!"

온은 마고의 말을 믿을 수도 없었을 뿐더러 왠지 모르게 화가 나려고 했다.

"신이잖아. 신…… 신이잖아요, 당신들!"

마고의 표정은 변함없이 담담했다.

"그들도 나도, 모두 그의 뜻 안에 있다."

온은 아무 말도 할 수 없었다. 지금 마고는 자신들보다 더욱 더 큰 누군가에 대해서 말하고 있었다. 세상이 끝나는 날, 마고로부터 세상의 모든 기운을 돌려받을 이. 마고뿐만 아니라 엄마, 산청 이모, 말명, 호종을 굴려 가는 이.

이 모든 운명의 주인.

꽃으로 가득 찬 아름다운 호수도, 마고의 신비로운 얼굴도 모두 그의 손 안, 그가 정한 운명 안에 있다.

그리고 온 그녀 자신도.

그녀는 견딜 수 없는 공허함을 느꼈다. 마고를 만나러 오면서 내심 자신을 둘러싼 운명의 주인을 마주하게 될 것이라고 생각했다.

모든 땅과 생명의 어머니라는 마고. 자신과 현백을 이토록 고통스럽게 만들었던 운명의 조직자를 만나는 것이라고 생각했기에 마고를 찾아오는 일이 두렵지 않았다. 그러나 그 대단하던 마고조차 거대한 운명 아래에 놓인 존재에 불과하다는 것을 알게 된 지금……

이름 없는 그의 손이 더욱 힘을 주어 자신의 목 줄기를 누르는 것 같았다. 온은 힘없이 눈을 감았다.

도대체 얼마나…… 어디까지 나를 괴롭힐 생각인가요.

얼마가 그렇게 지났을까.

"바리."

잔잔한 마고의 목소리에 온이 감고 있던 눈을 반짝 떴다. 저 멀리 호수 반대편에 키가 큰 여인 한 사람이 보였다. 피처럼 붉은 옷을 입은 여인은 폭이 넓은 소매와 긴 치마를 나풀거리며 놀란 눈으로 이쪽을 바라보고 있었다. 쾌활해 보이는 표정에 시원시원한 이목구비가 아름다운 여자였다. 바리라고 불린 여인은 막 마고에게서 강의 혼이 담긴 붉은 꽃 한 송이를 건네받던 참이었다.

바리. 죽은 이를 저승으로 인도한다는 오구신.

그녀는 바리공주를 잘 알고 있었다. 학부 때 『구비문학과 민속학』 강의를 맡았던 최 교수는 한참 동안이나 서사무가 바리공주의 심오한 세계에 대해 열변을 토했었다. 딸을 내다 버린 아버지의 세계를 구하기 위해 자신의 모든 것을 바쳐 희생한 일곱째 딸, 바리. 최 교수는 바리의 행위가 의미하는 것이 단순한 효가 아니라는 점을 여러 차례 강조했을 뿐만 아니라 기말고사 문제로 내기도 했었다.

그 문제의 답은 이것이었다.

바리공주의 희생은 죽음의 세계를 구원하기 위한 딸의 귀환이라는 것.

모든 온전한 것, 정상적인 것, 세상을 압도해 버린 남성의 세계가 안에서 곪고 또 곪아 죽어갈 때, 그들이 버린 딸이 비로소 그들을 구원하기 위해 돌아온다는 것.

그리고 그 구원은 그녀 자신의 모든 것을 던져서 이루어진다는 것.

바리공주는 그 희생으로 아버지를 살리고 죽은 자를 인도하는 오구신이 되었다. 그 희생이 그녀의 진가라고 최 교수가 수업에서 여러 차례 강조한 것이 기억났다.

그런 면에서 바리는 어머니와 닮았다. 타인을 위한 희생이, 그리고 그 희생의 대가로 신이 된 것이…… 온의 가엾은 어미와 닮았다.

지금 바리가 온을 보고 놀란 표정을 짓는 것은 아마 그녀가 마고의 자궁에 온 인간이기 때문일 것이다. 그리고 사자(死者)만 만날 수 있다는 바리를 살아서 보고 있으니까 놀랄 수밖에 없었으리라.

온은 차라리 지금 죽었으면 싶다는 생각을 했다. 한없이 피로했다. 마고에게 들은 이야기들이 그녀가 간신히 다져온 어떤 것을 무너트리려고 하는 것 같았다. 자신 안에 혼을 담은 꽃이 있다면 지금 건네받은 강의 혼과 함께 바리의 손에 들려 주고 싶었다.

데려가 달라고. 제발.

이런 온의 생각을 읽었는지 바리의 얼굴 위로 애틋한 표정이 스쳐 지나갔다. 마치 고통 속에 허우적거리는 온을 위로하는 듯이. 그러나 바리는 입을 열어 말을 걸어 오지는 않았다. 한참을 망설이며 온의 얼굴을 살피던 바리는 어떤 말도 건네지 않고 천천히 안개 밖으로 사라졌다. 산 자의 피만큼 붉은 그녀의 옷자락이 뿌연 안개 저편으로 지워졌다.

"꽃상을 찾아 오거라."

바리에게 강의 혼을 넘겨주어 이제는 빈손이 된 마고가 온에게 말했다.

"그것이."

마고는 다짐하듯 온의 두 눈동자를 응시했다. 그녀 또한 마고의 눈을 피하지 않았다.

"네 명이다."

꽃상을 찾는 것. 그것이 현온이라는 여신의 딸이 가진 운명인 것이다. 이 가냘픈 빈 몸에게, 죽은 여신이라고 불리는 어머니의 딸에게 마고는 잔혹하게 하늘의 명을 강요하고 있었다.

온은 시린 가슴을 지그시 누르며 눈을 감았다. 잠시 후, 그녀는 천천히 눈을 뜨고 말없이 몸을 돌려 그곳을 벗어나려 했다. 더 이상 들을 말도 할 말도 없었다. 처음처럼, 그들 모두처럼 온은 운명에 따라가기로 했다. 기쁨도 슬픔도 없이, 담담하게.

"꽃상을 찾는 순간."

안개를 막 빠져나가려는 순간, 온의 등 뒤에서 마고의 목소리가 울렸다.

"네 아비도 찾을 것이다."

그 순간, 온의 발걸음이 멈췄다. 온은 너무 놀란 나머지 황급히 몸을 돌렸다.

마고는 아까 그 자리에 그대로 선 채 꽃으로 가득한 호수를 바라보고 있었다. 온은 두려움과 떨림, 놀라움으로 움직이지 못한 채 속삭이며 물었다.

"무슨…… 말이에요?"

마고는 대답이 없었다. 온은 거의 울부짖고 있었다.

"무슨 말이냐구!"

호수를 바라보고 있던 마고가 천천히 고개를 들었다. 이 순간, 온은 세상의 모든 여성이 뒤섞여 있는 마고의 얼굴이 메두사의 얼굴처럼 징그럽게 느껴졌다.

"꽃상과 함께 네 아비가 돌아올 것이다."

꽃상을 찾으면 아버지가 돌아온다니.

아버지…… 아버지라니.

마당에 앉아 허공을 바라보는 젊은 엄마의 얼굴과 달빛에 누워 눈물 흘리던 엄마의 모습, 그리고 아무도 안아 올려 주지 않았던 어린 시절 자신의 모습이 그녀의 머릿속에 영화처럼 스쳐 지나갔다. 지금 온의 가슴은 의문과 고통, 그리움과 분노로 어지러웠다.

"아버지가…… 돌아온다고요?"

온은 애원하듯 마고에게 되물었다. 그러나 마고는 온의 애처로운 눈빛을 외면하고 호수 반대 방향으로 천천히 걸어가기 시작했다.

온은 그 자리에 서서 눈물이 가득 고인 눈으로 마고가 사라지는 모습을 바라볼 수밖에 없었다.

— 첫 바람이 불어오기 전에 모든 것이 제자리를 찾을 것이다.

받아들여라.

마고가 남긴 마지막 말은 이것이었다.

* * *

똑똑똑.

유리창을 두드리는 소리에 현백은 번쩍 눈을 떴다. 그는 마치 습격이라도 당한 것처럼 벌떡 일어나 소리의 근원지를 노려보았다. 그가 누워 있는 운전석 창을 두드린 사람은 말명이었다. 차 안을 들여다보는 말명의 얼굴은 어두웠다.

거친 숨을 내쉬며 흘끗 본 운전석 옆 시계는 새벽 5시를 가리키고 있었다. 현백은 먼저 헤드라이트를 켰다. 울창한 소나무들이 불빛 아래 드러났다. 그는 서둘러 운전석 문을 열고 밖으로 나갔다. 한겨울 새벽, 고성의 산자락은 단단하게 얼어붙어 있었다.

그는 빠르게 주변을 둘러보며 온을 찾았다. 그녀는 차 뒤쪽에 호종과 함께 서 있었다. 살짝 고개를 숙인 채 호종의 목을 천천히 긁어 주고 있는 그녀는 무언가를 생각하는 듯 심각한 표정이었다.

현백은 천천히 온에게로 다가갔다. 발밑에 덜 녹은 눈이 사각사각 소리를 냈다. 그러나 그가 다가오는 기척을 알아차리지 못할 정도로 온은 깊은 생각에 잠겨 있었다. 지금 그녀의 얼굴에 깃든 표정이 극심한 고통이나 미움이었다면, 또는 공포나 괴로움이었다면 현백은 망설임 없이 달려가 그녀를 품에 안았을 것이다.

그러나 지금 온의 얼굴에는 무표정에 가까운 슬픔이 떠올라 있었다. 그녀의 마음은 그가 닿을 수 없는 먼 곳에 가 있는 것 같았다. 현백은 차마 손을 뻗지도, 말을 걸지도 못한 채 그녀를 바라보고 있을 수밖에 없었다.

얼마간의 시간이 흐른 후, 그녀는 깊은 생각의 구덩이에서 빠져나와 천천히 고개를 들었다. 시선을 돌려 천천히 주변을 살피던 그녀는 현백을 발견하고는 말없이 웃어 보였다. 달이 기우는 그 짧은 시간 사이에 부쩍 수척해진 얼굴. 미소가 밝지 않았다. 호종의 등에 타고 이곳을 떠났을 때에는 없었던 커다란 운명이 그녀의 여린 웃음 위에 얹혀 있었다.

현백은 아무런 말도 할 수 없었다. 그저 다가가 그녀를 품에 안고 무너질 뻔한 자신의 가슴을 진정시켰다.

돌아왔어. 돌아왔으니까…… 됐어.

두 사람은 잠시 차에서 눈을 붙인 후, 날이 밝자마자 상경길에 올랐다. 말명과 호종은 날이 밝기 전에 먼저 떠났다. 부산에서 고성으로 올 때처럼 온은 말이 없었다. 차분하게 창밖을 스치는 풍경만 바라보고 있을 뿐이었다.

"현백."

길을 떠난 지 2시간 만에 그녀가 입을 뗐다.

"나…… 꽃상을 찾아야겠어요."

온의 목소리는 담담했다. 현백은 그 목소리에서 어떤 것도 읽어 낼 수 없었다. 그녀는 천천히 손을 올려 목덜미에 떨어진 머리칼 한 가닥을 걷어냈다. 틀어 올린 머리 아래 가늘고 흰 목이 드러났다. 현백은 그녀의 목덜미가 슬픈 곡선을 가졌다고 생각했다.

어떤 사내라도 입술을 대어 위로해 주고 싶어질 만큼 가냘프고 슬픈 목덜미.

온은 유리창에 옆 이마를 기대며 담담하게 말했다.

"그걸 찾으면 아버지가 돌아온대요."

그녀의 갑작스러운 말에 현백은 잠시 숨을 멈췄다.

"무슨 말이에요, 그게?"

현백의 목소리가 무겁게 가라앉았다. 정체를 알 수 없는 여신의 수장, 그 마녀가 그녀에게 무슨 짓을 한 것인가.

"아버지를 찾을 수 있다고…… 내가 꽃상을 찾아오면."

"믿지 말아요!"

현백은 갑작스럽게 치밀어 오른 분노를 주체하지 못하고 버럭 소리를 질렀다. 그의 마음이 폭풍처럼 뒤엉켰다. 그는 이를 악물었다.

살려 보내 준 건가 싶었는데 대체 그 안에서 무슨 소리를 듣고 온 것인가!

"그런, 그런 말도 안 되는……."

온은 눈을 감았다. 유리창의 차가움이 그녀의 마음을 위로했다.

"무시해 버려요. 그 마녀, 어떻게든 꽃상을 찾으려고 하는 소리에요."

분노에 찬 낮은 목소리를 들으며 온은 고개를 돌려 그를 바라보았다. 운전대를 움켜쥔 가느다랗고 기다란 손가락, 분노로 굳어 버린 턱 선이 그린 듯이 아름다웠다. 그녀는 다시 차창으로 시선을 돌려 흘러가듯 지나가는 산줄기들을 바라보았다.

"꽃상이 내 운명이라고 했어."

"누나!"

"찾아야 해."

온은 단호하게 말했다. 그녀의 다짐에 현백은 입술을 깨물었다. 밤새 온이 돌아오기를 기다리며 그녀가 살아 돌아오기만 한다면 다시는 꽃상을 찾는 일에 개입시키지 않겠다고 결심했다.

말명과 호종의 말에 따르면 꽃상을 훔쳐 간 녀석들은 보통 놈들이 아니었다. 특히 말명을 약 올리고 도망쳤다던 괴여인은 분명 위험한 존재였다. 말명을 따돌릴 정도로 날렵하다면 분명 신성(神性)을 가진 여자일 것이다. 말명이 그 여자를 쫓는 사이 꽃상을 훔친 자는 다시 자취를 감췄다.

그 사건과 관련해서 이해가 되지 않는 점이 한둘이 아니었다. 특히, 그런 능력을 가진 여자가 그 자리에서 꽃상을 바로 빼앗아가지 않았다는 점이 가장 이상했다. 말명과 본격적인 대결을 해 봄 직도 한데, 말명의 신경만 거스르고 도망쳤다니……. 마치 말명의 주의를 분산시켜 꽃상 도둑을 도망치게 도운 것 같은 모양새였다.

분명 자신들이 모르는 뭔가가 있었다. 그리고 그것은 연약한 인간인 온에게는 매우 위험한 일인 것이 확실했다.

그리고 무엇보다 현백의 마음에 걸리는 것은 그녀 주변을 얼씬거리는 구매 대리자라는 자식이었다. 집 앞에서 보았던 그자의 얼굴이 현백의 머릿속을 스치고 지나갔다.

기묘한 인간이었다. 건장한 그의 체구에서 이상한 기운을 느꼈지만 그것이 무엇인지 현백은 정확히 알 수 없었다. 본 적 없는 기운이 얇은 막처럼 그자의 주변을 감싸고 있었다.

기분 나쁜 자식. 일단 꽃상에서 그녀를 떼어 놓으면 그 남자와의 만남도 자연스럽게 줄어들 것이다.

그 남자는 그녀와 어울리지 않는다.

그녀와 자신은 세상에 둘밖에 없는 특별하고 외로운 존재들이다.

그녀를 이 일에서, 그자에게서 떼어 놓으리라.

온은 나의 사람이고, 다른 어떤 인간도 그녀를 건드릴 수 없다.

현백은 굳은 얼굴로 길게 뻗은 도로를 응시했다.

*   *   *

그날 밤.

오랜만에 자신의 원룸에 돌아와 누운 온은 한동안 잠을 이루지 못했다. 엄마에게 전화를 걸어 무사함을 알렸을 때, 엄마는 울음을 터트렸다. 온은 그렇게 통곡하는 엄마를 본 적이 없다. 엄마가 얼마나 걱정하고 있었는지를 그 긴 울음을 통해서 짐작할 수 있었다. 엄마의 흐느낌이 잦아들자 온은 용기를 내어 물었다.

"엄마."

"응?"

"아버지…… 소식 전혀 몰라?"

수화기 저편에서는 엄마의 숨소리조차 들리지 않았다. 한동안 침묵이 흐르고 엄마의 떨리는 목소리가 전해져 왔다.

"……왜?"

"그 뒤로 소식 전해 온 적 정말 없었어? 아무도…… 찾아내지 못했어? 흔적, 흔적이라도."

엄마는 다시 침묵했다. 망설이는 기색을 수화기 너머의 온도 느낄 수 있었다.

"네 아버지…… 살아 있나 보다."

역시…… 그랬던 거였어.

"인간이 죽으면 바리님이 데리러 오시는데, 아직 네 아버지를
천도(薦度)하지 않으신 것 같아. 다른 신들은 그 사람 흔적을 찾
을 수가 없다고 하고……. 누가 지운 것처럼, 어디 묻힌 것처럼
사라져 버렸어, 그 사람."

아버지는 죽지 않았다.

그렇지만 찾을 수가 없다.

신들조차 찾아낼 수 없는 사람. 아버지는 지금 어디에 있는
걸까.

"온아, 왜 그래? 혹시 무슨, 무슨 이야기라도 들은 거니?"

엄마의 목소리가 다급하고 절박하게 수화기를 울렸다. 온은
잠시 망설였다. 엄마에게 마고의 말을 옮겨도 좋을지 판단이 서
지 않아서였다.

딸이 꽃상을 찾아오면 자신의 모든 것을 바쳐 사랑한 남자가
돌아올 수 있다는 사실을 알게 되었을 때, 엄마는 어떤 반응을
보일까.

충격을 받을까, 기뻐할까.

그러나 자신이 꽃상을 구해 올 수 있을지…… 온은 확신할 수
없었다. 만약 자신이 실패한다면 아버지는 돌아오지 못할 것이
다. 마고의 자궁에서 나오면서 노력하기로, 정말 죽을 만큼 노
력해 보기로 결심했지만, 성공할 수 있을지에 대해서는 자신할

수 없었다.

온은 엄마가 실망하는 얼굴을 보고 싶지 않았다. 아버지를 만나지 못하게 될지도 모른다는 생각을 하면 자신의 가슴도 무너질 것 같은데…… 엄마의 실망은 얼마나 클지, 그녀는 그 크기를 가늠조차 할 수 없었다.

"아니……. 마고에게 물었는데 모르겠다고 해서."

온은 목소리를 가다듬고 짐짓 아무 일도 없는 듯 말했다. 딸의 범범한 대답에 엄마는 별 말이 없었다. 그러나 전화 저편에서 희망이 사그라지는 것을 느낄 수 있었다.

전화를 끊고 침대에 누운 온은 쉽게 잠들지 못하고 계속해서 몸을 뒤척였다.

꽃상은 지금 어디에 있는 걸까. 불현듯 종로 폐가에서 봤던 노인의 얼굴이 떠오르며 그녀의 팔뚝에 소름이 돋았다. 노인은 뱀 껍질같이 징그러운 웃음을 지으며 그렇게 말했었다.

"네 녀석들…… 이 물건이 뭔지에 대해서 전혀 모르고 여기에 왔구나?"

그 노인은 꽃상이 어떤 물건인지 분명하게 알고 있었다. 그자가 꽃상을 훔쳐 낸 것일까? 그들을 향해 소름 끼치는 소리로 웃어 대던 그 노인이 마고가 말한 '맹랑한 존재'들이었을까?

"어떤 놈인지 몰라도 영악하구만. 잘도 멍청한 것들을 꾀어서 보냈어."

노인은 분명 '영악'하다고 했다. 그리고 꾀다니, 꾀어서 보내다니. 도대체 무슨 말일까? 난로 옆에 앉아서 그들을 바라보던 그의 얼굴에는 성준과 자신을 비웃는 기색이 역력했다. 보호 장구 하나 없이 위험물질 가득한 현장에 투입되기라도 한 것처럼…… 누군가에게 속아 이용당했다는 것처럼 말하는 그자의 말이 지금 와서야 신경 쓰였다.

혹시 성준에게 석상 구매를 부탁한 그 회장이라는 사람이?

그리고 보면 회장이 성준에게 했다는 말도 이상하다. 마고가 말한 꽃상의 내력에 따르면 회장 어머니의 추억이 담긴 물건이라는 아카마츠 회장의 말은 거짓말이 된다. 와병 중인 한국인 어머니를 위해 외할머니의 불상을 가져와 달라는 회장의 말은 완벽하게 꾸며 내어진 말이었다.

온은 침대에서 일어나 책상 서랍을 열었다. 그리고 서랍 안에 넣어 둔 꽃상 사진을 꺼내 창문으로 새어드는 희미한 가로등 불에 비추어 보았다.

지난 수천 년 동안 죽은 신들의 힘을 품고 있는 석상. 이 신비한 돌 조각을 일본 굴지의 그룹 회장이 찾고 있었다. 애타게 찾고 있는 것을 보아 그가 꽃상을 훔친 인물은 아닌 것 같다.

하지만 왜…… 왜 꽃상을 얻으려고 하는 거지? 그는 꽃상이 어떤 물건인지 알고 있는 건가?

분명 무언가가 있었다. 그것이 무엇인지 온은 알아내야 했다. 우선 그 회장의 정체에 대해 알아보아야 한다. 그러고 나서 꽃상을 찾는 진짜 이유와 어떻게 해야 그자들과 연락이 가능한지도 알아보아야 할 것이다.

그 사람에겐…… 뭐라고 해야 할까. 성준에게까지 생각이 미치자 온은 힘없이 침대에 주저앉았다. 서울에 올라와서 전화를 걸자 기뻐하는 기색을 숨기지 않던 사람. 휴대폰 저편에서 느껴지는 즐거움이 그녀에게까지 전해져 왔다.

그에게 꽃상에 대해서 물어보아야 할까? 이 모든 것을 말해야 하나?

어떻게 말을 떼서 물어보아야 할지 엄두가 나지 않았다. 가장 좋은 것은 그를 이 일에서 떼어 놓는 것이었다. 꽃상을 갖고 도망치는 자들과 꽃상을 사려는 회장, 그리고 그들을 쫓고 있는 신들 모두 평범한 인간인 성준에게는 너무나 위험한 존재들이었다.

그렇다고 다시 그와 헤어질 수는 없는 일이다. 그를 자신에게서 떼어 내려고 했지만 소용없었다. 매 순간 소리 없이 그를 부르는 자신을 느꼈다. 성준 또한 그녀와 같은 마음이라는 걸, 눈 내리던 그 밤 함께 확인했다.

지금 그들은 서로를 사랑하고 있다.

사랑.

그것은 그들의 힘으로 어찌 할 수 없는 것이다.

그녀의 마음에 드는 단 하나의 운명.

그것은 그를 사랑하게 된 것이다.

꽃상이란 거친 운명을 받아들이기로 했으니, 부디 사랑이라는 운명을 빼앗지 말아 달라고 남몰래 기도하는 그녀였다. 온은 피곤으로 빨갛게 충혈된 눈을 가느다란 손가락으로 감쌌다.

그녀는 꽃상을 찾아야 했다. 아버지를 찾아야 했다.

어머니를 위해, 그리고 자신을 위해.

그리고 사랑도 지켜야 했다. 어떻게 해서라도, 어떻게 해서라도.

어두운 원룸 안 침대에 걸터앉아 온은 조그맣게 속삭였다.

'나는 어느 것도 놓을 수 없어요.'

누구에게 말한 것인지도 모를 작은 애원이 고요한 원룸 안에 흩어졌다. 그녀 손에 쥐어진 꽃상 사진이 창밖에서 새어든 불빛 아래 보석처럼 반짝였다.

제13화
마지막 나라의 첫 번째 왕

　도심 한가운데 자리 잡은 C호텔 옆에는 스타벅스가 하나 있다. 외국인에게 한국의 미를 알리겠다는 취지에서인지 독특하게도 전면에 기와를 올린 지붕을 배치했다.

　지금 그곳 창가 바 좌석에 그녀가 앉아 있다. 온은 깊은 생각에 잠긴 듯, 열어놓은 노트북은 보지도 않고 멍하니 창문 밖 붉은 보도블록을 내려다보고 있었다. 가느다란 손가락이 테이블 위를 부드럽게 매만졌다. 그녀는 무의식적으로 작은 원을 그리고 있었다.

　그가 화가였다면 가게 앞 길 위에 캔버스를 놓고 그녀의 모습을 그렸을 것이다. 손재주가 없어 미술에는 젬병이었지만 그림을 보는 것만은 언제나 좋아했다. 그는 특히 모딜리아니 작품

속의 긴 목을 가진 여인을 좋아했다. 렘브란트의 그림을 볼 때마다 빛과 그림자가 여인의 흰 뺨에 그려 내는 그늘이 좋았다.

그는 자신을 매료시킨 그림들의 기법을 섞어 깊은 생각에 잠겨 있는 온의 모습을 그리고 싶었다. 현온이라는 여자가 뿜어내는 깊은 물 같은 아우라를 무엇으로 표현할 수 있을지 모르겠지만, 자신이 알고 있는 모든 아름다운 기법을 사용해서 그 가녀린 어깨에서 흘러나오는 맑은 느낌을 담아내고 싶었다.

부산에 다녀온 후, 그녀의 분위기는 어딘지 모르게 달라져 있었다. 자신을 응시하는 눈빛은 더욱 깊어졌고, 생각에 잠겨 있는 시간도 많아졌다. 한밤의 호수처럼, 그녀는 차분하게 가라앉아 있었다. 여린 체구에 보이지 않는 커다란 짐을 지고 있는 것 같은 분위기. 그러나 그런 느낌이 드는 이유를 섣불리 물어볼 수 없었다. 현온이라는 사람의 모든 것을 안고 가기로 약속했으므로, 그는 침묵으로 그녀를 지키기로 했다.

성준은 여전히 꿈을 꾼다. 그녀가 등장하는 꿈은 이제 그의 밤을 채우는 일상이 되었다. 고통은 여전하고 그의 등줄기를 적시는 땀도 변함없다.

언제나처럼 눈 속을 걸어가는 그녀. 흰 스커트는 피로 물들고, 온에게서 떨어지는 피가 온 산을 적셨다. 이제 성준은 그녀의 얼굴을 더욱 자세히 볼 수 있었다.

현실의 것이 아닌 것같이 빛나는 온의 얼굴에는 담담한 슬픔이 어려 있었다. 모든 시공간을 넘어 이 순간을 기다려 왔다는 듯한 그 표정이 성준을 더욱 괴롭게 했다. 그녀를 붙들기 위해, 그는 매번 죽을 만큼 몸부림친다. 그러나 꿈속의 온은 운명에 순응한 듯 담담한 표정으로 말없이 그 자리에 서 있을 뿐이다. 그 표정이 요즘 그녀가 생각에 잠겨 있을 때의 표정과 꼭 같아서 성준은 괴로웠다.

그 시간이 다가오는 것만 같았다. 꿈이 현실이 되는 시간이.

그리고 그는 매일매일 점점 미쳐 가고 있었다. 그녀에게 손대는 누구라도 죽여 버릴 수 있을 것만 같았다. 꿈에서든 현실에서든.

똑똑.

유리창을 두드리는 소리에 성준은 눈을 들었다. 통유리 창 안쪽에서 그녀가 그를 보며 웃고 있었다. 가게 앞에 선 채로 생각에 잠긴 그를 그녀가 발견한 것이다.

성준은 피식 하고 웃었다. 그녀의 미소를 보자 어디를 향해야 할지 모르던 마음속 분노가 녹아내리는 것이 느껴졌다. 그는 자신이 느끼고 있는 이 생소한 감정이 싫지 않았다.

성준은 코트 주머니에 손을 넣고 애정을 담아 웃어 보였다. 유리창 안에서 온도 환하게 웃었다.

한낮의 거리, 카페 유리창을 사이에 두고 서로를 바라보고 있는 두 남녀.

지금 그들은 눈부신 사랑의 끈으로 이어져 있다.

이 목사는 터져 나오는 웃음을 간신히 참으며 맞은편에 앉은 두 남녀를 바라보았다.

이 목사에게 온을 소개시키고 싶다는 성준의 바람 때문에 두 사람은 이 목사의 양평 집에 방문했다. 이 목사는 여느 때처럼 반갑게 손님을 맞이했다. 선남선녀 커플을 찬찬히 관찰하는 이 목사의 입가에선 미소가 가실 줄을 몰랐다. 짝을 찾은 성준이 대견기도 했지만, 무엇보다도 평소와 다르게 어린애처럼 구는 성준의 태도 때문에 웃음을 참을 수 없었다.

그들이 앉아 있는 테이블 가운데에는 온이 사 온 사과 파운드케이크가 놓여 있었다. 그녀는 남의 집에 빈손으로 갈 수 없다며 평소에 자주 가는 홈메이드 케이크집에 들러 굳이 케이크를 사 가겠다고 고집했다. 케이크를 좋아하는 성준은 맛있는 파운드케이크와 홍차가 테이블에 오르자 쉴 새 없이 케이크를 오물거렸다. 케이크를 먹는 성준은 꿀 묻은 앞발을 핥는 흑곰하고 비슷했다. 온은 그런 성준을 다정한 눈빛으로 바라보고 있었고, 이 목사는 온유한 미소를 지으며 이 귀여운 커플을 지켜보고 있었다.

"케이크, 맛있어요?"

웃음을 머금은 온의 물음에 성준은 말 대신 고개를 끄덕였다. 그는 홍차를 한 모금 마시더니 온에게 케이크 접시를 내밀었다.

이미 접시는 깨끗하게 비워져 있었다. 벌써 세 접시째다. 온이 키득거리며 케이크 한 조각을 더 잘라서 접시 위에 놓아 주었다. 성준은 접시를 자기 앞에다 놓고 케이크를 포크로 커다랗게 조각내서 입에 넣었다. 오물거리는 모습이 영락없는 곰이었다.

"원래 단것을 이렇게 좋아했어요?"

"아, 디저트는 내 인생의 3대 달콤함이라구. 너무 그러지 말아요."

"나머지 두 개는 뭐예요?"

"하나는 일, 나머지 하나는……."

성준은 말을 잇지 않고 그저 빙긋 웃었다. 이 목사도 껄껄 웃었다. 웃음의 의미를 이해하지 못한 온은 그저 어리둥절한 표정만 지을 뿐이었다.

"자네, 원래 이런 성격이었나?"

이 목사의 질문에, 이번엔 케이크를 먹던 성준이 무슨 소리냐는 표정을 지었다.

"그동안 나한테만 멋있는 척, 아니, 재수 없는 척했느냔 말일세."

"네?"

"영락없이 꿀단지에 넋 나간 대왕곰이로구만."

"네?"

온이 이 목사의 말뜻을 바로 이해하고는 입을 가리고 쿡쿡 웃었다. 그러나 성준은 여전히 무슨 말인지 몰라 고개를 갸웃거릴 뿐이었다.

그때, 성준의 휴대폰 벨소리가 울렸다. 성준은 홍차를 한 모금 마시고 안주머니에서 휴대폰을 꺼냈다. 액정에 뜬 발신자를 본 그의 얼굴이 순식간에 굳어졌다.

"잠시 실례하겠습니다."

중요한 전화인지, 성준은 코트를 들고 전화를 받으러 집 밖으로 나갔다. 집 안에는 이 목사와 온만 남았다.

한동안 두 사람은 말없이 차를 마셨다. 이 목사가 미소를 지으며 먼저 입을 열었다.

"저 친구가 이야기를 많이 해서 전부터 궁금했어요."

"아…… 네."

"무섭기로 소문난 저 친구 마음을 사로잡은 아가씨가 누구인가 궁금했지. 저 친구가 사실은 아주 깐깐하고 까탈스러운 성격이거든."

온이 부끄러운 듯 미소 지었다. 그가 아무에게나 마음을 열지 않는 사람이라는 건 이미 알고 있었지만, 이렇게 다른 사람의 입을 통해 자신이 그에게 중요한 사람이라는 사실을 확인받는 것은 왠지 모르게 기분 좋은 일이었다.

"혹시 종교가 있나요?"

"아니요, 없습니다."

"그렇군요. 아, 그렇다고 날 불편해할 필요는 없어요."

이 목사가 개구쟁이처럼 웃었다.

"아, 네."

"그럼 혹시 신을 믿나요?"

온은 잠시 생각한 후 입을 열었다.

"음…… 저는 유신론자라고 할 수 있어요. 적어도 영적인 것들…… 영적인 세계가 있다고 믿으니까요."

"그렇군요. 현온 양에게 신은 어떤 분인가요?"

"무슨 말씀이신지……."

"내가 이런 이야기를 하는 걸 어떻게 생각할지 모르겠지만, 지쳐 보여서."

이 목사의 다정한 말에 온은 쓸쓸하게 웃었다. 천천히 찻잔을 들어 홍차를 한 모금 마신 그녀가 차분한 목소리로 말했다.

"지쳤으니까요……."

이 목사가 미소를 띤 얼굴로 천천히 고개를 끄덕였다.

"제가 감당하기 힘든 일이 있어요. 어떤 일인지 자세히 말씀 드릴 순 없지만…… 왜 제게 이런 일이 생겼는지, 어째서 이런 운명인 건지 한동안 괴로워했어요."

온은 찻잔을 두 손으로 감싸며 담담하게 말을 이었다.

"하지만 '왜'라는 질문은 이제 그만하기로 했어요. 그저 신이 저를 멀고 아픈 곳으로 굴려 가지 말아 주길 바랄 뿐이에요. 미워하지 않기로 했어요. 원망도 하지 않으려고 노력해요. 고통스러운 일이 생길 때마다 순간순간 힘들지만, 그래도…… 그래도."

이 목사는 차분하게 말을 이어가는 온의 얼굴을 다정한 눈빛으로 바라보았다.

"사실 이렇게 마음먹은 지 얼마 되지 않았어요."

온이 수줍게 웃었다. 이 목사는 그 미소가 오랜 마음고생 끝에서 나온 것임을 알아차렸다. 잔잔한 침묵이 두 사람 사이에 고요히 흘렀다.

"집 뒤에 산책로가 있는데, 산책이나 갈까요? 저 친구, 오래 걸릴 것 같은데."

차를 다 마신 이 목사가 자리에서 일어나며 온에게 제안했다. 바깥에 나간 성준은 통화가 길어지는 모양이었다. 온도 약간 답답하던 차라 흔쾌히 이 목사의 뒤를 따라 집 밖으로 나섰다.

이 목사가 주방에 나 있는 뒷문을 열자 좁은 오솔길이 보였다. 길은 숲 속으로 나 있었다. 두 사람은 마른 가지만 남은 겨울 숲 속으로 천천히 발걸음을 옮겼다.

차가운 바람이 뺨에 와 부딪혔지만 온은 오히려 그것이 좋았다. 가슴 안에 응어리진 것들을 모두 날려 주길, 마음 한쪽에 똬리를 틀고 있는 괴로움들이 조금이라도 깎이길 바라며, 그녀는 이 목사를 따라 천천히 걸었다.

"나도 현온 양처럼 젊었을 때 많이 괴로워했죠. 현온 양을 지치고 힘들게 하는 것과는 다른 이유였겠지만."

이 목사는 코트 깃을 여미며 차분히 입을 열었다.

"우리 집안은 평양에서 전란을 피해 내려온 목회자 가정이었다오. 할아버지, 큰아버지 모두 목사셨지. 자식이 없었던 큰아버지의 뒤를 이어 둘째 아들이었던 우리 아버지가 집안의 가장이 되셨는데, 아버지는 아들 삼형제 중에 한 명은 목사가 되어야 한다고 생각하셨소. 공교롭게 내가 선택되었지 뭔가. 형은 어릴 때부터 사고뭉치였고, 막내는 공부를 정말 잘해서 그때부터 의대에 가겠다고 큰소리를 치고 있었거든. 개중에 얌전하면서도 공부도 너무 잘하지 않는 애가 나였지."

이 목사는 추억에 잠기듯 빙그레 웃음을 지었다.

"아버지의 강요로 신학대에 진학했지만 뭐가 뭔지 잘 모르겠더군. 갓난쟁이 때부터 교회에 다녔고 독실한 집안의 분위기 속에서 시키는 대로 신앙생활을 해 왔지만, 목사가 될 만큼은 아니라고 생각하고 있었어요. 무엇보다, 그때 내겐 응답이 없었거든. 사실 혼나는 것이 두려워 숨겨 두고 있었지만, 내심 하나님이 정말 계시는지도 의심하고 있었다오."

온은 이 목사의 말에 귀 기울이며 천천히 걸음을 옮겼다.

"응답이 없는 사람이, 아니, 신의 실존을 의심하고 신의 선함을 믿지 못하는 사람이 목회자가 되어도 좋은가, 언제나 나의 질문은 그런 것이었소. 가족에게는 성령의 응답을 받아 목회자의 길을 걷게 될 자랑스러운 신학대생이었지만, 나 자신까지 속일 수는 없는 일 아닌가. 언제나 신학대를 그만두고 싶었지만 아버지가 무서워서 그럴 수도 없었지. 술도 담배도 못 하는 새가슴으로 그렇게 가슴앓이를 하면서 1학년을 보냈소."

숲 가운데에서 두 갈래로 갈라진 길이 나타나자 이 목사는 오른쪽으로 방향을 틀었다.

"나를 신학대에 보내 버린 장본인인 큰형은 답답한 집이 싫다며 고등학교를 졸업하자마자 군에 입대해 버렸고, 거기서 바로 월남전에 지원해 버렸지. 집이 발칵 뒤집힌 건 말할 필요도 없겠지요? 돈을 써서 빼내겠다, 어머니가 찾아가서 매달려 보겠다, 집에선 온갖 난리를 쳤지만 아무 소용 없었지. 형은 기세 좋게 손을 흔들며 떠나 버렸거든. 나는 형이 밉기도 하고 부럽기도 했어요. 그 양반은 어릴 때부터 늘 그런 식이었으니까. 아, 이런 이야기 좀 지루하겠군. 현온 양도 알겠지만, 목사가 되면 말이 많아진다니까. 미안해요."

"아, 아니에요. 재미있게 듣고 있어요. 계속해 주세요."

온의 미소에 안심한 듯 이 목사가 마주 웃어 보였다.

"형은 그곳에서 잘 적응했던 것 같소. 한국과는 전혀 다른 환경, 다른 사람들이었겠지만 그 괄딱대는 성격에 재미있기도 했겠지. 식구들은 형이 돌아올 날만을 손꼽아 기다리며 매일 모여서 기도를 했지만."

"가족의 걱정이 대단했겠어요."

"그때 어머니는 신앙의 힘으로 사셨소. 기도할 수 있어서 사셨으니까. 그러던 어느 날, 형이 편지를 한 통 보냈더군. 전에 온 편지들은 부모님과 가족 전체 앞으로 보낸 편지였는데, 그 편지의 수신인은 나였지."

그러는 사이, 그들은 넓은 겨울 숲을 다 지났다. 숲이 끝나는 지점에는 강이 있었다. 포근한 날씨 덕에 얼어붙지 않은 겨울 강이 유유히 흐르고 있었다. 강바람이 찼지만 오히려 상쾌했다. 두 사람은 강가로 내려갔다.

"형님의 편지는 어떤 내용이었나요?"

뒷이야기가 궁금해진 온이 물었다. 이 목사는 강물을 물끄러미 내려다보며 차분하게 이야기를 이어갔다.

"부모님이 집을 비우셨을 때 도착한 그 편지에는…… 그 양반답지 않은 이야기가 쓰여 있었어요. 한국에 있는 가족에 대한 그리움과 차남에게 집안을 맡긴 미안함을 적었더군. 죽을 고비를 여러 차례 넘겼지만 잘 살아 있으니 걱정 말라는 이야기도 있었고. 목숨을 잃을 뻔한 전투에도 여러 번 참가한 모양이었소. 나는 가슴이 아팠지. 그래도 어린 시절부터 의지했던 형이었는데."

이 목사는 몸을 구부려 발밑에 있는 작은 돌을 하나 집어 들었다.

"무엇보다 나를 놀라게 한 건 편지 말미에 적은 형의 고백이었다오. 형은 그곳에 가서 하나님의 목소리를 들었다고 썼더군. 정말 놀랄 일이었지. 우리 형, 날탕 중에도 날탕이었거든."

형을 날탕이라고 말하면서 이 목사는 빙그레 웃었다. 집안의 골칫거리인 형을 떠올리며 그는 추억에 잠기고 있었다.

"부모님한테 말씀드리진 않았지만, 그 양반은 무신론자에 가

까운 사람이었어요. 일요일마다 예배를 끝내고 와선 한참 동안
이나 나에게 투덜거리곤 했으니까. 그런데 그런 형이 빗발치는
총알 속에서, 밤마다 계속되는 폭격 속에서 하나님의 목소리를
들었다고 썼소. 담배를 피우는 베트남 소년의 입술에서, 닌호아
거리에 해가 지는 풍경에서, 죽은 전우의 피범벅이 된 얼굴에
서…… 형은 하나님을 보았다고 적었지. 몇 번이고 되풀이해서
읽어도 뜻 모르게 슬픈 편지였소."

온은 이 목사의 형에 대해 생각했다. 스물 남짓 된 청년이 이
국땅에서 보았을 풍경들, 그가 지냈을 낮과 밤을 떠올렸다. 그
리고 형이 보낸 편지를 몇 번이나 되풀이해서 읽고 있는 젊은
이 목사의 모습도 생각했다.

그것은 애틋하고 아픈 광경이었다.

"편지의 마지막 말은 감사하고 있다는 것이었어요. 선하신
하나님과 그분께서 주신 모든 것에 감사하고 있다고. 읽으면서
도 참 형답지 않다고 생각했지. 어디 신앙 서적에서 베꼈나 생
각했을 정도였다오."

이 목사는 한동안 말을 잇지 못했다. 잠시 후, 그는 담담한 목
소리로 입을 열었다.

"그리고 그 편지를 쓴 다음 날 새벽, 형은 죽었다오."

이 목사는 손에 쥔 돌을 강으로 던졌다.

통. 통. 통.

별 힘을 들이지 않고 던진 돌은 작은 물수제비를 여럿 만들다

깊은 겨울 강 아래로 가라앉았다.

"형의 편지가 배달된 지 얼마 지나지 않아 형의 유골함이 집으로 왔지. 형의 유골을 가져온 사람이 편지에 적힌 날짜 바로 다음 날 새벽에 기습이 있었다고 말해 주었소. 나에게 보낸 그 편지가 형의 유언이 된 거지. 참 이상했소. 그의 편지는 감사하다 하고 있었고, 그의 유골은 감사하지 않다고 말하고 있는 것 같았거든."

온과 이 목사는 한동안 말없이 강을 바라보았다.

"하지만 결국 깨닫게 되었어요."

이 목사가 온의 얼굴을 바라보았다.

"이 삶은 내가 견뎌 낼 수 없는 것이라는 걸 말이오. 그분이 없으면 이 고통은 견딜 수 없는 것이라는 것. 그게 형이 죽으면서 내게 전해 준 그분의 응답이었지."

온은 오후 햇살 아래 강물이 빛나는 것을 조용히 응시했다. 그녀의 가슴 깊은 곳 푸른 호수도 조용히 물결치고 있었다.

"성준이가 자신의 꿈 이야기를 해 주었나요?"

"네?"

"아직 하지 않은 모양이군요."

"오랫동안 저에 대한 꿈을 꿔 왔다는 이야기는 했어요."

이 목사는 천천히 고개를 끄덕였다.

"그 꿈…… 무슨 내용인지 제게 말해 주실 순 없나요?"

"아직 이야기하지 않은 건 뭔가 이유가 있어서일 테니, 내가 하면 안 될 것 같군요. 하지만 그 꿈이 현온 양과 관련되어 있고……."

이 목사는 잠시 말을 멈추고 온의 눈을 들여다보았다.

"지금까지처럼 예언이 잘 맞는다면…… 아마 그 꿈이 말하는 대로 무엇인가가 일어나겠지요."

그녀는 이 목사의 눈빛에서 걱정을 읽었지만 그것에 대해 구체적으로 물어볼 순 없었다. 이 목사는 곧 걱정 어린 시선을 거두고 따뜻한 미소를 지어 보였다. 그는 딸을 대하듯 다정한 목소리로 말했다.

"물론 현온 양에게 나쁜 일이 닥치지 않게 해 달라고 나와 성준이 매일 기도하고 있답니다. 성준이가 일전에 내게 와서 기도를 부탁하고 갔어요. 한참 동안 신앙과 떨어져 있던 그 친구가 다시 기도하기 시작한 거지. 현온 양을 위해서. 물론 우리 둘 다 알고 있다오. 모든 것이 그분 뜻대로 되리란 걸. 하지만 기도는 온전히 우리의 몫이니 우리는 계속 간구하고 간구할 뿐."

이 목사는 몸을 돌려 천천히 집으로 돌아가는 길 쪽으로 향했다. 그들은 다시 숲을 가로질렀다.

마음 때문일까. 강가로 나아갔을 때의 숲과 돌아오는 길의 숲이 달라 보였다. 적어도 온에게는 그렇게 느껴졌다.

"기다리는 자들에게나 구하는 영혼들에게 여호와는 선하시도다."

처음 출발한 집의 뒷문에 거의 다다랐을 때, 숲의 입구에서 이 목사가 온을 돌아보며 말했다.

"예레미아 애가 3장 25절. 형이 좋아하던 구절이었다오."

온은 이 목사의 얼굴을 바라보았다. 그의 얼굴은 함께 집을 나선 처음처럼 평온했다.

"어떤 운명 속에서도 자신을 지켜 주는 존재가 있다는 걸 잊지 말아요."

이 목사가 온의 어깨를 두드렸다. 가벼운 두드림에 애정과 염려가 담겨 있음을 느낄 수 있었다.

"난 우리 형이 깨달았던 것처럼 현온 양이 그분의 선함을 믿고, 기다리고…… 또 구했으면 좋겠어요. 이 운명이 그의 선물이라는 걸 기억해 줬으면 좋겠어요."

온과 이 목사는 숲의 초입에 서서 한동안 서로를 응시했다. 그녀는 천천히 미소를 지었다. 그리고 작게 고개를 끄덕였다.

집에는 성준이 돌아와 앉아 있었다. 성준은 딱딱하게 굳은 얼굴로 앉아 있었다. 그녀가 잘라 놓아 준 케이크는 그가 아까 먹다 남긴 그대로였다. 온은 그의 얼굴에서 강렬한 분노를 읽어 냈다. 그러나 그 분노가 향하는 곳에 대해서는 알 수 없었다.

이 목사와 온이 집안으로 들어서자 성준은 굳은 얼굴을 풀고 억지로 웃어 보였다.

"산책을 다녀왔네. 자네가 영 돌아오지 않아서 말이지."

"그러신 줄 알았어요."

이 목사가 코트를 벗어놓으러 간 사이, 온이 걱정스럽게 물었다.

"무슨 일이에요?"

"아무 일도 아니에요."

"성준 씨."

무언가 숨기려는 성준에게 온이 단호하게 다그쳤다. 성준은 마지못해 입을 열었다.

"회장이 당신을 보고 싶다더군."

온의 얼굴이 굳어졌다. 경직된 그녀의 얼굴을 보자 성준이 다급하게 말을 이었다.

"걱정 말아요. 안 가도 돼요."

"날…… 왜 보자는 거죠?"

애써 긴장을 풀어 주려는 듯 성준이 씨익 웃었다. 그러나 그웃음의 끝자락은 딱딱하게 굳어 있었다.

"뭐, 어려운 일을 맡겼는데 도움을 주어서 고맙다는 인사를 하고 싶다는 건데, 일단 당신한테 전화해서 물어보겠다고 했소. 그러니까 안 가도 아무 상관 없어요. 사실 지금 전화해서 거절하려던 참이었어."

성준이 전화기를 꺼내 버튼을 누르려는 것을 보며 그녀가 담담하게 말했다.

"갈게요."

성준의 얼굴이 놀라움과 걱정으로 얼룩졌다.

"온, 정말 갈 필요 없……."

"보자는데 못 볼 것 없잖아요."

성준은 온의 얼굴을 내려다보았다. 그녀의 얼굴은 무표정했다. 하지만 성준은 그녀의 결연한 입매가 마음에 걸렸다.

"솔직히."

성준이 주머니에 휴대폰을 넣으며 딱딱하게 말했다.

"난 당신이 이 일에서 손을 뗐으면 좋겠어. 하지만 당신은 그럴 생각이 없는가 보군."

힐난하는 듯한 그의 말에 온은 별다른 대답을 하지 않았다.

"그 석상이 그렇게 중요한가?"

온은 여전히 침묵했다.

성준은 쓸쓸한 표정으로 주머니에 손을 넣었다.

"당신이 나한테 말해 주지 않으니까…… 나는 내가 생각하는 최선을 행할 수밖에 없어."

자신과의 거리감을 느끼며 좌절하는 성준을 보자 온은 가슴이 아팠다.

그녀는 말없이 성준의 허리를 안았다. 자신의 품에 안겨 오는 그녀의 작은 몸을 성준은 가만히 안아 주었다.

"나한테는 다른 선택이 없어."

성준의 목소리가 마른 잎처럼 온의 귓가에 쓸쓸하게 떨어졌다.

그날 밤.

택시가 호텔 입구에 멈추자 도어맨이 나와 택시 문을 열어주었다. 온은 미소를 지어 보이며 호텔 로비로 들어섰다. 그녀는 이 호텔에서 열리는 〈진명─PSG생명〉 출범의 축하 리셉션에서 회장을 만나기로 했다.

리셉션장을 찾는 것은 그다지 어렵지 않았다. 주최 측에서 가장 큰 연회장인 그랜드 볼 룸(Grand Ball Room)과 리젠시 홀(Regency hall) 모두를 빌린 덕분이었다. 국내 메이저 보험사인 진명이 일본계 자본인 토자이 생명과 합작해서 PSG생명을 인수한 사건은 요 근래 경제지의 메인타이틀을 장식하는 핫이슈였다. 국내 자본과 일본계 자본이 굵직한 생명보험사를 공동 인수하였다는 것, 그것도 암암리에 국내 진출을 모색하고 있던 토자이 그룹의 자금력이 동원되었다는 것 때문에 이번 인수는 재계의 관심이 집중된 사건이었다. 이 리셉션은 두 회사의 공식적인 합병을 축하한다는 명목 아래 한국과 일본의 내로라하는 정재계 인사들이 모이는 자리였다.

온은 코트를 보관소에 맡기고 행사장 입구로 향했다. 검은색으로 꾸며진 복도를 지나 넓은 그랜드 볼 룸 안으로 들어서니 제각기 멋지게 차려입은 남녀들이 홀 안에 가득한 것이 보였다. 이런 자리에 익숙하지 않은 온은 약간의 긴장감을 느꼈다. 그러나 허리를 펴고 클러치 백을 손에 꽉 쥔 채 행사장 안쪽으로 들어섰다.

그녀는 오늘 도톰한 아이보리색 원피스를 입었다. 순백의 눈꽃을 연상시키는 우아한 원피스는 그녀의 호리호리한 몸매에 잘 들어맞았다. 삼청동의 작은 옷가게에서 산 것이었지만 쇼윈도에서 처음 본 순간 그녀의 마음을 사로잡은 옷이었다. 유리창 안에서 빛나는 우아한 디자인에 마음을 빼앗겨 다소 무리를 해서 산 드레스였는데, 이런 곳에 입고 나오게 될 줄은 상상도 못 했었다.

양어깨가 보일 듯 말 듯 넓게 패인 네크라인이 그녀의 희고 긴 목을 강조해 주었고, 클래식한 클러치 백을 든 가는 팔목이 팔꿈치까지 내려온 소매 아래 드러났다. 무릎 아래까지 내려오는 스커트는 풍성하게 퍼지는 플레어 스타일로, 우아하게 틀어 올린 그녀의 검은 머리와 잘 어울려 그녀를 마치 흑백 영화에서 걸어 나온 것 같은 고전적 미인으로 보이게 했다.

그녀는 턱을 들고 빠르게 주변을 둘러보았다. 행사장에 오기만 하면 키가 큰 성준을 쉽게 찾을 수 있을 거라고 생각했는데 그러기엔 사람이 너무 많았다. 그를 빨리 찾아야 했다. 아는 사람 한 명 없는 이 공간에 혼자 오래 있으면 정말 위축되어 버릴 것 같으니까.

긴장한 모습을 들키지 않기 위해 허리를 곧추세운 그녀는 자신이 그 공간에서 얼마나 주목받는 인물인지를 눈치채지 못했다. 온이 검은 힐을 또각거리며 행사장을 가로질러 가는 동안 연회장 안의 시선 대부분이 그녀를 향했다.

그녀가 풍기는 기품과 매력은 아름다운 얼음 호수와 같이 사람들의 마음을 끌었다. 그녀는 마치 눈의 여왕처럼 보였다. 포근하면서도 냉엄하고, 기품이 있으면서도 다정해 보이는 그녀의 지태를 수십 개의 눈동자가 뒤쫓았다. 그녀의 존재를 궁금해 하는 호기심 어린 시선을 눈치채지 못한 그녀는 오직 성준을 찾는 데에만 온 신경을 집중했다.

사람이 너무 많아. 아무래도 전화를 해 봐야겠어.

그녀가 눈으로 찾기를 단념하고 휴대폰을 꺼내기 위해 작은 클러치 백을 열었다.

온이 휴대폰 버튼을 누르려던 순간. 어디선가 커다란 손이 다가와 그녀의 가는 허리를 낚아챘다.

"숨어 있어야지."

갑자기 허리를 감싸는 손에 깜짝 놀라며 그녀는 손의 주인공을 올려다보았다.

커다란 손의 주인공은 검은 슈트를 차려 입은 성준이었다. 그녀는 비로소 놀란 표정을 풀고 활짝 웃어 보였다.

물 흐르는 듯 잘 재단된 블랙 슈트에 눈이 부시도록 흰 셔츠의 단추를 한 개 푼 성준은 방금 영화 속에서 빠져나온 듯 세련된 모습이었다. 파티에 초대된 손님이지만 파티의 주인공이라고 해도 손색이 없을 만한 위엄이 그의 온몸에서 풍겨져 나왔다. 타이 없이 린넨 포켓스퀘어만 왼쪽 주머니에 꽂은 그는 흡사 시칠리안 마피아 두목처럼 위험한 분위기를 풍기고 있었다.

"내가 왜 숨어야 하죠?"

온은 미소를 지으며 뜬금없는 그의 말이 무슨 뜻인지 물었다.

"당신이 이렇게 예쁘게 차려입고 오니까 여기에 있는 모든 남자들이 당신을 낚아채려고 호시탐탐 기회만 엿보고 있잖소."

"거짓말."

"거짓말 아닌데. 내가 여기까지 오면서 몇 명을 해치우고 왔는지 모를걸. 제때 오지 않았으면 다른 독수리가 낚아챘을 거요."

"아, 그렇군요. 그 전에 흑곰이 나타나서 다행이에요."

"흑곰?"

성준이 무슨 소리냐는 듯 윗눈썹을 씰룩였다. 온이 장난스럽게 속삭였다.

"이건 비밀인데…… 비행기에서 당신을 처음 봤을 때 흑곰이라고 생각했어요."

성준이 껄껄 웃었다.

"살면서 곰 닮았다는 소리는 처음이군."

"그것도 거짓말인 것 같은데요."

"아니, 호랑이 같다는 소리는 들었지만 곰은 처음이요."

"난 처음부터 곰 같다고 생각했어요."

"난 당신이 영양 같다고 생각했는데."

"지금은 물고기가 된 것 같은데요. 독수리가 낚아챈 물고기, 곰의 앞발질에 걸린 물고기. 아…… 뭐야, 어느 쪽이든 먹이잖아."

"걱정 말아요 난 당신을 먹진 않을 거니까. 나의 아름다운 물고기는 연못에 모셔두고 관상용으로…… 아얏!"

온이 성준의 팔뚝을 살짝 꼬집으며 그를 흘겨보았다. 성준이 껄껄 웃었다.

"윤 변호사."

그때, 성준의 등 뒤에서 누군가가 성준을 불렀다. 온을 보며 웃고 있던 그의 표정이 순식간에 딱딱하게 굳었다. 온은 성준의 얼굴에 미묘한 불쾌감이 떠오른 것을 눈치챘다. 성준은 천천히 뒤를 돌아보았다.

"회장님."

"동행이 왔군. 소개해 주겠소?"

온은 성준이 회장이라고 부른 사내 쪽을 바라보았다.

아카마츠 타츠야. 성준에게 꽃상을 구해 오도록 한 바로 그자다! 무언가를 숨기고 있는 것이 분명한 이 인물을 드디어 마주하게 된 것이다.

온은 성준의 등 뒤에서 빠져나와 회장과 마주 섰다. 아카마츠 회장은 그녀보다 약간 큰 키의 70대 노인이었다. 그는 진회색 슈트를 입고 붉은색 타이를 매고 있었다. 여유롭고 세련된 차림이었지만 옷차림은 그의 가느다란 눈에서 뿜어져 나오는 냉엄함을 가려 주지 않았다.

저 사람…… 어디선가 보았다.

회장의 가는 눈과 마주친 순간, 온의 머릿속에 이런 생각이 스치고 지나갔다. 분명 이 사람과 닮은 사람을 어디선가 보았던 것 같다. 소름 끼치는 눈이 굵게 주름진 얼굴에서 유일하게 움직이는 것이었고, 그 눈동자는 지금 쉴 새 없이 움직이며 온의 정체를 파헤치려 하고 있었다. 조금 전까지 농담 삼아 먹잇감이 된 것 같다고 했지만, 이 노인의 앞에서 온은 정말로 피식자(被食者)가 된 기분이었다.

회장이 어둠 속에서 형체를 파악하듯이 온의 전신을 더듬는 모습을 성준은 불쾌한 눈으로 바라보았다. 탐색을 마친 회장은 흥미롭다는 듯 그녀를 빤히 쳐다보았다. 온은 불편한 분위기를 깨보려는 생각에 일본어로 입을 열었다.

"처음 뵙겠습니다. 현온이라고 합니다. 잘 부탁드립니다."

"아카마츠 타츠야요. 일본어를 잘하는군요."

"아, 아직 부족합니다."

회장이 씩 웃었다. 주름진 얼굴 사이로 괴상한 웃음이 번졌다. 온의 머릿속에 다시금 궁금증이 일었다.

어디서…… 저 얼굴, 어디서…… 본 것 같은데.

"내가 괜한 부탁을 해서 현 상에게 폐를 끼치게 되었군요. 우리 집안의 중요한 물건이라서 말이오. 아무튼 미안하게 되었습니다."

"아, 별말씀을."

"불교미술 전문가라고 들었습니다만……."

"불교 회화를 공부하고 있습니다."

"아, 그렇습니까. 그날 윤 변호사와 그 석상을 직접 봤다는 이야기를 들었습니다. 어떻던가요?"

"아…… 글쎄요."

회장이 다시 웃었다. 그 웃음 한 꺼풀 뒤에 무엇인가가 있었다. 웅크리고 있는 듯한 비밀이 주름진 얼굴 뒤에서 움씰거렸다.

"아름답던가요?"

"네, 멋지더군요."

회장의 미소가 더욱 은근해졌다. 웃음이 짙어지면 짙어질수록 온의 목은 더욱 조여 오는 것 같았다.

"역시 그렇군요……."

"살아 있는 것처럼…… 아름다웠습니다."

온은 회장의 눈을 똑바로 바라보며 말했다. 당신이 누구고, 원하는 것이 무엇이든지 간에 꽃상을 빼앗길 수 없다는 자신의 의지를 눈으로 전하고 싶었다. 회장은 도전적인 그녀의 시선을 피하지 않고 마주하고 있었다. 그녀의 시선이 의미하는 바가 무엇인지 읽어내려는 호기심이 회장의 주름진 얼굴에 가득했다.

"아무튼."

회장이 들고 있던 음료를 한 모금 마셨다. 그는 여유 있게 잔을 돌리며 무표정하게 입을 열었다.

"이제 제가 한국에 왔으니 더는 폐를 끼칠 일이 없게 되어서 다행입니다."

갑작스러운 회장의 선언에 온의 말문이 막혔다.

"네……?"

"제가 직접 그 석상을 가져가기로 한 걸 윤 변호사가 말해 주지 않은 모양이군요."

온은 놀란 나머지 아무런 말도 하지 못했다. 놀란 기색을 드러내 보이지 않으려고 노력했지만 잘 되지 않았다. 온의 얼굴이 하얗게 질리자 성준의 얼굴은 더욱 딱딱하게 굳었고 회장의 얼굴에는 흥미롭다는 표정이 떠올랐다.

"현온 상께서 진품인 것을 확인해 주기도 했고, 집안의 물건이라 빨리 가져가고 싶으니까요. 이번에 일이 있어 한국에 온 김에 직접 구매하기로 했습니다. 그동안 정말 신세가 많았습니다."

"아…… 네, 그렇군요."

당황한 온은 별다른 말을 할 수 없었었다.

"자, 그럼 이만. 저희는…….""

성준이 나서서 대화를 끊으며 온의 허리를 끌어당겼다.

"오, 그래요, 그럼. 현 상, 다음에 또 볼 기회가 있기를 바랍니다."

회장은 뜻 모를 웃음을 지으며 인사를 했고, 그녀는 인사를 하는 둥 마는 둥 하릴없이 성준의 손에 이끌려 그 자리를 뜰 수밖에 없었다.

성준은 말없이 리셉션장 바깥 구석진 곳으로 그녀를 이끌었다. 온은 굳은 얼굴로 말없이 성준을 따라갔다. 사람이 없는 곳에 이르자 온이 거칠게 자신의 허리에서 그의 손을 떼어냈다. 그녀의 얼굴은 얼음장처럼 차가웠다. 성준은 그런 그녀의 모습을 무표정한 얼굴로 바라보았다.

"왜 말 안 했어요?"

성준은 아무런 말도 하지 않았다. 그는 그저 온의 얼굴만 바라보고 뿐이었다. 그의 침묵에 온은 더욱 화가 나서 이를 악물었다.

"윤성준 씨!"

"내가 생각하는 최선을 할 수밖에 없다고 말했잖소."

성준이 낮은 목소리로 말했다. 온은 어이가 없어서 말문이 막혔다.

"당신이 말한 최선이라는 게 석상이 곧 회장의 손에 들어간다는 이야기였군요?"

그녀의 추궁에 성준은 대답하지 않았다. 두 사람은 한동안 말없이 서로를 노려보았다. 잠시 후, 성준이 화를 억누르며 낮은 목소리로 천천히 물었다.

"당신은 내가 당신한테 숨긴 게 있어서 화가 난 거요, 아니면……."

성준은 감정을 참는 듯 잠시 말을 멈췄다.

"단지 석상을 얻지 못하게 돼서 화내는 거요?"

"그게…… 지금 중요한가요?"

"중요하지, 나에겐."

"왜요?"

"당신이 석상에 관심 있는지 나한테 관심 있는지 궁금해하고 있으니까."

온은 진심으로 화가 나려고 했다. 그녀의 얼굴은 핏기도 없이 굳었다. 그녀는 떨리는 목소리로 속삭이듯 물었다.

"그러니까 지금…… 내가 당신을 통해서 어떻게 석상을 얻어보려는 의도로…… 그런 의도로 윤성준이란 사람을 유혹이라도 한 거냐고 묻고 있는 거군요?"

성준은 아무 말 없이 창백한 그녀의 얼굴을 응시했다. 그녀는 그의 어처구니없는 의심에 분노가 치밀었다. 성준은 성준 나름으로 뭐라 할 수 없는 답답함에 침묵할 수밖에 없었다.

"온……."

성준이 분노에 떨리는 그녀의 팔을 잡으려 손을 뻗었다. 그러나 온은 매섭게 그 손을 뿌리쳤다.

"됐어요."

성준은 다시 그녀의 팔을 잡으며 자신 쪽으로 돌리려고 했다.

"온."

"됐다구요."

날카로운 목소리로 그를 밀쳐낸 그녀는 거부할 수 없는 차가운 위엄으로 그의 손길을 막았다. 그리고 그와 다시 눈도 마주치지 않은 채 그에게서 등을 돌리고 사라졌다. 남겨진 성준은 상처받은 눈빛으로 그녀의 뒷모습을 바라보며 서 있었다.

아까부터 근처에 서 있던 사람들은 두 남녀의 조용한 실랑이를 흥미롭게 지켜보고 있었다. 신비한 분위기를 풍기는 흰 드레스의 여인과 건장한 남자의 작은 다툼은 그들의 아름다운 외모 때문에 더욱 주의를 끌었다. 평소에 보았던 낯익은 인물들이 아니었지만 두 남녀가 풍기는 독특한 분위기 때문에 그들이 그저 그런 뜨내기들이 아니라는 것쯤은 알 수 있었다. 그러나 어느 집 자제인지, 어느 회사 임원인지 섣불리 묻지 못하고 그저 호기심 어린 시선을 보내고 있을 뿐이었다.

온은 코트를 찾을 생각도 못하고 야외로 연결된 문을 통해 바깥으로 뛰쳐나갔다. 숨이 쉬어지지 않았다. 맑은 공기가 필요했다. 도망치듯 급하게 발걸음을 옮기던 그녀는 문 앞에서 안으로 막 들어오던 한 여자와 부딪혔다. 여자와 어깨를 부딪친 온은 기운이 빠진 다리 때문에 힘없이 쓰러질 뻔했다. 다행히도 무릎이 바닥에 닿기 직전, 부딪힌 상대가 그녀의 팔을 붙잡아 주었다.

"죄송합니다."

"미안합니다."

그녀를 붙잡아 준 여자는 일본인이었다. 검은 롱 드레스로 몸을 감싼 여자는 늘씬하게 키가 큰 미인이었다. 길게 찢어진 눈이 온의 큰 눈과 부딪쳤다. 여자가 빙긋 웃어 보였다. 흰 얼굴에 붉은 입술의 여자는 중심을 잃고 매달리는 온을 부축해 일으켜 주었다.

"괜찮으신가요?"

"네, 괜찮습니다. 정말 미안합니다."

정신이 없는 와중에도 온은 다시 일본어로 사과했다. 온과 부딪친 여자가 웃으며 고개를 끄덕였다. 여자는 다시 한 번 의례적 인사를 하고 행사장 안쪽으로 들어갔다. 유연한 걸음걸이의 여자가 사라지자 온은 정신없이 바깥으로 달려 나갔다. 한시라도 빨리 이 공간에서 벗어나고 싶었다.

서울 시내의 손꼽히는 특급 호텔인 이곳의 수영장은 여름이면 젊은이들의 핫플레이스로 각광을 받는 곳으로, 겨울에는 그 자리에 아이스링크를 설치해 로맨틱한 데이트 장소로도 유명세를 떨치고 있는 곳이었다. 그러나 오늘은 리셉션 때문인지 링크에는 아무도 없었다. 링크 주변을 둘러싼 무성한 정원수 위에는 꼬마전구 불빛만이 환하게 피어나고 있었다.

혼자가 된 온은 비로소 크게 심호흡을 했다. 저 안에서는 숨이 턱 하고 막혔다. 징그러운 회장의 시선, 자신을 바라보는 성준의 눈빛. 특히 성준의 눈에 담긴 원망을 그녀는 견딜 수 없었다.

그리고 무엇보다 지금 그녀 앞에 닥친 상황을 어떻게 해야 할지 아무런 생각이 나지 않았다.

꽃상이 사라진다. 일본으로 가 버린다. 신의 권능이 담긴 꽃상이 바다 건너 낯선 자의 금고 안으로 들어간다.

그리고 아버지.

아버지가 멀어진다.

온은 자신이 떨고 있다는 걸 깨달았다. 몸이 비들비들 떨리는 이유가 추위 때문인지, 아니면 자신에게서 멀어져가는 꽃상과 아버지 때문인지 알 수 없었다.

"누나?"

따뜻한 손이 그녀의 어깨를 잡았다. 그리고 그 손에 의해 그녀의 몸이 인형처럼 힘없이 돌려세워졌다. 그녀는 초점을 잃은 눈으로 따뜻한 손의 주인공을 바라보았다.

커다란 키, 날렵한 몸매, 갸름한 흰 얼굴, 그린 듯 날카로운 콧날.

그리고 꿈처럼 빛나는 눈동자.

"현백."

그녀는 멍하니 그의 이름을 불렀다.

"미쳤어요? 이 날씨에! 코트는 어디에 두고?"

현백은 눈 깜짝할 사이에 자신의 검고 긴 코트를 벗어 그녀의 몸을 감쌌다. 그러더니 그녀에게 묻지도 않고 그녀의 손목을 잡고서 성큼성큼 아이스링크 옆을 돌아 호텔 본관과 떨어진 링크 반대편으로 갔다. 잘 손질된 사철나무가 우거진 그곳은 리셉선이 진행되고 있는 홀에서는 잘 보이지 않는 숨겨진 곳이었다. 사철나무 위에 장식된 꼬마전구가 별빛처럼 반짝였다. 스케이트를 타는 사람들을 위해 마련된 쉼터인 듯 스탠드형 야외 난로가 켜 있었고 보온을 위한 무릎담요가 벤치 하나 위에 차곡차곡 쌓여 있었다.

현백은 온을 난로 바로 옆에 있는 벤치에 앉히고 그녀가 무슨 말을 하기도 전에 무릎담요를 펼쳐서 그녀의 몸을 감쌌다. 언제나처럼 그의 세심한 마음씀씀이가 발휘되고 있었다.

가스난로에서 쏟아지는 온기로 온의 몸은 금세 따뜻해졌다. 정신을 차릴 새도 없이 담요와 코트에 뒤덮인 온이 작은 목소리로 물었다.

"여긴 어떻게 왔어요?"

"아버지와 함께 왔어요. 이런 자리에 참석하는 게 정치인의 정치 활동이라는 거죠."

현백이 빙긋 웃었다. 온도 비로소 긴장을 풀고 옅은 미소를 지어 보였다.

"누나야말로 여긴 어쩐 일이에요?"

현백이 그녀에게 되물었다. 온이 대답 대신 어깨에 덮고 있던 코트를 현백에게 건넸지만 현백은 그걸 받아서 다시 그녀의 몸에 둘러 주고 벌어진 앞섶도 여며 주었다. 그녀는 엄마새 같은 그의 보살핌을 거부할 수 없어 그저 작게 한숨을 내쉬며 미소 지었다.

"꽃상을 찾는다는 그 재일교포 회장이 아카마츠 타츠야예요."

"정말요?"

현백은 크게 놀란 듯했다. 그녀는 작게 고개를 끄덕였다.

"꽃상을 찾는 데 도움을 받았다며 나를 보고 싶다고 해서……."

그녀의 말을 들은 현백이 생각하는 듯한 얼굴로 턱을 만졌다. 깊은 생각에 잠긴 그는 천천히 검은 양복 안주머니에서 담배를 꺼내 물었다. 불은 붙이지 않은 채 벤치 앞을 서성이는 그는 한 마리 수사슴 같았다. 화려한 뿔을 가지고 무리를 이끄는 고귀한 수사슴. 맑고 아름다운 기품이 그의 걸음걸이에서 풍겨져 나왔다. 현백은 한동안 온이 앉아 있는 벤치 앞을 천천히 오가며 생각에 잠겼다.

"타츠야 같은 거물이 꽃상을 찾는다……."

"그 사람, 뭔가 숨기고 있어요. 꽃상이 자기 외가의 물건이라고 거짓말한 것부터 이상했고, 그리고……."

"그리고 뭐요?"

"자기가 한국에 온 이유는 꽃상을 직접 가져가기 위해서래요."

서성이던 현백의 걸음걸이가 멈췄다. 놀란 그가 입에 물고 있던 담배를 손으로 낚아챘다.

"가져간다고요? 직접?"

온이 힘없이 고개를 끄덕였다.

"미친……."

현백의 반응을 보자 온은 한층 기운이 빠지는 것 같았다. 그녀가 떨리는 목소리로 물었다.

"현백, 나, 잘 모르겠어요. 왜…… 왜 못 찾아내는 거지? 그렇게 대단한 힘이 들어 있는 거라면, 그런 거 신들이 알아내야 하는 거 아닌가? 아무리 생각해도 왜 이런 방식으로 꽃상을 찾아 헤매야 하는지 모르겠어. 마고는 그저 운명이라는 식으로……."

현백이 작게 한숨을 내쉬었다. 그는 천천히 고개를 돌려 그녀의 얼굴을 들여다보았다.

"꽃상이 느껴지지 않아요. 도무지 드러나지가 않아요."

현백이 씁쓸하게 말했다. 그는 그녀 옆에 털썩 주저앉았다.

"꽃상은 뭐랄까, 그릇 같은 거예요. 그 안에 담긴 것이 죽은 신들의 권능이고. 꽃상은 힘을 담는 신성한 그릇에 불과하지만 그 안에 담긴 권능은 커다란 힘이니까 다른 신들이 감지할 수 있는 게 당연한데……."

"그런데 왜?"

"모르겠어요. 꽃상이 없어진 순간부터 누군가가 꽃상을 세상에서 지워 버린 듯이 흔적조차 없어져 버렸어요. 어떻게 그 강력한 힘이 예민한 신들의 감각에도 잡히지 않을 정도로 한순간에 사라져 버렸는지, 그걸 몰라서 지금까지 못 찾고 있는 거죠."

현백이 불안하게 손에 든 담배를 만졌다.

"말도 안 돼. 분명히 거기에 실제로 있었어. 그게 가짜…… 가짜가 아니라면, 아니, 가짜일 리가 없어. 그때 종로에서 내가 봤어요. 유리병에 담긴 꽃상을 내가……."

"뭐라구요?"

현백이 갑자기 그녀의 얼굴을 돌아보았다.

"어디에 담겨 있었다구요?"

"유리병, 큰 유리 실린더에 담겨 있었어. 꽃상이."

"꽃상이?"

현백의 얼굴이 놀라움으로 굳었다.

"실린더 안에는 뭐가 있었어요?"

그가 온의 손목을 꼭 쥐고 다급하게 물었다. 온은 그날 종로에서 보았던 꽃상을 떠올렸다.

"꽃상이 물에 잠겨 있었, 아니, 떠 있었어요. 물 가운데. 아예 완전히 떠오른 것도 아니고, 그렇다고 가라앉은 것도 아닌…… 마치 끈으로 매달아 놓은 것처럼 정중앙에 떠 있었어. 실린더 가득 물이 차 있었고."

"물이라……. 그런 건 생각지도 못했어요."

현백은 그녀의 손목을 쥔 채 다시 생각에 잠겼다. 그의 생각을 방해할 수 없어서 온은 그저 조용히 그의 옆에 앉아 있을 수밖에 없었다.

"어쩌면 그 물 때문일지도 모르겠군요. 신의 권능을 가리는 물이라는 게 세상에 존재할 수 있는지는 모르겠지만. 일단 알아보기는 해야겠어요."

"응. 되도록 빨리. 회장은 곧 일본으로 떠날 생각인 것 같았어. 꽃상과 같이."

두 사람은 한동안 말없이 각자의 생각에 잠겨 있었다. 어디엔가 설치된 스피커에서 잔잔한 음악이 흘러나왔다. 그녀의 마음은 여전히 복잡했지만 아까 리셉션장에서 뛰쳐나왔을 때보다는 한결 편안해졌다. 어쩌면 언제나처럼 그녀를 보살펴 주는 현백의 등장이 그녀를 안심시켜 준 것일 수도 있다. 현백은 깊은 생각에 잠긴 채 손에 쥐고 있는 담배를 만지작거렸다.

"맛 다 빠지겠다."

온이 부드러워진 목소리로 속삭였다. 생각에 잠겨 있던 현백은 그녀의 목소리에 상념에서 깨어난 듯 몸을 일으켜 그녀를 멍하니 바라보았다. 온이 자신의 손을 눈짓으로 가리키자 비로소 그녀가 담배를 이야기하는 것임을 알아차리고 따뜻한 미소를 지었다.

"그냥 피워요."

"아, 나중에 피우죠, 뭐. 같이 있는데 딱히 피우고 싶지 않아요."

온이 쿡쿡 웃었다. 이 잘생긴 청년은 언제나 배려심이 넘친다.

"괜찮으니까 피워요. 말했잖아. 현백에게서 나는 담배 냄새는 언제나 나를 새로운 세계로 인도하는 것 같다고. 현백에게 잘 어울린다니까."

그래도 현백은 담배에 불을 붙이지 않고 말없이 웃기만 할 뿐이었다.

"그래도 너무 자주 피우진 말고 아주 가끔 한 대씩만 피워요."

현백은 고개를 돌려 지긋이 온을 바라보았다. 차오르는 무언가를 억누르고 있는 듯한 눈빛이었다. 그녀의 얼굴을 하나하나 매만지듯 쳐다보는 현백을 그녀도 마주 보았다. 그가 무엇을 망설이고 있는지, 그녀는 알 수 없었다.

"그럼 이 담배 피우면서……."

현백이 손에 쥔 담배를 내려다보며 입을 열었다.

"이야기 하나 더 해 줄까요?"

온이 빙긋 웃었다. 현백은 천천히 품에서 은색 라이터를 꺼내 담배에 불을 붙였다.

가스난로에서 내리쬐는 뜨거운 열기와 무릎을 덮은 담요, 몸을 감싸고 있는 현백의 커다랗고 부드러운 코트, 담배가 타들어 가는 냄새. 현백의 옷자락에서 묻어 나오던 거친 향기가 겨울 공기 속을 떠돌다 그녀의 폐 속에 닿았다. 온은 눈을 감았다. 성준이 준 상처에서 떨어져 아주 잠시만 이렇게 평온한 상태로 있고 싶었다.

"내가 어떤 존재인지 안 지 얼마 되지 않아서, 나는 나와 같은 존재가 세상에 또 있다는 걸 알았어요."

그의 목소리는 뜻 모를 애잔함을 담고 있었다. 눈을 감고 있는 온은 그의 심장에서 흘러나오는 아릿한 감정을 느낄 수 있었다.

"하지만 그 사람에게 가까이 갈 순 없었어요. 권능을 버리고 인간으로 돌아간 여신의 딸…… 평화롭게 살아가고 있는 그 사람을 만나는 건 금지되었죠. 인간이 된 여신은 신의 세계와 떨어져 살고 있었고, 자신의 딸도 평범한 인간으로 살아가길 바랐으니까요."

그가 다시 담배를 꺼내 물었는지 라이터 부싯돌을 돌리는 소리가 들렸다. 그녀는 여전히 눈을 뜨지 않고 있었다. 다시 현백의 향기가 허공에 떠다녔다.

쌉싸래한 나무 향. 그의 향은 바람을 머금은 나무 향이다.

"어떻게 그 사람이 다닌다는 학교를 알게 되었고, 이 년 후 나도 그 학교의 새내기가 되었어요. 학교에 들어가서 제일 먼저 한 일은 그 사람을 찾는 일이었죠. 나와 같은 그 사람, 인간과 신 사이에서 태어난 세상에 둘도 없는 그 사람."

현백은 잠시 말을 멈추었다. 담배 연기가 한 번 더 허공에 흩어졌다.

"그 사람이 다닌다는 과가 있는 건물, 그 사람이 자주 오갈 만한 공간을 서성이다가 결국…… 찾았어요. 한눈에 알아볼 수 있었죠. 텅 빈 신체(神體)를 가진 사람, 신의 딸인데도 나처럼 거추장스러운 능력 따위는 걸치지 않은…… 인간에 가까운 사람,

투명하게 가벼운 그 사람……."

현백의 목소리가 조금 떨렸다. 그녀를 처음 보았던 순간이 가슴속에서 살아 돌아오자 감정을 주체할 수 없었던 것이다.

"유리병처럼 투명했어요. 바람을 안은 것처럼 자유롭고 물처럼 맑았죠. 그때가 5월이었는데 천천히 건물 옆 돌계단을 내려오며 친구들에게 웃어 주더군요. 그 웃음을 넋 놓고 봤어요. 그때 난 길 한쪽에 서 있었는데, 친구들과 이야기를 하면서 내 앞을 스쳐 지나갔어요. 물론 말은 걸지 못했지만 가슴이 터질 것처럼 두근거렸죠."

현백이 잔잔하게 웃었다. 그는 갓 스물이 된 시절로 돌아가 추억을 곱씹었다.

"가까이 가면 안 되는 거니까, 날 알리면 안 된다니까, 가끔…… 아주 가끔 그 사람을 보러 가곤 했었죠. 너무 외롭고 힘들면 그때서야 한 번…… 보러 갔었어요. 그 대신 보고 싶을 땐 처음 봤던 날 바람을 가르며 내 쪽을 향해 걸어온 그 순간을 기억했죠."

온이 천천히 눈을 뜨고 고개를 돌려 현백을 바라보았다. 조각 같은 그의 옆얼굴에는 외로움과 슬픔이 뒤섞여 있었다.

놀랍게도, 그의 침대 옆에 걸려 있던 푸른 바람 속의 여인은 자신이었다. 온은 뜻밖의 사실에 놀라 꼭 쥔 제 주먹만 내려다보았다.

"어느 날, 갑자기 그 사람을 산청으로 데려오라더군요. 아무엇도 모른 채 잘 살고 있는 그 사람이 자신의 정체를 알아야만 하는 일이 생긴 거죠. 그 사람 집 앞에서 기다리며…… 뭐라고 해야 할지 고민했어요. 오랫동안 기다려 온 날이었지만, 그 사람은 곧 내가 열일곱 살에 겪었던 그 끔찍한 혼란을 겪을 텐데……. 걱정이 됐죠."

현백은 잠시 말을 멈췄다. 잠시 후, 이어진 그의 목소리는 작게 떨리고 있었다.

"근데 사실은 나, 조금은 좋았어요. 그 사람 앞에 설 수 있어서."

현백은 기억을 더듬으며 미소 지었다. 그의 얼굴에 씁쓸한 웃음이 어렸다. 온의 머릿속에도 원룸 앞 골목에서 자신을 기다리던 그림자, 가로등 불빛 아래 드러난 아름다운 얼굴이 마치 어제 일인 듯 선명하게 떠올랐다. 가슴이 한쪽이 욱신거리는 것 같아서 그녀는 눈을 꼭 감았다. 멀리서 자신을 지켜보던 현백의 뒷모습이 감은 눈 속에서 아른거렸다.

"오랫동안 상상해 온 것보다 더 좋았어요. 이야기를 나누는 것도, 그 사람을 생각하고 기다리는 것도…… 그동안 꿈꾸던 것보다 더 많이 좋았어요. 나한테 따뜻하고 포근한 사람이었어, 그 사람."

현백은 옆에 앉은 온의 양어깨를 부드럽게 잡아 자신을 향해 돌렸다. 온은 차마 그의 눈을 마주하지 못하고 곧게 뻗은 슈트의 어깨선만 바라보았다.

"날 봐요."

현백의 온유한 목소리에 담긴 알 수 없는 힘에 이끌려 온이 시선을 들었다. 아름다운 그의 눈동자와 마주쳤을 때, 온은 시선을 돌릴 수 없이 그대로 그 눈빛에 잡혀 버렸다.

"현백, 나……."

"당신을."

현백은 그녀를 '당신'이라고 불렀다. 늘 자신을 누나라고 부르던 현백의 입술에서 연인을 부르는 호칭이 흘러나왔다. 그녀는 더 이상 듣고 싶지 않았다. 더 이상은…… 안 될 것 같았다.

"현백 나……."

"사랑해요. 오랫동안 그랬어요."

그녀는 힘겹게 눈을 감았다. 들어서는 안 되는 고백이었다. 미안함과 괴로움이 가슴 한구석에서부터 눈물처럼 흘러나왔다. 그녀는 괴로움 속에서 가까스로 입을 열었다.

"현백, 나는…… 다른 사람이 있어요."

"그 변호사요?"

현백의 물음에 그녀는 아무런 대답도 하지 않았다.

"어차피 그 사람과는 이루어질 수 없어요. 그 사람은 우리를 이해할 수 없을 테니까."

온의 가슴에 고통이 밀려왔다. 현백의 날카로운 지적에 지금껏 외면한 사실이 샘물처럼 솟아 올라왔다.

"그 사람에게 우리의 존재를, 누나와 내 어머니의 존재, 세상이 모르는 진실을 설명할 수 있어요? 설명하면 그가 우리를 받아들일까요?"

더 이상은 버틸 수 없을 것 같아서 온은 자신의 양어깨를 쥐고 있는 현백의 두 손을 떼어내고 일어났다. 그녀의 어깨에 걸쳐 있던 그의 코트가 벤치 위로 떨어졌다.

"그 사람…… 내 모든 걸 안고 가겠다고 했어."

"그건 거짓말이에요."

"아니!"

현백의 단호한 목소리에 저항이라도 하듯 온은 날카롭게 소리 질렀다. 그 거친 저항은 그녀의 자신 없음에 대한 반증이었다. 그런 그녀의 마음을 아는 듯 현백은 자리에서 일어나 그녀를 마주 보며 더욱 단호하게 말했다.

"그건 거짓말이에요."

"거짓말 아니야. 난…… 난 믿어."

온의 눈에서 기어코 눈물이 터져 나왔다. 온은 현백에게 나약한 눈물을 보이기 싫어 뒤로 돌아섰다. 현백이 다가와 그녀를 뒤에서 안았다. 온은 그의 넓은 품 안에서 차마 움직일 수 없었다. 속삭이며 이어지는 현백의 목소리가 괴로움에 젖어 있다는 것이 느껴졌기 때문이다.

"그날…… 우리 집에 왔을 때, 내 운명도 힘든 거냐고 물었죠?"

현백의 차가운 뺨이 온의 관자놀이에 닿았다. 그의 숨결에서 바람과 담배, 나무 향이 새어나왔다. 그녀의 몸이 파르르 떨렸다.

"내 운명도 힘들어요. 당신의 운명처럼."

온이 속삭이듯 물었다.

"현백의 운명은…… 뭔가요?"

"내 운명은……."

그는 잠시 말을 멈췄다. 잠시 후, 그는 천천히 속삭였다.

"마지막 나라의 첫 번째 왕이 되는 거예요."

온은 숨을 멈췄다.

마지막 나라의 왕. 마지막, 마지막 나라라니.

온은 현백의 품에서 벗어나 놀란 눈으로 그를 올려다보았다. 그는 씁쓸한 웃음을 지으며 그녀의 얼굴을 내려다보았다.

"머지않았어요, 새로운 나라는."

새로운 나라라면…… 설마?

"그럼……?"

현백이 가볍게 고개를 끄덕였다.

"그게 내 몫이에요. 모든 영웅의 어머니인 천왕성모가 운명의 시간에 낳은 아이. 필요에 따라 낳은 존재. 그게 나예요."

"말도…… 안 돼."

현백은 담담한 얼굴로 지금의 분단 체제가 머지않아 종식된 후 만들어질 새로운 국가에 대해서 말하고 있었다.

통일된 남북…….

다시 하나가 된 새로운 한국의 시작…….

그 나라의 첫 대통령. 그 육중한 운명의 무게가 저 아름다운 청년의 양어깨를 옭아매고 있었다. 그것은 신이었던 어머니와 연기처럼 사라져 버린 아버지 사이에서 태어나 꽃상을 찾아야 하는 자신만큼이나 무거운 운명이었다. 온은 지금 그의 얼굴에 떠오른 표정을 영원히 잊을 수 없을 것 같았다. 현백의 안에 가득한 슬픔과 외로움이 그녀의 마음을 쥐어짰다.

"사람들을 이끄는 매력, 좋은 머리, 봐 줄 만한 외모…… 다 그걸 위해 부여된 것뿐이에요. 내 말을 거부할 수 없게 하는 위엄까지도. 그저 목적을 완수하기 위해 주어진 재능이죠."

현백은 피식 웃으며 온의 두 눈을 응시했다.

"물론 현온이란 여자에겐 잘 안 통하는 것 같지만."

그러나 그는 이내 모든 웃음을 거두고 진지한 얼굴로 그녀의 뺨을 감쌌다.

"나와 함께해 줘요. 버거운 운명이지만 당신이 내 곁에 있어 주면 좋겠어요."

그의 손가락이 온의 뺨을 부드럽게 만졌다. 섬세한 손가락 끝으로 실크 같은 그녀의 피부를 느끼며 현백은 더욱 간절하게 속삭였다.

"거부하지 말아요. 세상에서 서로를 이해해 줄 사람은 우리 둘뿐이에요. 서로를 알아줄 사람, 서로를 보완해 줄 사람도 오직 우리 둘뿐이에요."

현백의 입술이 온의 이마에 닿았다. 부드럽고 촉촉한 느낌이 이마에 닿자 온은 눈을 감고 숨을 멈췄다. 현백은 그녀의 관자놀이에 따뜻한 입김을 내뱉으며 속삭였다.

"당신의 운명은 나예요."

그리고 그는 고개를 숙여 그녀의 입술에 키스했다. 온은 멍하니 그의 입술을 받아들였다. 그녀의 붉은 입술에 그의 숨결이 불어넣어지고 열정에 찬 현백이 거칠게 그녀를 안고 깊게 키스하기 시작했다.

간절한 그의 입맞춤이 몇 초나 지속되었을까.

"그만."

온이 조용히 그의 입술에서 물러나, 부드럽게 현백의 팔목을 붙잡았다. 그 순간 현백의 움직임도 멈췄다. 온은 천천히 한 발짝 물러나 그의 얼굴을 올려다보았다. 그는 그동안 억눌러 온 감정을 가득 담아 그녀의 커다란 눈을 들여다보고 있었다.

당신을 오랫동안 원했다고. 당신을 가질 수 있는 사람은 나뿐이라고.

침묵 속 현백의 간절한 설득을 느끼면서도 온은 천천히 고개를 저었다.

"내 운명이 무엇인지 모르겠지만…… 그게 나를 이렇게 끌어가고 있고, 그걸 내가 어찌할 수 없다는 것도 알지만…… 나는 마지막 순간까지 내가 원하는 걸 버릴 수 없어요."

온은 눈물이 가득한 눈으로 현백을 바라보았다.

"운명은 마음대로 하라지. 하지만…… 내 마음은 내 거잖아."

"온……."

"그게 운명인지 아닌지 몰라도, 나는……."

그녀는 울음을 참으며 말했다.

"나는…… 나는……."

그녀는 흐느낌으로 한동안 말을 잇지 못했다. 미칠 것 같은 침묵이 얼마간 흐른 후 울음을 삼키며 온이 입을 열었다.

"나는…… 그 사람을 원해."

현백은 눈을 질끈 감았다. 그녀의 그 한마디에서 꺾을 수 없는 강한 의지가 느껴졌다.

그녀는 정해진 상대가 누구인지에 대해 말하지 않았다. 그저 자신이 바라는 사람을 말했을 뿐이다.

운명을 넘어, 그저 자신이 원하는 것을 말했을 뿐이었다.

이루어지지 않더라도 죽을 때까지 품고 있을 자신의 마음. 그 마음의 가치에 대해 이 작고 연약한 여자가 선언한 것이었다.

그렇게 온은 말없이 현백을 등지고 그 자리를 떠났다.

"당신은 뭐지?"

석상처럼 굳은 채로 서 있는 현백의 등 뒤에서 낯선 목소리가 들려왔다. 현백은 무표정한 얼굴로 천천히 돌아섰다. 정원수 뒤편에서 커다란 남자의 그림자가 걸어 나왔다.

성준이었다.

코트를 입은 성준은 차가운 눈빛으로 현백을 바라보았다. 현백 또한 그러한 성준의 눈빛을 피하지 않았다. 두 남자는 수컷 특유의 본능으로 서로를 경계하고 있었다.

"엿들은 건가?"

"본의 아니게. 저 사람을 찾으러 왔으니까."

"어디서부터 들었나? 전부 다?"

"어디가 시작인지 모르겠어서 확실하게 답해 줄 순 없군."

현백이 피식 웃었다. 그리고 품에서 담뱃갑을 꺼내 성준에게 권했다. 성준은 짧게 고개를 저어 거절했다. 현백은 담배를 한 개비 꺼내 입에 물고 불을 붙였다.

"내가 이해할 수 없는 이야기를 하더군."

"당신은 이해할 수 없을 거라고도 말했는데 그건 못 들었나 보군."

현백은 천천히 벤치로 돌아가 그녀가 남기고 간 자신의 코트를 집어 들었다.

조금 전까지 그녀가 입고 있던 코트였다. 그는 온의 향기를 입는 기분으로 천천히 코트를 걸쳤다. 성준은 한쪽에 서서 차가운 눈빛으로 그런 현백을 지켜보고 있었다. 코트를 다 입은 현백은 천천히 걸어서 성준 옆을 지나쳤다.

"그녀를 좋아하는군."

등 뒤에서 들려오는 성준의 목소리에 현백은 걸음을 멈췄다.

"좋아한다라······."

성준의 말에 현백이 피식 웃어 보였다.

네깟 놈이 그녀와 나에 대해서 뭘 말할 수 있다는 거지?

"그녀의 운명이 자신이라고 생각하나?"

성준의 굵은 목소리가 현백에게 묻고 있었다. 현백은 천천히 뒤돌아 성준을 바라보았다. 성준 또한 몸을 돌려 현백의 얼굴을 응시했다.

또렷한 이목구비의 수사슴 같은 미소년, 커다란 체구에 흑곰처럼 위압적인 분위기를 풍기는 미남자. 두 사람은 아무도 없는 아이스링크 옆 정원에 마주 서 있었다.

"그럼 당신은 그녀를 좋아하나?"

현백은 빈정대며 대답 대신 질문을 던졌다.

"사랑하고 있지."

"그 여자가 괴물이라도?"

현백의 질문에 성준이 피식 웃었다.

"그 사람이 괴물이면 나는 더한 괴물이겠지."

성준은 주머니에 손을 넣으며 말을 이었다.

"그리고 세상엔 괴물이란 없어. 모든 피조물들 중 뜻 없이 태어난 건 없으니까."

"선량한 소리로군."

현백은 성준의 얼굴을 유심히 바라보았다. 온의 집 앞에서 처음 보았을 때부터 저자에게서 알 수 없는 기운이 느껴졌다. 무엇인가가 정체를 알 수 없는 선한 기운이 검은 맹수와 같은 이 남자를 감싸고 있는데, 그것은 현백이 속해 있는 세계의 힘이 아니었다. 현백이 목소리를 낮춰 물었다.

"당신은 뭐지?"

"먼저 물은 건 나일 텐데. 기억력이 나쁘군."

"당신에게서 이상한 것이 느껴져."

현백은 선이 굵은 성준의 얼굴을 노려보았다.

"난 평범한 사람이야."

"아하. 당신…… 크리스천이군."

현백은 비로소 알겠다는 듯 입가에 미소를 띠운 채 필터만 남은 담배를 버리고 품 안에서 담배 한 개비를 더 꺼내 물었다. 조롱하는 듯한 현백의 말에도 성준의 표정은 변함없었다.

"재미있군. 그래서였나……. 아무튼, 그렇다면 당신은 더더욱 우리를 이해하지 못해."

"글쎄, 그 말은 거절당한 남자의 자격지심이라고 생각해 두지."

성준은 현백의 말이 대수롭지 않은 듯 피식 웃었다. 모든 것을 다 가진 흑곰의 수장은 날렵한 소년 수사슴을 무시하기로 작정한 것 같았다.

담배 끝을 살짝 깨물며 분을 참던 현백이 성큼 성준의 앞에 다가서 성준의 얼굴을 노려보았다. 섬세한 현백의 얼굴에 억누르지 못한 적개심이 떠오른 것에 비해, 베테랑 변호사인 성준의 거친 얼굴에는 아무런 표정도 나타나 있지 않았다.

"당신이 뭐든 간에 당신은 그녀를 가질 수 없어. 그날 종로에서 그녀를 잃어버린 것처럼. 결국 혼자 남겨지겠지."

질투를 추스르지 못한 현백이 낮은 목소리로 읊조리자 줄곧 평온했던 성준의 얼굴이 순식간에 굳었다.

"그게 너 같은 비루한 인간의 한계야."

언제나 침착한 성준조차도 잘생긴 미소년의 알 수 없는 말에 격렬한 질투심이 밀려오는 것을 느낄 수 있었다. 그러나 그는 특유의 노련함으로 무표정을 유지했다.

성준은 말없이 현백을 스쳐 지나 리셉션장 쪽으로 천천히 발걸음을 옮겼다. 그러다 갑자기 무언가가 생각난 듯 현백을 돌아보았다.

"자네, 그거 아나?"

현백은 떨리는 손에 담배를 들고 허공을 멍하니 바라보는 중이었다. 성준을 돌아다보는 현백의 얼굴은 무표정했다.

"자신을 괴물이라고 여길 때."

성준이 강인한 턱 선으로 고갯짓을 했다.

"세상에 없던 괴물이 태어나지."

한동안 현백과 성준은 서로의 얼굴을 응시했다. 한 여자를 원하는 두 남자 사이에는 격렬한 감정이 소용돌이 치고 있었다. 말을 마친 성준은 다시 아무 일 없었던 듯 리셉션장으로 발걸음을 옮겼다.

혼자 남은 현백은 거의 다 탄 담배를 버리고 품에서 새 담배를 꺼내 물었다.

　호텔 쪽으로 걸어가는 성준의 머리는 복잡했다. 그녀를 찾아 여기까지 나온 것, 온과 저자의 이야기를 엿듣게 된 것도 순전히 우연이었다. 그녀와 어머니 친구 아들이라는 저 자식의 이야기를 모두 다 들은 건 아니었지만, 그들 사이에 자신이 모르는 비밀이 있다는 것은 분명했다.

　기생오라비처럼 생긴 저 자식은 자신이 새로운 나라의 왕이 될 거라고 했다. 그 내용도 허무맹랑했지만 무엇보다 그녀를 마치 그 나라의 왕비라도 삼겠다는 듯 유혹하는 꼴을 보자 분노를 주체할 수 없었다.

　도대체 저자가 무엇이기에 그런 말을 했는지, 그녀와 저 자식 사이에 공유되고 있는 비밀은 무엇인지, 성준은 조금도 짐작할 수 없었다. 그것은 어쩌면 그녀가 그토록 원하는 석상과 관련된 것일 수 있다. 그날 밤 종로에서 그녀를 데려간 것이 저자식이라면…… 태어나서 처음으로 성준은 자신의 감정을 주체할 수 없을지도 모른다고 생각했다.

　그러나 무엇보다 지금 이 순간 성준을 미치게 만드는 것은 아까 그자식의 품에서 벗어나 그녀가 흘린 눈물이었다.

　성준은 현백이 그녀에게 사랑을 고백하는 순간부터 의도치 않게 그들의 이야기를 엿듣고 있었다. 성준이 자신을 믿지 못한다고 생각한 듯 화를 내며 뛰쳐나간 온은 자신에게 사랑을 고백하는 미남자를 거절했다. 절절한 남자의 고백을 오열로 거절한 그녀의 목소리를 엿들으며 성준은 가슴이 터질 것 같았다.

그녀는 성준이 자신을 감싸 주리라는 것을 의심하지 않았고, 자신에 대한 그의 사랑을 믿고 있었다.

온은 그를 사랑하고 있었다.

우연히 엿들은 그들의 대화를 통해 그 사실을 확실하게 알게 된 것이 성준은 기쁘면서도 미안했다. 잠깐이나마 사랑을 의심하는 듯한 거친 말로 그녀를 슬프게 했던 자신이 원망스러웠다.

일단 그녀를 찾아야 한다. 가서 그녀를 안고 미안하다고 말해야 한다. 자신이 원하는 사람은 성준뿐이라고 말해 준 그녀에게 사랑한다고 말해야 한다.

그녀를 놓칠 순 없었다.

성준은 호텔 현관으로 뛰어갔다. 거기에는 코트를 입은 그녀가 택시를 기다리고 있었다. 바로 다음이 그녀 차례였다. 그는 성큼성큼 큰 걸음으로 그녀에게 다가가 팔을 낚아챘다. 고개를 숙인 채 구두 끝만 바라보고 있던 온의 눈이 갑작스러운 손길에 놀라 커졌다.

"날 버리고 갈 생각인가?"

갑작스럽게 등장한 성준을 보며 그녀는 아무 말도 하지 않았다. 얼마나 울었는지 눈 화장은 지워져 있었고 눈두덩은 약간 부어 있었다.

가련한 청초함. 그에게서 시선을 돌리는 그녀는 한 송이 들꽃처럼 연약해 보였다.

"온……."

성준은 괴로움으로 굳은 입술을 간신히 움직여 그녀의 이름을 속삭였다. 그가 자신의 이름을 부르자 그녀는 힘없이 웃어 보였다. 스스로도 혼란스러운 모양이었다.

성준은 주차요원에게 발렛시킨 차를 가져오게 한 후 그녀를 태웠다. 그가 운전하는 동안 그녀는 피그말리온의 조각상처럼 눈을 감은 채 가만히 앉아 있었다. 거리의 네온사인 불빛 아래 그녀의 피부가 창백하게 빛났다. 금방이라도 깨져 버릴 것 같은 도자기 인형처럼 연약해 보여서 그의 가슴은 걱정으로 가득 찼다.

성준은 자신의 호텔 룸으로 온을 데려왔다. 객실에 들어서자 바로 창백한 그녀를 부축해 침대에 눕혔다. 온은 지친 듯 그가 이끄는 대로 말없이 자리에 누웠다. 성준은 불을 끄고 침대 옆 의자에 앉아 그녀를 내려다보았다.

통유리 창을 통해 새어드는 도심의 불빛 때문에 방은 완전히 어둡지 않았다. 침대에 누운 온은 조용히 몸을 돌려 의자에 앉아 있는 그를 바라보았다. 어둠 같은 침묵이 한동안 두 사람을 감쌌다.

"커튼을 칠까?"

그녀는 살며시 고개를 저었다. 그가 다가와 그녀의 몸을 감싼 이불을 매만져 주었다.

"눈 좀 붙여요. 당신 얼굴 너무 창백해."

"성준 씨."

"응?"

"같이 누워요."

그녀의 갑작스러운 말에 성준은 잠시 망설였다.

"거기 앉아서 그렇게 보고 있으면 내가 더 불편하니까."

온의 차분한 목소리를 거부하지 못하고 성준은 재킷을 벗은 후 그녀 옆에 살며시 누웠다. 커다란 침대에 그가 들어와 눕자 그녀의 가느다란 손이 그의 가슴을 찾았다. 성준은 팔을 뻗어 그녀를 안았다. 온은 성준의 넓은 가슴에 안겨 규칙적으로 뛰고 있는 그의 심장 소리에 귀 기울였다.

"나를……"

온이 작게 속삭였다.

"나를…… 믿지 못해요?"

그가 작게 한숨을 내쉬며 그녀의 관자놀이에 키스했다.

"아니. 나는 당신을 믿어요."

"그런데 왜…… 그런 말 했어요. 그런 말이 내게 상처 줄 거 알면서."

"당신이 너무 그걸 쫓으려고 하는 게 불안했어."

온은 눈을 감고 그의 가슴에 얼굴을 묻었다. 자꾸 눈물이 나려고 했다.

"도대체 그 돌조각이 무엇이길래 당신을 그토록 힘들게 하는 건지······."

성준이 그녀의 얼굴을 들어 올려 눈물을 닦아 주었다. 그의
목소리에서 답답함과 안쓰러움이 묻어났다. 그녀를 걱정하는
그의 마음을 알기에 온은 더욱 괴로웠다.

"나를 믿어 줘요. 더는 묻지 말고······ 그냥 나를 도와줘요. 제
발."

"그 남자는 내가 당신을 이해할 수 없을 거라고, 아니, 정확히
는 그와 당신을 이해할 수 없을 거라고 하더군."

온은 무슨 말이냐는 듯이 성준을 바라보았다.

"당신을 찾으려고 호텔 밖으로 나갔다가 아이스링크 옆 정원
에서 그 남자와 당신이 하는 이야기를 우연히 엿듣게 되었소."

그녀의 얼굴이 놀라움으로 굳었다.

"그 남자는 마치 당신과 자신만이 세상 유일한 존재인 듯 말
하더군. 다른 종족, 아니, 외계인인 것처럼."

"그건······."

"자신이 새로운 나라의 왕이 된다고 말한 것도 들었어요. 미
친 것 아닐까 생각하긴 했지만, 뭐, 은유일지도 모르지. 당신은
그게 무슨 뜻인지 이해했소?"

온은 그저 침묵할 수밖에 없었다. 그런 그녀를 바라보던 성준
은 가만히 그녀를 다시 품에 안았다.

"당신이 어떤 사람이든, 무슨 일과 연관되어 있든 간에 당신
은 내게 꿈 같은 사람이야. 내 꿈에 먼저 나와서 자신이 내게 다

가올 걸 알려 주더니, 그 꿈을 깨트리고 나와서 내 곁으로 왔어."

온은 비행기에서 처음 그를 만난 때를 떠올렸다. 악몽에 시달리던 그를 깨웠을 때 자신을 응시하던 그의 눈동자가 생생했다.

"여전히 그 꿈은 계속되고 있어. 그게 나를 힘들게 하지만, 괜찮아."

성준은 그녀의 머리를 틀어 올린 핀을 부드러운 손길로 빼냈다. 물결치듯 시트 위로 쏟아지는 머리카락을 커다란 손가락으로 매만지며 그가 속삭였다.

"내가 무언가 할 수 있을 거라고 생각해. 그분이 내게 꿈을 보여 주시는 게 나를 준비시키기 위해서라고…… 난 그렇게 생각해요. 그러니까 너무 걱정 말아요"

"그 꿈…… 무슨 내용이에요?"

온이 고개를 들어 성준의 뺨을 만지며 물었다. 성준은 사랑이 가득한 눈빛으로 그녀를 바라보았다.

"무슨 내용인지 말해 줘요."

"당신은 아무것도 말해 주지 않으면서 나만 말하라고?"

그가 농담 섞인 말투로 말했다. 그의 미소를 보면서도 그녀의 근심 어린 표정은 그대로였다.

"성준 씨……."

성준은 부드럽게 그녀의 입술에 키스했다.

"걱정하지 말아요. 당신을 잃어버리게 되면 난 누구라도……

죽여 버릴 거야…….”

그녀가 사라질지도 모른다는 생각에 고통스러워졌는지 그는 거칠게 그녀의 입술에 입 맞췄다. 그 입맞춤은 더 이상의 질문은 받지 않겠다는 무언의 표시였다. 그리고 그의 키스에 마음을 빼앗긴 그녀도 더 이상 묻지 않았다. 그가 머리칼을 부드럽게 쓰다듬고 흰 목덜미에 키스하자, 더 이상 생각을 이어나갈 수 없게 되고 말았기 때문이다.

그의 커다란 손은 그녀가 자신의 것임을 외치고 있었다.

그의 입술은 자신 또한 그녀의 것이 되었음을 고백했다.

소리 없는 그의 거친 목소리를 그녀는 겨울 호수처럼 고요히 받아들였다.

제14화
물장오리

양쪽 눈꼬리에 맺혀 있던 눈물이 흘러서 귓바퀴로 떨어졌다.
그녀는 작게 숨을 내쉬며 눈을 깜박였다.

어젯밤, 다시 그 꿈을 꿨다. 현백을 처음 만나 함께 산청으로
가는 도중 차 속에서 꿨던 꿈과 비슷한 내용이었다.

눈밭인지 물속인지 알 수 없는 푸르고 흰 공간에서 얼굴이 지
워진 한 남자가 자신의 손을 잡고 한없이 깊은 곳으로 자신을
끌어당겼다. 애정이 가득한 손길과 입맞춤에서 자신을 사랑하
는 마음을 느낄 수 있었다.

처음 꿈을 꿨을 때와는 달리 그는 아무런 말도 없었다. 어쩌
면 말을 했지만 그녀가 알아들을 수 없었던 것인지도 모른다.

어느새 온과 남자는 울고 있었다. 한참이고 울던 남자는 온을

잡아당겨 안았다. 온은 그와 함께 그곳에 있어야 한다는 걸 깨달았다. 그녀는 남자와 함께 있어 주고 싶기도, 그곳에서 나오고 싶기도 했다. 이 물 밖에서 그녀를 사랑하는 누군가가 자신을 애타게 기다리고 있다는 것을 깨달았다.

그러나 자신을 안고 있는 이 남자를 버릴 수도 없다. 이 남자는 너무나 오래 자신을 기다려 왔다. 가엾고 아픈 사람. 그를 계속 안아 주고 싶었다.

그의 품에 안겨 공간 바깥에서 전해져 오는 목소리를 들었다. 그 목소리는 너무 아팠다.

누구도 버릴 수 없다. 누구도.

그녀는 그것이 너무 슬퍼서 크게 소리 내어 울었다.

그렇게 울다가 잠에서 깨어났다. 방은 여전히 어두웠다. 몇 시나 되었는지 알 수가 없었다. 그녀는 잠들기 전까지 성준이 누워 있던 자리 쪽으로 고개를 돌렸다. 성준은 거기에 없었다.

온은 더듬더듬 일어나 거실로 나갔다. 거기에도 그는 없었다. 그녀는 방으로 돌아와 커튼을 젖혔다. 협탁 위의 시계를 보니 벌써 10시가 다 되어 간다. 그녀는 그가 방을 나간 것도 알아채지 못한 채 이렇게 세상모르고 잤다는 것이 놀라웠다.

그녀는 속옷 바람으로 침대 위에 털썩 주저앉았다. 그리고 한동안 멍하니 앉아 밤새 꾼 꿈에 대해서 생각했다. 꿈속에서 자신을 안고 울던 남자와 푸르고 흰 공간 바깥에서 자신을 기다리던 남자가 누구인지 온은 알고 싶었다.

어쩌면 어제 호텔에서 현백과 그렇게 가슴 아프게 헤어진 것
이 무의식에 반영되어 꿈으로 표출된 것일 수도 있다. 어젯밤
자신을 바라보던 현백의 애틋한 눈빛이 떠올라 마음이 무거워
졌다.

늘 자신을 돌보아 준 그였다. 낯선 세계의 충격에 허우적댈
때에도, 뜻하지 않은 곤경에 처했을 때에도, 맘속에 괴로움을
안고 찾아갔을 때에도 늘 키다리 아저씨처럼 자신에게 그늘을
만들어 준 현백.

온은 고백할 수밖에 없었다. 그를 완전히 동생으로만 생각했
다고 말할 수는 없노라고.

희미하게 남자로서 그를 좋아했던 것 같기도 하다. 그것이 자
신에게 솔직한 것이었다. 눈물로 적셔도 되는 어깨, 자신을 향
해 있던 뽀얀 미소가 그녀는 좋았다. 온은 얼굴을 비비며 괴로
운 생각에서 벗어나 보려고 했다.

그 사람은 어딜 간 걸까.

아주 이른 시간은 아니었지만 자신에게 말도 없이 나갈 사람
은 아니었다. 그때, 협탁 위에 반으로 접힌 종이가 놓여 있는 것
이 보였다. 그의 쪽지였다.

온.

혼자 깨게 해서 미안해요.

급한 일이 생겨서 제주도에 가요. 깊게 잠든 것 같아서 깨우지 않고 나갑니다. 오늘 저녁 비행기로 돌아오려고 해. 전화할게요.

여기까지 쓰고 난 후 다음 줄까지는 약간의 여백이 있었다. 아마 그는 잠시 멈췄던 것 같다. 끝인사를 쓰려다가 다시 펜을 들고 문장을 잇는 그의 모습이 떠올랐다.

돌아와서 당신과 내일을 이야기하고 싶어요.

— 성준

온은 작은 국화처럼 미소 지었다.

나도 당신과 내일을 이야기하고 싶어요.

미래를 약속할 수 있는 사람. 내일을 기대할 수 있는 사람, 어딘가에 같이 둥지를 틀고 함께 있을 수 있는 사람.

자신에게도 그런 사람이 생겼다는 것이 행복했다. 현백에 대한 미안함으로 괴로워하면서도 성준을 선택할 수밖에 없었던 그 이유를, 온은 메모를 읽으며 확인했다. 온은 봄처럼 붉어진 뺨과 샘물처럼 피어오르는 심장박동을 느끼며 작은 연서를 손에 들고 한동안 그대로 앉아 있었다.

잠시 후, 그녀는 침대에서 일어나 샤워를 하고 옷을 입었다.

좀 있으면 이른 점심때가 되는 시간. 빨리 집에 돌아가 이 예쁘지만 거추장스러운 드레스와 신발부터 바꿔 신어야 한다. 온은 거실 소파에 놓여 있는 토트백에서 잊고 있던 휴대폰을 꺼냈다.

부재중 전화가 열네 통, 문자가 하나 와 있었다. 현백이었다.

불편한 마음으로 그녀는 힐을 신으면서 통화 목록을 훑었다. 새벽부터 아침까지 그는 몇 번이고 전화를 걸었다. 문자는 별다른 설명 없이 급한 일이니 빨리 전화를 달라는 내용뿐이었다.

급한 일이라……. 아무리 어제 그런 일이 있었다 해도 현백은 거짓으로 급한 일이라는 말을 할 사람이 아니다. 무슨 일이 생긴 걸까. 현온은 망설임 없이 통화 버튼을 눌렀다. 두 번의 신호가 가기도 전에 현백이 전화를 받았다.

"나예요."

「어디예요?」

다짜고짜 그가 물었다. 온은 뭐라고 해야 할지 몰라서 잠시 망설였다. 어젯밤 자신에게 마음을 고백해 온 그에게 다른 남자의 방에서 밤을 보냈다고 아무렇지도 않게 말할 수는 없는 일이었다.

"왜요?"

「서울이죠?」

"당연히 서울이죠."

「됐어요. 그럼 됐어요.」

어째서인지 현백은 그 말을 듣고 안심한 것처럼 보였다. 그는 다른 말 없이 바로 전화를 끊었다. 온은 도무지 무슨 일인지 몰라 다시 전화를 걸었다. 이번에는 신호가 여러 번 간 후에야 전화를 받았다.

"무슨 일 있어요?"

「나중에 통화해요.」

무언가를 숨기는 듯한 목소리로 빨리 전화를 끊고 싶어 하는 태도가 수상했다.

"무슨 일이 있군요. 말해요."

「…….」

"현백."

그녀는 다시 다그쳤다. 현백은 잠시 망설이다 힘겹게 입을 열었다.

「꽃상이 나타났어요.」

그녀는 그 순간 너무 놀란 나머지 잠시 할 말을 잊었다.

"그, 그동안 안 잡혔다면서요? 갑자기 어디서!"

「오늘 새벽에 서울에서요. 말명이가 단박에 느끼고 찾으러 갔는데…… 곧 사라졌어요.」

"사라지다니?"

「어떻게 된 일인지 몰라도, 잠깐 유리병 밖으로 나왔던 거 같아요. 그리고 바로 움직였어요.」

"어디로?"

「제주로요.」

그녀는 그 순간 손에든 전화기를 떨어트릴 뻔했다. 온몸의 힘이 빠지며 숨이 쉬어지지 않았다.

제주…….

그 사람…… 제주…….

그렇다. 성준은 꽃상 때문에 제주에 간 것이었다. 그리고 자신은 그 사실을 모른 채 여기에 있었다.

"당신이 너무 그걸 쫓으려고 하는 게 불안했어."

어젯밤 자신을 가슴에 안고 속삭이던 목소리가 귓가에 생생했다. 그녀는 작은 신음 소리를 흘리며 눈을 꼭 감았다.

「누나? 듣고 있어요?」

"그 사람이 오늘 새벽…… 제주도로 갔어요."

「젠장.」

전화 저편의 현백이 나지막하게 욕설을 내뱉었다. 현백도 성준이 꽃상을 넘기러 제주에 갔다고 생각한 것이다. 그사이 온은 서서히 차가워졌다. 그녀는 팔에 걸치고 있던 코트를 입으며 휴대폰 너머 현백에게 물었다.

"지금 어디예요?"

현백은 다시 입을 다물었다. 그녀는 그가 침묵하는 이유를 알고 있었다. 그러나 상관없었다.

"제주예요, 서울이에요? 어디든 상관없어요. 제주에 도착하면 전화할게요."

「제발 서울에 그냥 있어요.」

"그러니까 어디냐구요!"

현백은 그녀의 고집을 꺾을 수 없다는 걸 깨달았다. 그는 이미 김포공항에 와 있었다. 그녀가 서울에 무사히 있다는 것을 확인하지 않고는 떠날 수 없었다. 그녀의 안위만 확인되면 곧바로 제주행 비행기를 잡아탈 생각이었던 것이다.

그런 현백의 걱정을 모르는 척, 온은 공항으로 바로 출발하겠다고 말하고 전화를 끊었다. 그리고 바로 성준에게 전화를 걸었다. 성준은 그녀의 전화를 받지 않았다. 받을 거라고 생각하지도 않았다.

당신이 뭘 걱정하는지 알아요. 당신의 사랑도 알아요.

그렇지만 나는 가요. 가야 해요.

호텔 룸을 나서면서 온은 성준의 쪽지를 고이 접어 코트 안주머니에 넣었다. 그녀의 심장 아래 미래를 약속한 그의 단정한 글씨들이 두근거리고 있었다.

2시간 반 후.

온은 제주행 비행기 좌석에 몸을 기댔다. 힐을 신고 탑승구까지 뛰어온 그녀는 눈을 감고 잠시 숨을 돌렸다. 옆 좌석에 앉은 현백은 그런 그녀를 걱정스러운 눈으로 바라보았다. 온은 스튜어디스에게 물을 한 잔 청해 들이켰다. 잠시 후, 숨을 가라앉힌 그녀가 물었다.

"어떻게 된 일인지 말해 줘요. 갑자기 꽃상이 유리병 밖으로 나왔다는 게 무슨 말이에요? 역시 그 물이 문제였던 거…… 그런 거예요?"

현백이 심각한 얼굴로 고개를 끄덕였다.

"그 물…… 물장오리 물인 거 같아요."

"물장오리…… 물?"

온은 바보처럼 현백의 말을 따라했다. 현백은 차분한 목소리로 말을 이었다.

"신을 삼키는 물, 물장오리."

"잠깐만…… 물장오리라면…….”

그 순간, 어떤 기억이 온의 머릿속을 스쳐 지나갔다.

"제주의 큰 여신인 설문대할망, 설문디할망이라고도 합니다. 이 여신은 세상을 만든 창세신이지만 제가 만든 세상에 의해 죽게 됩니다. 조물주가 자신의 창조물에 의해 죽게 되는 거란 말이죠. 제주시에서 서귀포 방향으로 쭉 내려가다 보면 성판악에서 멀지 않은 곳에 물장오리가 있는데, 바로 그 물장오리가 설문대할망이 빠져 죽은 곳이에요. 물장오리는 내륙 습지이긴 하지만 할망 같은 거인이 빠져 죽을 만큼 깊은 곳입니다. 예부터 마르지 않는 성스러운 물로 여겨져서 제주도민들이 가뭄에 기우제를 지내기도 했던 장소죠. 여러분도 나중에 제주도에 가거든 방문해 보면 좋을 텐데, 지금은 람사르 습지가 되어서 아마 허가 없이는 출입이 어려울 것 같네요."

최 교수님은 그때 분명 그렇게 말씀하셨다.

여신이 빠져 죽은 물이라고.

그럼…… 그 물에 꽃상이?

"물장오리는 신을 가둘 수 있는 유일한 공간에요. 병 속에 떠 있는 거 봤다고 했죠? 그 커다란 힘이 작은 유리병 안에 갇혀 있다는 게 이상하지 않았어요? 물장오리 물이라는 게 그 정도예요. 방사선 폐기물을 콘크리트에 굳혀서 심해에 묻어 버린다고 해도 그 물이 신성을 막아내는 것만큼 잘 막을 수 없죠. 우리 모두…… 물장오리를 잊고 있었어요. 아니, 그걸 알고 그렇게 쓸 인간이 있을 줄, 그걸 그렇게 쓸 줄…… 예상을 못 했죠. 인간이 신의 비호 없이 맨손으로 꽃상을 옮겼다는 게 이상하긴 했지만…… 그걸 물장오리 물에 담아 옮겼을 줄은…… 상상도 못 했어요."

"신을 삼키는 물…… 신을 삼키는 물……."

"어젯밤, 물속에 갇혀 있던 꽃상이 무엇 때문인지 모르지만 물 밖으로 잠시 나온 거 같아요. 새벽에 비행기에 실어서 제주로 이동시킨 것까진 알았는데 그다음부터는 다시 자취를 감췄어요."

온은 고개를 끄덕였다. 그녀는 떨리는 손을 맞잡고 꼭 쥐었다.

"그럼 이제 여신들이 꽃상을 찾으러 제주로 오겠군요."

현백은 그는 잔뜩 긴장한 표정으로 고개를 저었다.

"섬에 들어가는 건 누나와 나뿐이에요."

"왜?"

"육지의 신은 섬에 들어갈 수 없어요."

"왜요? 말명이도? 호종이도 못 와요?"

"못 들어와요. 제주는 신의 섬이에요. 헤아릴 수 없을 만큼 많은 신이 살고 있고, 우리랑 다른 신의 체계가 있어요. 육지 신들은 그들이 관장하는 구역을 범할 수 없어요. 그게 규율이에요."

온은 자신도 모르게 작게 신음소리를 냈다. 말명과 호종, 큰 여신들의 도움 없이는 그동안 겪은 그 일들 중 어느 하나도 견뎌 낼 수 없었을 것이다. 그런데 이제 말명도 호종도 없이 현백과 자신 둘뿐이라니……

"어쩔 수 없어요. 큰 여신 마고도 여간해선 손대지 않는 신성한 섬이니까요. 들어 올 수 있도록 허락받은 건 제주에서 신이 된 영등할망뿐이에요. 첫 바람과 함께 음력 2월 초하루에 들어왔다 금방 떠나는 외방신이셨으니까 그마저 오래 머물지도 않으셨구요."

첫 바람이라는 이야기를 들은 순간, 화장기 없는 온의 흰 얼굴이 창백하게 변했다. 그녀는 미친 듯이 비행 모드로 바꾼 휴대폰을 꺼내 오늘 날짜를 확인했다.

오늘은 양력 2월 24일. 음력으로는…… 음력으로는…….

1월 30일.

그녀는 손에 들고 있던 휴대폰을 힘없이 무릎에 떨어트렸다. 그리고 벌벌 떨리는 두 손으로 얼굴을 감쌌다.

음력 2월 초하루에 부는 영등바람은 그 해의 첫 바람이다. 지금은 인간이 된 영등할망이 아직도 신이었다면 바로 내일 제주에 들어와서 첫 바람을 불게 할 것이다.

마고가 분명 그렇게 말했다.

첫 바람이 불어오기 전, 모든 것이 제자리를 찾을 거라고.

모든 것이 끝나는 날이…… 바로 오늘이었다.

엉클어진 것들이 제자리를 찾아가는 날. 온은 자신이 운명의 끝을 향해 걸어가고 있다는 느낌을 받았다. 서늘한 두려움이 그녀의 작은 어깨 위로 내려앉았다.

*   *   *

그 시간, 성준은 표선의 한 리조트에 있었다. 독채로 마련된 프레지덴셜 스위트였다. 거실 통유리 창 밖으로 내다보이는 제주의 풍경은 침침하고 어두웠다. 바다는 거세게 일렁이고 있었으며, 줄지어 서 있는 종려나무들은 혼을 잃은 좀비처럼 이리저리 바람에 나부꼈다.

사시사철 저렇게 바람이 불면 이 섬이 남아나지 않겠군.

그는 마음속으로 생각했다.

이 순간, 어린 시절 느꼈던 날카로운 영적 감각이 되살아나고 있었다. 성준은 자신을 엄습해 오는 검은 그림자를 느꼈다.

무슨 일이 생길 것이다.

그것이 어디서 온 것인지, 어떻게 자신을 덮칠 것인지 알 수 없었다. 지금 그가 할 수 있는 거라곤 그동안 외면해 온 그의 하나님께 간구하는 것밖에 없었다. 마음속의 분노와 두려움을 억누르고, 성준은 창을 바라보며 오랫동안 기도했다.

이 순간을 잘 지나가게 하소서. 격정적인 제 성품으로 누군가를 해하지 못하게 하소서.

그녀에게 돌아갈 수 있게 하소서.

그녀를 지키게 하소서.

그는 공항에 도착하자마자 납치되다시피 이곳까지 왔다. 검은 양복을 입은 건장한 사내와 회장의 수행비서 요시하라 유진이 공항으로 성준을 마중 나왔다.

요시하라는 어젯밤 호텔 리셉션장에서도 보았었다. 온을 찾기 위해 호텔 이곳저곳을 살피던 중, 갑자기 누군가 그의 팔을 훑어 내리듯 잡아챘다. 검도로 단련된 성준은 날렵하게 팔을 붙잡은 손을 떨쳐 내고 상대를 차갑게 바라보았다.

손의 주인은 요시하라였다. 육감적인 검은 실크 드레스를 차려입은 그녀는 성준을 보며 빙긋 웃었다.

"순발력이 좋네요, 윤 변호사님. 놀라게 하려고 했는데."

성준은 차가운 표정으로 고개를 끄덕였다. 요시하라는 성준의 조각 같은 이목구비를 훑으며 살짝 웃었다. 가느다란 실눈이 더욱 가늘어졌다. 빨간 립스틱을 바른 입술 끝이 무언가 그가 모르는 비밀을 품고 있는 것처럼 올라갔다. 한 번 만났고 두어 번 통화한 일이 있었을 뿐인 그녀기 갑작스럽게 친한 척을 하는 것도 이상했고, 마치 자신을 유혹하는 듯이 바라보는 것도 심히 불쾌했다. 기분 나쁜 여자였다.

온을 찾지 못해 마음이 급해진 성준은 목례를 하고 빠르게 자리를 뜨려고 했다. 그러나 요시하라는 그를 쉽게 보내 주지 않았다. 몸매가 적나라하게 드러나는 검은 드레스에 감춰진 늘씬한 다리를 움직여 성준에게 다가선 그녀는 묘하게 색기가 흐르는 눈동자로 그를 응시했다.

"회장님은 만나 보셨나요?"

"네."

"그럼 며칠 내에 제주도에 와 주셔야 하는 것도 아시겠군요."

성준은 무슨 소리냐는 듯 눈썹을 찡그렸다.

"아, 아직 모르시는군요. 회장님께서 곧 말씀하시겠지만 제주도에서 한 번 뵈어야겠어요. 꽃상 소유자가 제주도에 내려가 몸을 숨긴 모양입니다. 일전에 윤 변호사님과 만났을 때 대단한 소동이 있었다지요?"

노인의 아들이 제주도에 있다는 소식에 내심 놀랐지만 성준은 그런 기색을 내보이지 않았다. 요시하라는 무언가를 탐색하는 눈빛으로 그런 성준의 얼굴을 살폈다.

"아무튼 회장님께서는 석상을 수령하신 후 제주에서 바로 귀국하실 예정입니다. 윤 변호사님이 번거로우시더라도 와 주셔서 일을 마무리 지어 주셔야겠어요."

"그렇군요."

성준의 딱딱한 대답에 요시하라가 살짝 미소를 머금었다. 그녀는 분명 동양적 미인이었지만 성준은 그녀의 얼굴 전체가 생명과는 거리가 먼 파괴적인 분위기를 풍긴다고 생각했다. 지금까지 저 여자를 보면서 느꼈던 묘한 불쾌감은 분명 그 때문이었으리라.

성준은 차가운 표정으로 요시하라의 흰 얼굴을 내려다보았다. 성준의 눈과 마주치자 요시하라는 다시 그 죽음이 섞인 미소를 지어 보였다.

"그런데 윤 변호사님과 같이 오신다던 그 감정사분은 어디?"

"잠시 자리를 비웠습니다."

"아, 그렇군요."

성준은 이번에는 단호하게 목례를 하고는 요시하라가 잡을 틈을 주지 않고 그 자리에서 벗어났다. 어쩐지 징그러운 요시하라의 눈웃음이 아닌 투명한 생명이 담긴 온의 눈동자를 보고 싶었기 때문이다.

그런데 리셉션장에서 마주친 지 채 몇 시간이 지나지 않은 오늘 새벽, 요시하라가 그의 방으로 전화를 걸어 왔다. 성준은 깊이 잠든 온이 깰까 봐 벨이 한 번 울리자마자 협탁 위에 놓인 전화를 낚아채듯 받았다. 아까의 여유로웠던 모습과는 전혀 다른 요시하라의 딱딱한 목소리가 휴대폰을 타고 들려왔다.

「요시하라입니다. 일이 조금 급하게 되었습니다. 첫 비행기로 제주에 와 주세요.」

"무슨 일입니까."

「회장님의 전언입니다. 호텔로 공항까지 모실 사람을 보낼까요?」

성준의 편의를 봐 주겠다는 말이었지만 요시하라의 굳은 목소리에는 강제로라도 오게 하겠다는 뉘앙스가 담겨 있었다. 성준은 무엇이 이렇게 급박하게 일을 마무리 짓게 만들었는지 궁금해졌다.

"저 혼자 가죠."

그러나 성준은 호텔을 나서자마자 자신에게 따라붙는 남자들이 있다는 걸 깨달았다. 그들은 자신과 같은 비행기를 타고 제주에 들어와 요시하라를 만날 때까지 미행했다. 그리고 차를 타고 이곳 리조트의 스위트룸에 들어온 이후부터는 확실하게 감금 분위기였다.

무엇일까. 무엇이 회장을 이렇게 불안하게 만든 것인지 성준은 궁금했다. 단지 변호사인 자신이 필요한 것이 아니라는 건

진작부터 느끼고 있었지만, 이렇게 납치나 다름없이 자신을 제주로 불러들여야 할 만큼 심각한 일, 심각한 상황이 생긴 것인가? 문밖에서 지키고 있는 경호원에게 잠깐 나갔다 오겠다고 말해 볼까도 생각했지만, 괜한 소란을 만들고 싶지 않았다.

바람은 점점 거세지고 있었고, 잔뜩 흐린 하늘 때문에 정오가 막 지난 시간임에도 불구하고 사방이 온통 잿빛이었다. 그는 안주머니에서 휴대폰을 꺼냈다. 온에게서 전화가 몇 통 와 있었다. 전화를 걸까 잠시 망설였지만 그녀의 목소리를 들으며 거짓말할 자신이 없었다. 그는 천천히 휴대폰을 안주머니에 넣었다.

성준은 바람이 몰아치는 창밖을 바라보며 오늘 새벽에 꾼 꿈에 대해 생각했다. 요시하라의 전화벨이 울리기 직전까지 그는 꿈을 꾸었다. 여전히 그 꿈이었다. 그러나 오늘의 꿈은 한층 진행된 것이었으며 지금까지 꿔 온 그 어떤 꿈보다 선명했다.

온은 어제 저녁 리셉션에서 입었던 그 아름다운 우윳빛 드레스를 입고 있었다. 그동안 그의 꿈속 여인은 희미한 윤곽을 지니고 있을 뿐이었다. 그녀를 이루고 있는 형체, 테두리들이 지난 몇 년 동안 점차 뚜렷해져 오긴 했지만, 어제는 마치 영화를 보는 것처럼 모든 것이 명징했다. 그동안 꿈속에 등장했던 흰 스커트가 어젯밤의 온이 입었던 아이보리색 원피스였다는 것을 깨닫자, 성준은 꿈속에서도 섬뜩한 기분을 느꼈다.

이것은 낮에 보았던 모습들이 잔영으로 남아 꿈에 반영되었다는 평범한 해석으로 이해될 만한 일이 아니었다. 꿈은 지난 몇 년 동안 천천히 진행되었고, 어제의 꿈은 퇴고와 수정을 거듭한 최종판인 것처럼 모든 것이 또렷했다.

어젯밤 꿈속의 모든 것이 그동안 보고 느꼈던 것의 극단적인 형태를 띠고 있었다. 여느 때처럼 온의 흰 치마는 붉게 물들었고 그녀의 발자국도 피로 얼룩져 있었다. 그러나 그 핏빛은 그 어느 때보다 선명하다는 것이 달랐다. 아니, 선명하다 못해 맑았다. 성준은 수없이 많은 지난밤들에서처럼 그녀를 잡기 위해 죽을힘을 다해 손을 뻗었다. 그 어느 날보다 더 절실하게.

그러나 꿈속 성준의 손이 그녀 여린 어깨를 잡기 직전, 그는 전화벨 소리에 잠에서 깨고 말았다. 그 전화 때문에 성준은 꿈속에서 자신이 그녀를 잡을 수 있었는지 없었는지를 알지 못했다.

그는 어젯밤 꿈이 악몽의 마지막이 아니기를 바랐다. 오늘 밤 마지막으로 한 번 더 꿈을 꾸길 바랐다. 마지막으로 그녀를 잡아 자신의 품에 안고 싶었다.

현실에서처럼 꿈에서도.

영원히.

그때, 갑자기 벨이 울렸다. 성준이 커다란 걸음으로 걸어 나가 스위트룸 문을 열자, 거기에는 룸서비스를 가져온 리조트 직원이 트레이 손잡이를 쥔 채 서 있었다. 문 바깥에는 여전히 성준이 도망치지 못하도록 경호원들이 서 있었다. 순간 자신을 감시하는 저들을 한 방에 때려눕히고 이곳을 빠져나가고 싶다는 생각이 들었지만, 성준은 직원이 거실 테이블에 식사를 세팅하는 것을 말없이 지켜보았다. 서버는 성준의 거대한 몸집과 그의 압도적인 분위기에 긴장한 듯 경직된 손놀림으로 가져온 샌드위치와 주스, 커피와 과일 등을 차리기 시작했다.

"오늘 눈이 온다고 합니까?"

갑작스러운 성준의 질문에 깜짝 놀란 직원은 눈동자를 크게 뜨고 말을 더듬기 시작했다.

"네……? 아, 네. 요 몇 주 눈이 많이 왔습니다. 요즘이 제주 날씨가 제일 변덕스러울 때거든요. 음력 2월 초하루쯤 되면 눈도 많이 오고 날도 춥고, 바람도 많이 붑니다."

거대한 체구에 압도적인 분위기를 뿜어내는 성준이 천천히 고개를 끄덕이자 직원은 조금 안심한 듯 말을 이었다.

"아, 여기 오시면서 못 보셨습니까? 한라산이랑 그 근처 오름들에는 겨울만 되면 눈이 진짜 많이 와요. 저 한라산에는 하루 만에 무릎까지 쌓여 가지고 녹지도 않고, 삼나무 밑동에 이만큼씩 쌓여 가지구 경치가 아주 끝내줍니다. 그거 보려고 겨울에 관광객들이 많이들 옵니다."

성준은 아까 제주공항에서 국도를 타고 이곳으로 오면서 보았던 광경을 떠올렸다. 눈이 쌓인 도로 주변의 경치는 직원이 말한 대로 언뜻 보았음에도 무척 아름다웠다.

룸서비스를 다 세팅한 직원이 나갔음에도 성준은 음식에 손도 대지 않은 채 창밖만 내다보았다. 서서히 가벼운 눈발이 날리기 시작했다. 이 눈이 거세지기 전에 서울행 비행기를 타고 그녀에게 갈 수 있기를 기도했다.

바로 그때.

삐걱 하고 저쪽 방문이 열리는 소리가 들렸다. 분명 이 스위트룸에는 자신 혼자 있다고 생각했는데…… 방에 누가 있었던 것일까? 성준은 소리가 난 곳을 노려보았다.

그곳에는 갈색 코듀로이 멜빵바지를 입은 어린 소녀가 문고리를 잡고 서 있었다.

그 아이였다. 회장의 집 후원에서 마주친 바로 그 소녀. 회장이 데려왔다는 딸 아카마츠 메이코였다. 소녀는 막 잠에서 깬 듯 눈을 비비며 멍하니 성준을 바라보았다. 문고리에서 손을 떼지 못한 채 거실로 나올지 방 안으로 다시 들어갈지 망설이는 것 같았다.

저 아이를 여기까지 데려왔단 말인가?

도대체 왜?

성준은 궁금증을 누르며 아이를 향해 다정히 미소 지어 보였다. 천천히 손짓해서 부르자 아이가 문고리를 놓고 다가왔다.

"네가 있는 줄 몰랐어. 방에서 자고 있었구나."

몽롱한 눈망울의 소녀는 대답 없이 성준의 눈을 응시하고 있었다.

"배고프지 않아?"

여전히 말이 없다. 성준은 서버가 차려 놓은 테이블 앞에 앉아 샌드위치 하나를 집어 들었다.

"먹을래?"

빵을 집어든 성준의 손을 바라보던 메이코는 천천히 테이블로 다가와 성준의 맞은편에 앉았다. 그러고는 성준이 건넨 샌드위치를 말없이 받아 들고는 오물오물 먹기 시작했다.

"이름이 메이코니?"

아이는 빵을 씹으며 고개를 끄덕였다. 정원에서 보았을 때처럼 그를 무서워하는 기색이 없었다. 성준은 이 아이가 왜 여기까지 오게 되었는지 여전히 궁금했다.

"아저씨도 할머니 보러 왔어?"

그때, 갑자기 성준의 마음을 읽은 것처럼 메이코가 입을 열었다. 성준은 깜짝 놀라서 아이의 얼굴을 바라보았다. 소녀는 샌드위치 한 조각을 다 먹고 무표정한 얼굴로 다른 조각을 집어들고 있었다.

"할머니?"

"오늘 할머니 보는 날이야."

메이코는 초점 없는 눈으로 허공을 응시한 채 말했다. 성준은 아이가 무슨 소리를 하는지 알 수 없었다. 그러나 분명 무언가 알고 하는 소리일 것이다. 누군가 아이에게 할머니를 보러 한국에 가자고 한 것일까? 할머니라니, 회장의 어머니는 와병 중이라고 하지 않았나?

"그게 무슨 말이야?"

성준은 조심스럽게 물었다. 그러나 메이코는 묵묵히 샌드위치를 먹는 데에 집중할 뿐이었다. 아이는 다시 말할 생각이 없는 듯했다. 방금 그에게 물은 것도 의식을 갖고 물은 것은 아니었던 것 같다.

성준은 아이의 검은 눈을 바라보았다. 영혼을 어딘가에 묶어놓고 와 버린 것처럼 초점 없는 눈이었다. 그는 아이에게 좀 더물어볼까 하는 생각을 접기로 했다. 어른들의 복잡한 사정을 아이에게 물어봤자 알 리가 없을뿐더러, 그것은 어디까지나 어른들이 해결해야 할 문제였다.

그는 잠자코 커피포트에서 커피를 따라 한 모금 마셨다.

"맛있어?"

성준의 다정한 물음에도 메이코는 말이 없었다. 성준은 문득이 소녀가 안쓰러워졌다. 분명 정신이 들어갔다 나왔다하는 상황인 것 같았다. 그는 잠자코 유리컵에 주스를 따라 메이코의 앞에 놓아 주었다.

창밖에는 성준의 바람과는 반대로 어느새 굵은 눈발이 날리고 있었다. 굵은 눈발이 날릴수록 어쩐지 서울에 있을 그녀와의 거리가 멀어지는 것 같아 성준은 점점 불안해졌다.

이렇게 눈에 잠겨 버리면 그녀를 지켜 줄 수 없다.

　　　　　*　　　*　　　*

　그 시간, 온은 불안감에 몸을 떨며 제주공항 인근 렌터카 에이전시의 고객 대기석에 앉아 있었다. 현백은 데스크에서 자동차 렌트에 필요한 서류를 재빠르게 쓰고, 여직원과 함께 빌릴 차를 보러 나갔다.

　제주공항에 내려서 다시 전화를 걸었지만 성준은 받지 않았다. 설상가상으로 어젯밤 충전하지 못한 그녀의 휴대폰도 배터리 부족으로 꺼져 버리고 말았다. 그와 연락이 닿는다면 이렇게까지 불안하지 않았을 것이다.

　온은 엄습해 오는 불안감을 이겨내기 위해 두 손을 더욱 꼭 맞잡았다. 마주 잡은 두 손 사이에 운명의 실이 쥐어진 것처럼, 실이 떨리며 그가 있는 곳을 알려 주지 않을까 소원하는 것처럼.

　그때, 현백이 사무실 안으로 들어왔다.

　"다 됐어요."

　두 사람은 빠르게 렌터카 에이전시 주차장을 빠져나갔다. 일단 도로로 접어들었지만 두 사람 중 누구도 어디로 가야 하는지 몰랐다.

　"전화해 봤어요?"

　"안 받아요."

　현백이 입술을 깨물었다. 그는 긴장을 감추려는 듯 차분한 목소리로 다시 걸어 보라고 했다. 배터리가 없다고 하자 그는 자신의 전화를 건넸다.

온은 떨리는 손으로 성준의 번호를 눌렀다. 여전히 받지 않았다. 온은 눈물이 날 것 같았다. 다시 걸었다. 받지 않았다. 그녀의 얼굴이 불안감으로 흐려졌다. 그런 그녀의 모습을 바라보는 현백의 표정도 씁쓸해졌다.

그렇게 몇 번 더 전화를 건 끝에, 드디어 휴대폰 너머에서 굳은 목소리가 들렸다.

「윤성준입니다.」

"성준 씨?"

그러고 싶지 않았지만, 그녀는 떨리는 목소리를 그를 불렀다.

그러나 그는 침묵했다.

"어디예요, 당신?"

「온…….」

"나, 제주예요."

전화 저편에서는 아무런 소리도 들리지 않았다. 고요함 속에서 성준의 괴로움이 느껴졌다. 침묵이 계속 이어졌다. 몇 초가 지났을까. 그가 무거운 목소리로 입을 열었다.

「공항 근처에 있어요. 내가 일 끝나는 대로 그쪽으로 가서 연락하지.」

"내가 간다고요! 어디냐구?"

「배터리가 얼마 없소. 끊길 거요.」

"당신, 그거 찾으러 온 거잖아. 나한테 숨기고…… 그것 때문에 여기까지 온 거잖아!"

온은 참고 있던 불안을 뱉어냈다. 그녀는 거의 울부짖고 있었다. 떨리는 목소리, 숨결 한 모금마다 고통이 박혀 있었다. 전화 저편의 성준도, 옆에서 말없이 듣고 있는 현백도 그녀의 괴로움을 느꼈다.

그것은 운명의 끈을 쥐고 흔들어 대는 누군가에 대한 절박함이었다.

"왜, 왜 자꾸 나 떼어 내려고 해요? 제발 나 좀, 제발…… 나 좀 보고 이야기해요. 제발."

숨 막힐 듯 사정하는 온의 목소리에 성준은 두 눈을 질끈 감았다. 이 순간만, 이번 일만 끝내 버리면…… 그녀는 안전하다. 모든 것이 끝날 것이다. 그는 찢어지는 마음을 다잡고 단호하게 말했다.

「나를 사랑한다면 거기 그대로 있어요. 내가 갈 때까지.」

"성준 씨, 제발……."

「미안해.」

그리고 전화는 끊겼다. 그녀의 마지막 희망도 바닥에 흩어졌다. 온의 눈가에 눈물이 그렁그렁하게 맺혔다. 그녀를 보는 현백의 가슴에도 아픔이 그렁그렁 맺혔다. 현백은 말없이 한적한 지방 도로를 달려 한라산 방향으로 향했다.

                    *   *   *

　전화를 끊은 성준도 고통스럽기는 마찬가지였다. 그녀가 그
곳에서 자신을 기다려 줄지 알 수 없다. 되도록 빨리 이 일을 마
무리 짓고 그녀에게 가야 한다. 성준은 무거운 마음을 달래며
방전되어 꺼진 휴대폰을 내려다보았다.

　"내리시죠."

　성준이 통화하는 사이, 차는 도로 어딘가에서 멈춰 서 있었
다. 건장한 경호원이 차 뒷문을 열고 일본어로 말했다. 성준을
태우고 표선에서 출발한 차는 눈 쌓인 한라산 기슭 도로변에 멈
춰 섰다. 아까 리조트 직원이 이야기한 그 길 어디쯤인 것 같았
다.

　주변은 영화 속의 한 장면을 따온 것처럼 아름다웠다. 길 양
옆으로 끝없이 눈꽃이 핀 삼나무가 늘어서 있는 낭만적인 풍경
이었다. 만약 이런 상황에 처해 있지 않았다면 차에서 내려서
연인과 손을 잡고 오랫동안 걷고 싶을 만한 길이었다.

　요시하라는 말없이 조수석에서 내렸다. 성준은 자신의 옆자
리에 웅크리고 잠들어 있는 메이코를 내려다보았다.

　여기에 아이까지 데려와서 뭐하려는 건가, 이 인간들은.

　"어디로 가는 건가?"

　성준이 목소리를 낮춰 물었다.

　"회장님께서 기다리고 계십니다."

"어디서?"

"가 보시면 압니다."

삼나무 잎보다 날카로운 목소리가 경호원 뒤편에서 들렸다. 검은 가죽 재킷을 입고 검은 부츠를 신어 온몸을 블랙으로 감싼 요시하라는 마치 일본 영화에 나오는 닌자처럼 보였다.

그녀는 고양이처럼 도도하게 걸어 차로 다가와 경호원을 밀치고 뒷좌석에서 잠든 메이코를 거칠게 흔들어 깨웠다. 메이코는 거친 손놀림에 눈을 비비며 일어나 앉았지만 여전히 반쯤 잠에 취한 상태였다.

성준은 아이를 마구 흔들어 깨우는 요시하라를 흘끗 노려보고는 왼쪽 문을 열고 차에서 내렸다.

굽이친 2차선 도로 한가운데에 선 성준의 머리 위로 굵은 눈송이가 떨어졌다. 그들이 표선을 출발했을 때는 눈이 좀 잦아드나 했는데, 이곳에 오니 다시 함박눈이 쏟아졌다. 성준이 숨을 내쉴 때마다 뽀얀 입김이 떨어지는 눈송이와 섞였다.

요시하라는 메이코를 차에서 끌어내려 얼어붙은 도로가에 세웠다. 경호원은 차 문을 잠그고 앞장서서 숲 속으로 들어갔다. 요시하라는 성준에게 따라오라는 눈짓을 하고 메이코의 작은 등을 앞으로 밀었다. 아이를 거칠게 다루는 모습에 성준의 분노가 끓어올랐다.

"어린애를 어디에 데려가겠다는 거요?"

요시하라는 성에 낀 쇠보다 더 차가운 눈빛으로 성준을 노려보았다. 그러더니 다시 말없이 메이코를 재촉하듯 숲 쪽으로 밀었다.

"나는 여기서 한 발자국도 가지 않겠어. 요시하라 상, 먼저 회장님과 통화하고 싶소."

메이코를 내려다보고 있던 요시하라가 차가운 눈을 들지 않고 고갯짓을 하자 숲 초입에서 보고 있던 경호원이 품에서 총을 꺼냈다. 성준의 얼굴이 이 상황을 믿을 수 없다는 듯 굳어졌다. 그 눈에는 한층 더 깊어진 분노가 이글거렸다.

"당신들…… 뭐야?"

"잠자코 따라와."

성준의 말을 듣는지 마는지, 요시하라는 멍하니 서 있는 메이코를 신경질적으로 밀쳤다. 키가 작은 메이코는 어른 무릎까지 올라오는 눈을 헤치고 앞으로 나아갈 엄두를 내지 못하다가 요시하라의 손에 밀쳐져 힘없이 넘어졌다. 아이는 여기가 어디인지, 무슨 일이 일어난 건지 전혀 지각이 없는 듯했다. 몽롱한 눈이 굵어지는 눈발 속에서 더욱 뿌옇게 흐려졌다.

메이코가 넘어지자 요시하라가 인정사정없이 거칠게 일으켜 세웠다. 보다 못한 성준이 성큼성큼 걸어가 소녀를 안아 올렸다. 그가 움직이는 동안 경호원의 총구는 그의 움직임을 놓치지 않고 있었다.

메이코를 안아 올려 자신의 넓은 코트 깃으로 덮어 주는 성준을 보고 요시하라가 피식 웃었다. 명백한 비웃음이었다. 성준은 그 웃음을 보지 못한 척했다. 살의가 들끓어 올랐기 때문이다. 품 안의 메이코는 성준의 검은 코트 안에서 몸을 동그랗게 웅크렸다.

왜 이렇게 웅크리려고 하는 걸까. 무엇이 이 아이를 움츠러들게 했는지 성준은 알고 싶었다.

총은 두 자루. 지금 반항해 봤자 승산이 없다. 냉정하게 상황을 계산한 성준은 소녀의 작은 몸을 안고 요시하라의 뒤를 따라 숲 속으로 들어갔다. 성준만큼이나 건장한 경호원이 경계를 풀지 않은 채 무리의 끝에 서서 따라왔다.

숲은 깊고 아름다웠다. 그들은 일렬로 걸으며 숲의 깊은 곳으로 들어갔다. 삼나무 숲이 끝나고 완만한 경사와 급한 경사가 반복되는 산길이 등장했다. 쌓인 눈 아래 요철이 심심치 않게 있어서 성준은 아이를 더욱 꼭 껴안고 조심하며 발걸음을 옮겼다.

얼마나 올라갔을까. 바로 앞만 보며 걷던 성준이 문득 눈을 들어 사방을 둘러보았다. 그들은 다시 등장한 빽빽한 침엽수림 안쪽으로 들어와 있는 상태였다.

천천히 주변을 둘러본 그의 눈에 눈물이 고였다.

그의 심장은 터질 듯이 뛰었다.

그곳이었다.

그녀가 있던 숲. 그녀가 피 흘리던 그 숲.

그의 뺨으로 눈물이 흘러내렸다.

그분께서 나를 버리지 아니하시는구나.

예지 받은 대로라면 바로 이 공간에서 그녀는 죽음을 향해 걸어가고 있어야 했다. 그러나 지금 이곳에는 성준 자신뿐이다. 그의 신은 미래를 대비하게 하시고 고난에서 그녀의 생명을 구하게 해 주셨다. 비록 지금 자신은 알 수 없는 위험 속으로 걸어 들어가고 있지만, 꿈에서처럼 눈앞에 피로 젖은 온이 없다는 것이 성준은 행복했다. 죽어 가는 그녀를 붙잡지 못해 울부짖지 않아도 된다는 것이 성준은 감사하고 또 감사했다.

성준은 말없이 눈물을 흘리며 걸음을 옮겼다. 소리 없이 떨어지는 그의 눈물을, 품에 안긴 소녀는 무표정한 얼굴로 올려다보았다.

마치 이 모든 것을 다 알고 있다는 듯이.

그렇게 10분 정도 산을 올랐을까. 아래로 내려가는 길이 나타났다. 급한 경사로를 어렵사리 내려가자 넓고 평평한 분지가 나왔다. 분지 저편에는 검은 코트를 입은 남자가 서 있었다.

아카마츠 회장이었다.

그의 곁에는 검고 기다란 자루 하나와 커다란 여행용 가방이 놓여 있었다. 회장은 그들을 등진 채 먼 곳을 바라보고 서 있다가 인기척이 들리자 몸을 돌려 천천히 다가오는 성준 일행을 맞았다.

성준은 회장의 얼굴을 뚫어지게 바라보았다. 회장과의 거리가 가까워질수록 그의 입가에 어려 있는 기괴한 웃음과도 가까워졌다. 성준은 회장의 눈이 평소와는 달리 광기 어린 기쁨에 젖어 있다는 것을 알아챘다.

"윤 변호사, 오느라 고생이 많았어요."

회장이 입을 벌리며 크게 웃었다. 성준은 회장의 벌어진 검은 입을 외면하며 그의 뒤편으로 펼쳐진 넓은 분지를 둘러보았다.

자세히 보니 그것은 땅이 아니었다.

그것은 얼어붙은 커다란 호수였다.

온과 현백은 내비게이션이 지시해준 대로 5.16 도로 중간에서 차를 멈췄다. 성준의 행방을 알 수 없는 이상, 일단 물장오리 쪽부터 살펴보기로 했다. 차를 타고 오는 내내 끝도 없이 이어져 있는 굵은 삼나무 숲이 도로 양쪽을 빼곡하게 채우고 있었고, 삼거리를 지나 지금 차를 세운 곳에는 앙상한 활엽수 숲이 도로 옆을 채우고 있었다. 제설 작업이 잘 되어 있는 도로였지만 길에서 조금만 벗어나도 아름드리나무 밑동에는 누구도 손대지 않은 뽀얀 눈이 2,30센티미터 이상 쌓여 있었다.

현백이 마지막으로 내비게이션 화면을 확인하고 시동을 껐다.

"지도에는 여기서 올라가는 게 제일 빠른 걸로 나와요."

"그래요. 그럼 빨리 가 봐요."

현백이 차 문을 열고 나가려는 온의 팔을 잡았다.

"나 혼자 다녀올게요."

"아니에요. 같이 가요."

"거기에 있을지 없을지도 모르고, 내가 빨리 가서 보고 올게요. 누나는 차에서 휴대폰으로 다시 전화해 봐요."

"같이 가면서 전화해도 돼요."

"제발!"

참다못한 현백이 고통을 담아 소리를 질렀다.

"내 말 한 번만 들어 주면 안 돼요?"

온은 갑작스러운 소리에 깜짝 놀라 현백의 얼굴을 한 번 올려다보고는 아무 말도 하지 못했다. 그에게 느끼는 미안함과 안쓰러움이 아무런 말도 하지 못하게 했다. 현백은 온의 슬픈 표정을 보고 작은 한숨을 내쉬며 힘없이 말했다.

"제발…… 그 발을 하고…… 어딜 가겠다는 거예요."

그녀는 현백의 시선이 향한 곳을 보았다. 거기에는 커피색 스타킹에 감싸인 가느다란 다리와 검은 하이힐 속에 담긴 자신의 작은 발이 있었다. 온은 애처롭게 발을 한 번, 현백의 얼굴을 한 번 번갈아 보았다. 그리고 애원하듯 속삭였다.

"그래도 가야 해요. 여기 있으면 미쳐 버릴 것 같아."

현백은 한동안 온의 절박한 눈빛을 바라보았다.

그리고 잠시 후, 그는 말없이 차 문을 열고 밖으로 나왔다. 그러고는 조수석 문을 열어 조수석에 앉아 있는 그녀의 다리를 잡아 차 밖으로 내놓았다. 온은 그가 무엇을 하는지 몰라 그저 시키는 대로 다리만 차 밖으로 내놓은 채 얌전히 앉아 있었다.

현백은 호주머니에서 주머니칼을 꺼내 자신이 두르고 있는 길고 두꺼운 목도리를 세로로 길게 찢었다. 그것은 온이 마고를 만나러 갔을 때 현백이 그녀의 목에 둘러 주었던 바로 그 목도리였다. 목도리는 숄로 써도 될 만큼 넓고 도톰했으므로 두 개로 나누어졌어도 여전히 폭이 넉넉했다.

　현백은 찢은 목도리를 어깨에 대충 걸치고 그녀 앞에 무릎을 꿇고 앉았다. 그러고는 조수석 문 밖으로 나온 온의 작은 발에서 하이힐을 벗기고 찢은 목도리를 발부터 촘촘하게 감아 올렸다. 특히 발 부분은 빈틈이 생기지 않게 남은 천으로 두 번씩 감았다. 두 다리를 모두 감아올린 현백은 천을 가늘게 찢어 만든 끈으로 즉석 니트 부츠를 다리에 고정시켰다.

　그녀의 두 다리에 눈이 들어오지 않을 거라는 확신이 서고 나서야 현백은 자리에서 일어났다. 현백이 만들어 준 새 신발을 보면서 온은 눈물이 날 것 같았다.

　고맙고 다정한 사람.

　미안하고 미안한 사람…….

　"현백……."

　"왜요."

　"나 바보 같지?"

　온이 눈물이 글썽글썽한 채로 미소 지으며 물었다. 현백은 이 물음에 담긴 그녀의 마음을 알아차렸다. 그녀의 말은 중의적인 것이었다.

같이 가겠다고 우기는 자신이 바보 같다는 걸 잘 알고 있다는
의미.

그리고 그의 사랑을 거절한 자신이 얼마나 바보인지도 알고
있다는 의미.

그런 그녀의 마음을 읽은 현백은 담담한 표정으로 대답했다.

"응, 바보 같아요."

온이 고개를 끄덕였다. 눈꼬리에 맺힌 눈물이 달랑달랑 흔들
렸다. 현백은 찢어지는 가슴을 안고 그녀의 창백한 얼굴을 지긋
이 바라보았다.

어젯밤 호텔 정원에서 그녀가 떠난 후, 현백은 밤새 생각했
다. 온의 단호한 거절은 현백의 가슴에 큰 아픔을 남겼다. 외로
운 눈물이 얇은 이불이 되어 밤새 그의 몸을 감쌌다. 새벽녘까
지 그는 그녀를 떠날 수 있을지 생각했다. 다급하게 진행된 일
때문에 예상치 않게 그녀와 함께 이곳에 와 있지만, 그는 아직
까지도 그녀에 대한 미련을 버릴 수 있을지 자신이 없었다.

지금 그의 바람 소녀는 회색 토시를 신은 이누이트 원주민 소
녀처럼 보였다. 나이보다 훨씬 어려 보이는 작은 그녀는 자신의
운명을 완성시키겠다며 여기까지 왔다.

그녀가 지키고자 하는 것, 찾고자 하는 사람, 사랑하는 남자
를 위해.

거기에 자신은 없었다.

그러나 자신의 안에는 그녀가 있다.

그것만으로도 괜찮을까.

나는 그녀 없이 버틸 수 있을까…….

현백은 그녀를 물끄러미 바라보다가 말없이 허리를 숙여 온의 이마에 입 맞췄다. 그리고 담담한 표정으로 온의 손을 잡아 일으켜 세웠다.

"가요, 이제."

*　　*　　*

성준은 회장의 얼굴과 얼어붙은 호수 저편에서 얼음구멍을 뚫고 있는 경호원을 번갈아 쏘아보았다. 요시하라는 메이코를 데려가 회장 옆에 세웠다. 회장은 화가 난 성준이 재미난다는 듯 클클 웃었다.

"윤 변호사에게 여러모로 미안하군. 이런 곳까지 오게 해서 말이야. 아마 놀랐겠지요?"

"네, 놀랐습니다."

성준은 불쾌감을 숨기지 않았다. 그의 얼굴은 분노로 경직되어 있었다.

"제게 설명을 해 주셔야 하겠습니다."

"아, 놀랄 것 없소. 윤 변호사가 나를 도와주면 금방 끝날 일이오."

"제 도움은 석상 구매를 돕고 매매 계약을 체결해 드리는 것 아니었습니까?"

"아, 사실 그건 뭐, 윤 변호사가 할 일이 없으면 따분해할 것 같아서 임시로 만들어 낸 거고, 사실 정말 원했던 건 지금부터 해 줄 일이라네."

그때, 얼음을 깨던 경호원이 일을 마치고 이쪽으로 걸어왔다. 그는 회장 옆에 있던 기다란 검은 자루를 조심스럽게 안아 올린 다음 얼음구멍 옆으로 옮겨 놓았다.

경호원이 일을 마치자 회장은 만족스러운 얼굴로 성준을 바라보며 여행 가방의 지퍼를 열었다. 성준은 회장이 가방 안에서 무언가를 천천히 들어 올리는 것을 지켜보았다.

그 무언가는 바로 문제의 석상이었다. 석상은 종로에서 처음 보았을 때와는 다른 유리병 속에 들어 있었다.

"이걸 말이야."

회장의 목소리는 기대감으로 떨리고 있었다. 유리병을 들어 올리는 손끝에서 뾰쪽한 광기가 느껴졌다.

"이 물 속에서 열어 줬으면 하거든."

"무슨 말입니까, 그게?"

성준은 회장의 괴상한 표정에 소름이 끼쳤다. 저 괴팍한 노인이 이토록 흥분하는 것을 이해할 수 없었다.

"물속에서 이 유리병을 열어서 꽃상의 목을 꺾어 달라구. 그다음은 메이코가 알아서 할 거야."

"왜 저한테 이런 짓을 시키는지 말하기 전엔 할 수 없습니다."

찰칵.

성준은 등 뒤에서 차가운 금속성 버클이 걸리는 소리를 들었다. 어느새 그의 곁으로 다가와 있던 경호원이 그의 곧은 척추에 차가운 총구를 댄 것이다. 가벼운 휘파람 소리가 들렸다. 돌아보지 않아도 조금 떨어진 곳에 서 있는 요시하라가 낸 소리라는 걸 알 수 있었다. 성준은 그 얼굴이 어떤 표정을 짓고 있는지 짐작 수 있었다. 분명 찢어진 눈으로 가느다랗게 웃고 있을 것이다.

"죽는 것보단 시키는 대로 하는 게 낫지 않겠나?"

회장의 말과 함께 총구가 성준의 등줄기를 앞으로 밀었다. 그는 어쩔 수 없이 경호원이 시키는 대로 얼음구멍 쪽으로 천천히 걸어갔다. 총구가 등줄기에서 떨어졌지만 총 머리는 여전히 자신을 향해 있을 것이다.

회장은 그들이 다가오는 것을 보며 한 손엔 메이코를, 한 손에는 유리병을 쥐었다. 그리고 자신이 먼저 검은 포대가 누워 있는 구멍 옆으로 가서 아이와 꽃상을 데려다 놓고 천천히 뒷걸음질 쳐서 물러났다.

요시하라 또한 구멍 가까이까지 가지 않고 몇 미터 떨어진 곳에서 멈췄다. 두껍게 얼어붙은 호수의 얼음구멍 옆에는 작은 소녀와 검은 부대, 유리병에 담긴 석상이 놓여 있었다. 그것들이 나란히 놓여 있는 그쪽으로 성준은 말없이 다가갔다.

구멍 옆에 서 있는 메이코의 눈동자는 여전히 초점이 없었다.

아이는 아까부터 이리저리 밀려다니기만 했을 뿐, 제 의지를 완전히 상실한 상태인 것 같았다. 성준은 아이가 걱정되었지만, 일단 저 검은 자루에 싸여 있는 것이 무엇인지부터 확인할 필요가 있다는 생각이 들었다. 그는 천천히 자루 앞에 쭈그려 앉았다. 긴 백의 윗부분에 단단히 잠겨 있는 지퍼를 잡고 떨리는 마음을 억누르며 내리려는 순간.

"성준 씨!"

그의 등 뒤에서 누군가가 그를 불렀다. 호수 가득 울리는 높고 맑은 목소리에 그의 몸이 그대로 얼어붙었다.

성준은 두 눈을 질끈 감았다. 그러나 그의 입에서는 어쩔 수 없는 고통의 신음소리가 새어나왔다.

그녀가 아니기만을 빌었다.

그러나 그녀가 아닐 리 없다.

그 목소리의 주인공을 아는 성준과 정신이 나간 메이코를 제외한 호수 주변 모든 사람의 시선이 소리의 근원지를 향했다.

그곳에는 온과 현백이 서 있었다. 성준의 뒷모습을 발견한 그들은 서둘러 호숫가로 내려오고 있었다.

"오호."

흥미를 담고 있는 회장의 목소리가 등 뒤에서 들려왔다.

"이게 누구신가. 우리 감정사 선생 아니신가."

요시하라는 자신들에게 다가오는 잘생긴 젊은 남자를 노려보았다. 현백에게서 뿜어져 나오는 반인반신의 기운을 느낀 모양이었다.

온은 성준을 바라보며 정신없이 호숫가로 달려 내려왔다. 경호원과 요시하라가 서 있는 곳까지 다다라서야 온은 깨달았다. 그들이 성준을 겨누고 있던 것, 그리고 지금은 자신을 향하고 있는 것이 바로 총이라는 것을. 경호원이 든 총의 검은 총구가 자신을 겨누고 있는 것을 본 온은 걸음을 멈췄다. 뒤따라오던 현백도 총을 발견하고는 재빨리 온을 자신의 몸으로 가렸다.

현백의 등이 자신의 시야를 가린 그 순간, 온은 다른 사실도 깨달았다. 온통 검은 옷으로 몸을 감싼 저 여자는 어젯밤 호텔 문 앞에서 자신과 부딪쳤던 그 사람이라는 것을.

그리고 운현궁 양관 지붕 위에서 말명과 대치하다 도망친 복면의 괴여인과도 같은 인물이라는 것을.

온의 심장이 미친 듯이 뛰었다. 그녀는 슬며시 현백의 등 뒤에서 벗어나 혼란스러운 눈으로 성준과 요시하라를 번갈아 쳐다보았다.

"아니, 감정사 선생이 여기까지 웬일이신가? 윤 변호사가 불렀나?"

성준은 아무 말 못 하고 애절한 눈빛으로 온을 바라보았다. 그녀는 어제 입은 드레스 그대로에 긴 회색 털양말을 신었다. 미칠 듯이 걱정되는 이 와중에도 그 모습이 참 귀엽다는 생각이 드는 것이, 정말 그녀에게 빠지긴 했나 보다.

"이런, 감정사 선생도 우리 어머니를 보러 온 모양이구만."

어머니?

성준이 회장을 노려보았다. 갑자기 어머니라니. 병 때문에 누워 있는 어머니를 위해 석상을 구입하겠다고 한 말은 거짓말로 밝혀진 게 아니었던가? 그러나 지금 여기에 그의 모친은 와 있지 않은데…….

그 순간, 아까 리조트에서 메이코가 한 말이 성준의 머릿속에 떠올랐다.

"아저씨도 할머니 보러 왔어? 오늘 할머니 보는 날이야."

성준은 아직 열지 못한 검은 자루를 바라보았다. 1미터 50센티미터쯤 되는 길쭉한 자루.

도대체 저 안에 무엇이 있는 걸까. 설마……?

성준은 떨리는 손을 꽉 움켜쥐었다. 회장은 갑자기 등장한 온과 현백을 흥미롭게 쳐다보고 있었다.

"요시하라한테 감정사 선생이 특별한 사람인 것 같다는 이야기를 들었어요. 신인 것 같은 사람이 다 있다는 이야기를 듣고 내가 얼마나 놀랐는지 몰라요. 원래 윤 변호사 같은 사람들은 끼리끼리 친하게 지내나 했다오. 게다가 그런 분이 우리를 돕게 되었다니, 사실 처음엔 우리 일을 방해하려는 건 아닌가 의심했지 뭔가. 안 그런가, 요시하라?"

요시하라는 천천히 고개를 끄덕였다. 그러나 그녀의 눈은 줄곧 현백을 향해 있었다. 그녀의 얼굴에는 호기심이 가득했다. 줄곧 현백이 가진 신성이 신경 쓰였던 것이다.

"저는 저 신사분이 누구신지가 궁금하군요."

현백은 차갑게 일본어로 응수했다.

"내가 누군지 네 알 바가 아닐 텐데?"

눈 깜짝할 사이, 요시하라는 품에서 작고 날렵한 권총을 꺼내 현백의 이마를 조준했다. 그녀의 입가에는 놀이공원의 총 쏘기 게임을 하는 소년 같은 즐거움이 어려 있었다. 그것을 본 온의 등줄기에 한 줄기 소름이 돋았다.

"안 돼!"

온이 일본어로 소리 질렀다. 현백은 총구 너머 요시하라의 째진 눈을 노려보았다. 온이 다급하게 말을 이었다.

"신의, 여산신의 아들이에요."

"호오……"

요시하라의 눈썹이 살짝 올라갔다. 그리고 흥미롭다는 듯 눈을 반짝였다.

"인간인데 여신의 아들이라니. 이 나라에도 그런 애가 있었군. 재미있네, 너."

요시하라의 얼굴에 즐거움이 번지자 현백은 불쾌했다. 당장이라도 저 뺨을 날려 버리고 싶었지만 온의 안위가 걱정되어서 섣불리 움직일 수가 없었다.

"자아, 그럼 예상치는 않았지만 관객들도 충분히 모였으니, 이제 의식을 거행해 봅시다!"

회장의 흥분된 목소리가 박제처럼 얼어붙은 화구호 주변에 찌렁쩌렁하게 울렸다.

"다 같이 우리 어머니의 기쁜 부활을 보자구!"

제15화
마지막 만남

　화구호에 모인 모든 사람의 시선이 회장을 향했다. 특히 오늘 아침 서울에서 제주로 온 젊은 세 남녀는 이 알 수 없는 선언에 종유석처럼 몸이 굳었다.

　"아, 다들 얼마나 대단한 의식에 참여하고 있는지 모르겠구 먼. 지금부터 여러분이 보게 될 놀라운 역사를 내가 설명해 주 어야 할까?"

　흥분한 회장의 제안에 아무도 대답하지 않았다. 회장은 그들 의 얼굴을 하나하나 뜯어보며 희미하게 미소 지었다. 그러더니 성준 쪽으로 걸어와 자루 옆에 무릎을 꿇고 아까 그가 내리지 못한 지퍼를 조심스럽게 잡아 내렸다.

　성준이 예상한 대로였다.

그 안에는 창백한 시체 한 구가 뉘여 있었다. 성준은 욕지기가 치밀어 올라 이를 악물었다.

시신의 주인공은 작은 체구의 노파였다. 창백한 피부에 핏기 하나 없는 노인의 몸은 흰 한복으로 곱게 싸여 있었다. 이동 중에 생길 수 있는 충격에서 보호하기 위해서 몸과 자루 사이에는 두툼하게 솜을 넣었다. 쭈글쭈글한 두 뺨에 연지를 발라 화장도 시켰고, 흰 머리도 말끔하게 빗어 고정시켰다.

그러나 고운 단장이 무색하게도, 쭈그러든 몸에서 뿜어져 나오는 죽음의 향기 때문에 성준은 숨이 막혔다. 그것은 어쩌면 방부제향일 수도, 아니면 영혼 없이 비어 있는 단백질이 뱉어내는 부패의 냄새일지도 모른다. 무엇이든 간에, 그 냄새는 산 사람의 목덜미를 움켜쥐었다. 그러나 회장은 그 냄새에 아랑곳하지 않고 제 어미의 뺨을 어루만지며 속삭였다.

"답답하셨죠? 조금만 기다리세요, 어머니."

회장은 어미를 향한 애틋한 시선을 돌려 시신 옆에 쪼그리고 앉아 있는 메이코를 바라보았다. 그러나 이 작은 소녀는 회장을 보지 않고 얼어붙은 호수 반대편 먼 곳을 바라보고 있었다. 마치 저 먼 곳에 무엇이 있다는 것처럼, 그리고 지금 그것을 기다리고 있다는 듯이.

잠시 후, 회장은 천천히 일어나 곁에 서 있는 성준을 바라보았다. 그는 행복해 보였다. 성준은 기괴한 행복에 휩싸인 회장의 흐린 눈동자를 노려보며 이를 악물었다.

"지금…… 뭐하자는 거요? 시체를 여기까지 끌고 오다니……."

회장은 빙긋 웃었다. 그는 천천히 온을 향해 걸어갔다. 그의 쩌렁쩌렁한 목소리가 화구호 주변에 메아리 쳤다.

"이분은 나의 어머니시네. 황해도의 대무(大巫) 박명자, 그게 우리 어머니의 성함이지."

예상했던 대로, 저 시체는 와병 중이라던 회장의 어머니였다. 그러나 성준은 회장이 말하는 대무가 무엇인지, 그의 어머니가 대무라는 것이 무엇을 의미하는 것인지 알 수 없었다. 기독교 가정과 서양 문물에 싸여 자란 성준이 단박에 이해하기엔 어려운 말이었다.

"조선 제일의 무당 박명자, 우리 어머니란 말일세. 자네들은 아나?"

회장은 온을 향해 천천히 걸어가다 그녀의 두 눈을 조롱하듯 바라보며 턱을 쓸었다. 능글맞은 손놀림을 지켜보는 온과 현백의 얼굴은 딱딱하게 굳었다. 그들은 회장의 어머니가 다름 아닌 여신들을 받들어 모시는 무당이었다는 사실에 놀랐다.

"그럼 당신 어머니가 그때…… 꽃상을 훔쳐 낸 자인가?"

현백이 낮은 목소리로 물었다. 회장은 그들 앞을 천천히 오가며 고개를 끄덕였다.

"저걸 가져오는 임무를 맡은 건 우리 어머니가 맞아. 이래 봬도 어머니께선 굉장히 영험한 큰무당이셨거든. 황해도 일대에 그런 강신무는 다시없었다고 하더군. 어머니는 신 못지않은 능력을 갖고 계셨어. 이 호숫물의 비밀을 알고 계셨을 만큼…… 이미 거의 신이었던 분이셨지. 아, 그때…… 그때 어머니께서 신이 되셨다면……."

회장이 불만스럽다는 듯 도톰한 눈밭 위에 지팡이를 톡톡 내리쳤다.

"어머니와 함께 일을 도모한 의붓오라비가 그걸 가지고 혼자 내빼 버렸지 뭔가. 나는 이제야 그 양반한테서 그걸 찾아온 거고."

"미친……."

현백은 이를 깨물었다. 탐욕스러운 회장의 표정에 치가 떨렸다. 온은 백 년 묵은 구렁이같이 징그럽던 노인의 얼굴을 떠올렸다.

닮았다. 확실히 닮았어.

회장의 얼굴이 낯익었던 것은 그때 그 노인과……?

"그럼 그때 그 석상을 갖고 있던 노인이 당신의?"

회장은 대수롭지 않은 듯 고개를 끄덕였다. 온은 기가 막혔다.

"하지만, 그렇다면 당신 외삼촌이잖아요! 배다른 외삼촌이라 하더라도. 그런데 어떻게!"

"그자는 욕심 때문에 죽은 거야. 꽃상을 어떻게 쓸지도 모르는 박수무당이 저 혼자 잘살아 보겠다고 꽃상을 빼돌린 것도,

죽을 때가 다 되어서 자식한테 돈 좀 물려주겠다고 그걸 팔기로 한 것도, 나와 꽃상을 가지고 흥정하려고 한 것도 다 욕심, 욕심 때문이지. 내가 그 영감을 죽인 게 아니잖아? 그 영감 심장이 절로 멈춘 거라고. 평생을 쫓기며 산 늙은 심장이 공포에 굳어 버린 거지. 죗값을 치른 거야. 우리 어머니를 속인 죗값."

회장의 분노와 승리감에 도취되어 있었다. 지팡이를 쥐고 있는 손에 힘이 잔뜩 들어가 있는 것을 알 수 있었다.

"그 영감의 자식이 순순히 꽃상을 내어놓아서 일이 쉽게 되었어."

그때, 온의 곁에 선 현백에게서 강한 살기가 느껴졌다. 온은 진정시키려는 듯 그의 팔목을 꼭 쥐었다. 두 개의 총구가 그들을 향하고 있었다. 함부로 자극하는 것은 좋지 못하다. 그러나 현백은 분을 참지 못하고 외쳤다.

"반신(半神)인 나도 고귀한 권능은 탐할 수 없거늘, 더러운 손으로 신성을 범하려 하느냐!"

회장은 현백이 화내는 것을 보고 피식하고 웃었다.

"산에 깃들고, 강에 깃들고, 나무에 깃들어 영생이나 다름없이 오래 사는 신이라……. 인간과 비교할 수 없이 커다란 힘을 가진 건 분명 매력적이긴 해. 하지만 그렇게까지 대단할 건 또 뭔가? 원래 신이나 다름없이 영험하셨던 우리 어머니가 이제 그 힘을 좀 갖겠다는데, 그게 뭐 그렇게 무리한 일은 아니지 않나, 잘난 여신의 아드님?"

회장의 얼굴은 딱딱하게 굳었다. 그의 분노와 집념은 어느새 현백을 향해 쏟아지고 있었다.

"어머니는 평생 꽃상을 원하셨어. 그 힘을 되찾길 원하셨지. 어머니가 돌아가시기 전에 이걸 가져다 드렸으면……. 하지만 상관없어. 이런 날을 기다리며 어머니의 시신도 거액을 들여 잘 보존해 왔고, 이제 이걸로 어머니가 살아나시면 신이 되실 테니 말이야. 어머니는 꽃상 안에 든 수많은 권능꽃으로 살아나셔서 거대한 여신이 되실 거야!"

회장은 거의 실성한 사람처럼 떠들어 대고 있었다. 그런 그의 모습을 요시하라와 경호원은 말없이 바라보고 있었다.

광기에 사로잡힌 인간의 모습은 끔찍했다. 노인은 흥분제라도 맞은 것처럼 지팡이를 거세게 흔들어댔다. 저 힘, 저 기력은 내면에 몰아치는 흥분 때문에 생긴 것이리라. 온은 그것이 너무 무서웠다. 그가 읊어 내는 이야기들을 다 이해할 수 없으면서도…… 왠지 알 것 같아 더욱 무서웠다.

온이 떨리는 목소리로 현백에게 물었다.

"저 사람이…… 뭐라는…… 거예요?"

"꽃상에 갇혀 있는 꽃들이 사람을 살릴 수 있을 거라고 생각하는 것 같아요. 그 옛날 바리님께서 아버지를 살리기 위해 구해온 환생꽃들도 사실은 서천꽃밭으로 옮겨온 신의 권능꽃 중 하나였어요. 저들은 그 비밀도 알고 있군요."

온은 너무 놀라서 두 손으로 자신의 입을 막았다.

서사무가 『바리공주』에는 일곱째 딸 바리가 죽은 부모를 살리기 위해 엄청난 고난을 겪으며 서천서역국에 가는 이야기가 나온다. 그곳에 가야만 생명을 살릴 수 있는 주술의 꽃[呪花]을 얻을 수 있기 때문이다. 결국 바리는 고생 끝에 꽃을 얻어 온다. 뼈를 살아나게 하는 뼈살이꽃, 새살을 돋아나게 하는 살살이꽃, 그리고 마지막으로 숨을 돌아오게 하는 숨살이꽃이 그것이었다.

　현백은 지금 바리공주가 가져왔다는 신화 속 그 꽃이 사실은 죽은 신의 몸에서 나온 권능꽃이라고 말한 것이다.

　결국 회장은 이 모든 비밀을 다 알고서 제 어머니를 부활시키기 위해 꽃상을 찾은 거였단 말인가?

　"꽃상을 연다고 해도 네 어미가 살아 돌아오진 않아. 네 어미의 혼은 바리님이 이미 데려가셨을 거다. 오구신 바리공주가 망자를 놓치는 일이 없다는 건 미처 몰랐나 보지?"

　현백이 단호하게 말했다. 그러나 회장은 그를 비웃기라도 하듯 자신만만하게 지팡이를 휘둘렀다.

　"아니, 우리 어머니는 아직 천도되지 않았어. 바리가 오기 전에 어머니의 혼을 여기에 모셨지."

　회장이 지팡이로 가리킨 것은 다름 아닌 메이코였다. 성준의 발치에 쪼그리고 앉아 있는 소녀는 몽롱한 눈동자로 호수 너머 먼 곳만 바라보고 있었다. 경호원의 총구는 여전히 성준과 그 옆에 앉아 있는 작은 소녀를 향해 있었다. 회장의 말이 무엇을 의미하는지 알아차린 현백의 얼굴이 무섭게 변했다.

"당신…… 무슨 짓을 한 거야?"

"이 아이 안에, 바로 여기에, 어머니가 살아 계신단 말이지. 이제 꽃상을 열어서 어머니를 깨우면 말이야, 어머니는 큰 여신이 되시는 거야. 모든 신의 힘을 가진 어머니, 그토록 원하시던 신이 되시는 거라고."

극도로 흥분한 회장은 숨이 가쁜지 쿨럭쿨럭 기침을 해댔다.

성준은 회장의 이야기를 다 들었지만 도무지 이해가 되지 않았다. 지금 회장이 이 시체를 부활시켜 보겠다고 이 난장판을 벌이고 있다는 것 정도는 이해할 수 있었지만.

동서고금을 막론하고 온갖 미신과 정신착란으로 죽음을 물러 보려는 인간의 욕망은 사라진 적이 없었다는 건 알고 있다. 하지만 이건 좀 심하다. 방금 들은 이야기에 따르면 회장은 이 어린 소녀에게 제 어머니의 혼을 씌웠다고 생각하는 모양인데……. 성준은 회장의 광기에 어이가 없었다.

"그런데 왜 내가 필요하지? 그걸 알 수 없군."

회장은 등 뒤에서 들리는 성준의 목소리에 천천히 돌아보았다.

"자네가 꼭 필요하지. 자네는 보호받는 자니까."

"보호받는 자?"

"그건 제가 말씀드리죠."

요시하라가 천천히 성준 쪽으로 걸어 나왔다. 온을 조준하고 있던 요시하라의 총구가 성준 쪽을 향하마자 경호원의 총은 현백을 조준했다. 그들의 총구는 온과 현백, 성준 어느 누구도 허튼짓을 하게 놓아두지 않았다.

"꽃상에 손을 댈 수 있는 자는 거의 없어요. 인간이 만지면 신의 권능에 불타서 하얗게 재가 되어 버리죠. 회장님의 어머님처럼 신의 힘을 가진 큰무당, 아니면⋯⋯."

요시하라는 회장 바로 옆으로 걸어와 회장을 향해 방긋 웃었다. 회장도 만족스럽게 웃었다. 성준은 소름 끼치는 괴물 두 마리가 나란히 서 있는 모습을 차가운 표정으로 바라보았다.

"보호받는 자만이 그걸 만질 수 있어요. 물론 그런 인간을 찾는 건 쉬운 일이 아니에요. 그러니까 우리가 윤 변호사님을 찾은 건 행운이라고 할 수 있겠죠?"

요시하라는 성준을 향해 요염한 미소를 지어 보였다. 날렵한 총구로 그의 명치를 부드럽게 문지르면서.

성준은 총 끝이 가슴을 찌르든 말든 신경 쓰지 않는다는 듯 건조하게 말했다.

"난 기독교인이야. 네가 무슨 말을 하든 간에 나는⋯⋯."

"난 당신이 기독교인이든 무슬림이든 상관 안 해. 그저 넌 보호받는 자고, 난 꽃상과 꽃상을 열 수 있는 자만 있으면 되거든."

"난?"

회장이 거슬린다는 듯 오른쪽 윗눈썹을 올리며 요시하라를 다그쳤다. 요시하라는 회장의 반응을 무시한 채 성준의 두 눈만 바라보고 있었다. 언제나 거슬렸던 그 째진 눈은 무언의 명령을 하고 있었다.

"자, 다…… 다들 입 닥쳐. 빨리…… 빨리 저걸 열라고, 어서!"

마음이 급해진 회장은 성준에게 빨리 유리병을 열도록 재촉했다. 성준은 발밑에 놓인 유리병 안 석상과 쭈그리고 앉은 메이코의 얼굴을 번갈아 바라보았다. 메이코는 호수를 바라보고 있다가 성준의 시선을 느꼈는지 고개를 들어 그의 얼굴을 올려다보았다.

그 순간, 무표정한 소녀의 얼굴에 한 줄기 미소가 흘렀다. 이 상황이니 무당의 영혼을 품고 있다는 이 작은 아이가 섬뜩하게 느껴질 만도 하건마는, 성준은 아이의 미소에서 미묘한 자애로움을 느꼈다. 그것은 분명 이상한 일이었다.

회장은 이 아이를 제 어머니의 영혼을 담는 한낱 그릇처럼 취급했다. 사람이 죽으면 그 영혼은 하나님께로 가는데도 이들은 지금 이 아이에게 망자의 영혼을 옮겨 놓았다고 생각하고 있다. 그 터무니없는 상상력에 이 작은 아이는 이제껏 희생당해 온 것이다.

이 영혼을 구원하소서.

성준은 마음속으로 짧은 화살기도를 하며 천천히 무릎을 꿇고 아이의 머리를 쓰다듬어 주었다. 그리고 담담하게 꽃상이 담긴 유리병을 집어 들었다. 커다란 성준의 손에 들린 유리병 안 석상은 꽃잎처럼 떠 있었다. 성준은 꽃상의 작은 얼굴을 찬찬히 들여다보았다.

고요히 떨어지는 굵은 눈발 아래 꽃상이 부드럽게 미소 지었다. 그리고 그것은 놀랍게도 방금 본 소녀의 미소와 닮아 있었다.

성준은 놀라서 병을 떨어트릴 뻔했다. 그는 분명 자신이 잘못 본 것이라고 생각했다. 이런 이상한 상황에서 자신의 두 눈이 잠시 흐려지는 것은 이상한 일이 아니니까. 석상의 옷깃이 해초처럼 부드럽게 흔들리는 것도, 가느다란 손가락이 물결을 느끼는 것처럼 부드럽게 쓸리는 것도 다 착각, 착각이었다.

"왜, 아름다운가? 밝은 낮에 보니까 더욱 그렇지? 그게 신의 힘이라는 거야. 그 영감도, 그 아들이란 작자도 그 힘을 어찌할 수 없었던 거야. 그 아들놈은 거의 실성했더구만. 어젯밤에 갑자기 제 손으로 꽃상을 없애 버리겠다고 미쳐 날뛰면서 유리관에 망치질을 해 버리는 바람에 꽃상이 반쯤 물 밖으로 나오고 말았지 뭔가. 그래서 급하게 오늘 거사를 치를 수밖에 없었다네. 내가 이걸 다시 빼앗길 순 없잖은가. 내가, 내가 이걸 어떻게 찾았는데!"

성준은 회장을 바라보았다. 늙은이의 얼굴은 이제 흉물스럽게 일그러져 있었다. 찌를 듯한 교만, 탐욕이 노인의 얼굴에서 오물처럼 흘러나왔다. 성준은 욕지기가 치밀어 올랐다. 회장은 신들린 것처럼 중얼대고 있었다. 그 한 마디 한 마디가 토사물 같았다. 회장의 주름진 입매에서 쉴 새 없이 더러운 숨결들이 새어나왔다. 당장 저 늙은이의 목을 졸라 버리고 싶다는 생각이 들었다.

성준은 천천히 고개를 돌려 다시 석상을 바라보았다. 석상이 자애롭게 눈을 한 번 깜박였다. 성준도 천천히 눈을 깜박였다. 돌로 된 여인은 모든 것이 괜찮다는 듯 성준의 두 눈을 지그시 응시하고 있었다. 성준은 그 따사로운 시선을 피하지 않았다. 그 순간, 이 손바닥만 한 석상과 성준은 엷은 시선의 끈으로 엮여 있었다. 성준은 감히 그 끈을 끊어 낼 수 없었다.

"어제 새벽에 한 번 물 밖으로 나오고 난 다음부터 꽃상이 움직이기 시작했어. 성물(聖物)이야. 아무렴, 영물(靈物)이지! 이걸 제까짓 것들이 어떻게 다룬단 말이야? 탐욕으로 어머니를 배신하더니 결국 그렇게 죽어 버렸잖아? 그게 순리야. 분수를 모르면 당하게 되어 있어. 배신을 하면 죽음밖에 없는 거지. 윤 변호사, 윤 변호사? 내 말 좀 들어 보게. 내 말 듣고 있는가?"

회장이 거칠게 성준의 어깨를 잡아챘다. 성준은 노인의 손이 닿자마자 벌떡 일어나 한 걸음 뒤로 물러섰다. 성준은 역겹다는 표정으로 회장의 주름진 얼굴을 노려보았다. 지금 회장이 기뻐하는 이유가 어머니를 살릴 거라는 기대인지 아니면 이 모든 복수를 완료해서인지 성준은 알 수 없었다.

"항상 인간이라는 것은 배신 때문에, 그 배신 때문에 망하게 되어 있는 거야. 알겠……."

탕!

꺄아아아아악!

그 순간, 한 발의 총성이 울리고 온의 비명 소리가 들렸다.

토사물처럼 꾸역꾸역 쏟아져 나오던 회장의 독백도 끊기고 주변은 순식간에 고요해졌다.

"시끄러워요, 회장님."

요시하라가 살짝 짜증을 냈다. 그녀는 천천히 회장을 쏜 총을 성준에게로 옮기며 양해를 바란다는 듯한 표정을 지었다.

"인간이라는 게 항상 배신 때문에 망한다는 걸……."

요시하라가 회장의 말투를 느물거리며 따라한다.

"세상에 그걸 모르는 사람이 있나?"

성준은 말없이 꽃상을 안은 채로 총알이 뒤통수를 관통한 회장의 시체를 내려다보았다. 이마 정중앙에 총구멍이 뚫린 회장은 옆으로 고꾸라져 제 어머니의 미라 위에 엎어져 있었다. 그의 머리에서 샘솟는 피는 그의 어머니의 흰 한복을 붉게 적시고 있었다. 영화에서나 봄 직한 시체들의 뒤엉킴을 성준은 무표정하게 응시했다.

잠시 후, 그는 고개를 들어 메이코를 찾았다. 아까까지만 해도 그의 발밑에 웅크리고 앉아 있던 소녀는 기척도 없이 그들과 몇 미터 떨어진 곳에 가 있었다. 메이코는 사람들을 등진 채 호수 반대편 먼 곳을 응시하고 있었다. 마치 그 너머에서부터 무엇인가가 다가오고 있다는 것처럼.

성준은 아이가 회장이 죽는 광경을 보지 못한 것에 안도감을 느꼈다. 아무래도 정상이 아닌 메이코가 회장이 살해당하는 장면을 목격했다면 충격이 컸을 것이다.

"혹시 놀랐어요? 진작부터 쏴 버리고 싶었는데 오래 참았거든."

요시하라가 긴장을 풀듯 가볍게 목을 돌리며 살짝 웃었다. 성준은 꽃상을 안은 채 대답 없이 서 있었다. 요시하라의 서늘한 눈을 노려보며 성준은 시편 36장 12절을 떠올렸다.

죄악을 행하는 자가 거기 넘어졌으니
엎드러지고 다시 일어날 수 없으리이다.

그러나 그자를 쓰러트린 자 또한 넘치는 죄악에 휩싸여 있으니,
오, 나의 주여. 언제쯤에야 이 모든 죄가 끊어지겠습니까.

그러는 와중에 회장의 머리에서 새어나온 피가 천천히 얼음 위로 쏟아져 핏줄기가 성준의 구두에까지 닿을 지경이 되었다. 성준은 윙팁 앞에 닿은 피 웅덩이를 피해 한 걸음 옆으로 움직였다. 그는 천천히 고개를 들어 온을 찾았다. 그녀는 현백의 뒤쪽에서 서서 두 손으로 입을 막고 그를 바라보고 있었다.

울고 있는 걸까. 그녀가 울지 않았으면 좋겠다.

자신이 죽어도.

성준은 냉엄한 눈으로 요시하라의 얼굴을 들여다보았다. 요
시하라는 경멸이 담긴 성준의 눈을 흔들림 없이 마주 보고 있었
다.

"자, 이제 꽃상을 열어요."

"어쩌라는 건가?"

요시하라는 품에서 작은 단도를 꺼냈다. 섬세하게 조각된 작
은 단검이었다. 오래된 유물처럼 보였지만 그 날은 사람을 찌를
수 있을 정도로 날카로웠다.

"여기에 넣어 갈 거야."

성준은 잘 갈린 날이 빛 없이 홀로 반짝이는 것을 보았다. 칼
은 갈증이 나는 것처럼 허덕이며 빛나고 있었다. 요시하라는 단
검을 부드럽게 흔들어 보였다.

"신물(神物)에 신을 모셔 갈 거야."

"처음부터 이럴 생각이었군."

요시하라는 어깨를 으쓱거릴 뿐이었다.

"너는 누구냐?"

"내가 누군지 알 필요가 있어?"

요시하라가 깔깔 웃었다. 분명 웃음소리가 호수 주변의 나무
들에 부딪혀 메아리쳐 왔지만 메아리가 돌아왔을 때 그녀의 얼
굴은 이미 차가웠다. 얼어붙은 물장오리보다 더.

"아카마츠의 어미는 확실히 대단한 무당이긴 했어. 말년에
미치긴 했지만. 나도 느낄 정도로 또렷한 신성을 가지고 있었거

든. 꽃상에 원한이 맺힌 그 모자를 꾀는 건 별로 어려운 일이 아니었지. 느꼈는지 모르겠지만 그들은 뱀의 영혼을 가졌지. 구렁이 같은 늙은이들은 제 꾀에 제가 넘어가는 아둔한 뱀 새끼들이었어."

요시하라는 엎어진 회장의 등짝을 짜증 난다는 듯이 바라보았다.

"제 아비도 몰라보고, 제 배다른 형도 죽였지."

"뭐…… 뭐라고?"

요시하라 옆에 서 있던 성준도, 저쪽에서 그녀의 이야기를 듣고 서 있던 온도 깜짝 놀랐다.

"설마 그때 그 노인이……?"

요시하라가 피식 웃었다.

"회장의 아버지지. 직접 지 아버지 얼굴 한 번 봤으면 어떻게 되었을지 모르지만…… 저 인간, 자기 아버지인 줄 알았어도 죽였을걸. 제 엄마를 버린 남자라고 생각했으면 그러고도 남을 영감이었어. 마마보이 중의 마마보이였거든, 아카마츠는."

요시하라는 죽은 아카마츠를 놀리듯 빈정댔다. 온은 자식이 부모를 죽이는 것을 방관한 요시하라의 잔인성에 몸을 떨었다.

"이 안에 있다는 걸 가져가면 요시하라 너에게 무슨 좋은 일이 있지?"

"아, 회장 영감처럼 무모하게 사람을 살리거나 신이 된다거나, 그런 멍청한 일 따윈 벌이지 않을 테니 걱정 마. 난 단지 본

국으로 신을 모셔 가고 싶을 뿐이라고."

"누구 마음대로!"

분노한 현백이 저쪽에서 소리 질렀다. 그러자 경호원이 재빠르게 다가와 현백의 옆 이마에 총구를 댔다. 그는 완벽하게 요시하라와 한편이었던 것이다. 요시하라가 그 모습을 보고 피식 웃었다.

"어차피 너흰 더 이상 신을 필요로 하지 않잖아?"

요시하라의 뻔뻔한 목소리에 현백의 말문이 막혔다.

"먼 옛날 너희 땅에서 아메노히보코(天日槍)님과 세오리츠히메(瀬織津姫)님이 오셨지. 이번엔 내가 모셔 갈 것이야. 이 요시하라 유진이."

요시하라는 해와 달의 기운을 갖고 일본으로 떠난 연오랑과 세오녀처럼 이곳에서 신의 기운을 받아 일본으로 가져갈 생각을 하고 있는 것이었다. 현백은 이런 극악한 계획에 치가 떨렸다.

"내가 이걸 열길 거부한다면?"

"거부한다면……."

요시하라가 눈빛을 반짝 빛내는 듯싶더니 다시 성준을 향해 차갑게 말했다.

"안타깝게도, 나는 또 다른 보호받는 자를 찾아야 하겠지."

요시하라가 아쉬워하는 척을 했지만 어디까지나 그것은 즐거움을 위한 연극이었다.

"너희는 다 죽고. 가장 먼저 저 여자부터."

요시하라는 턱짓으로 온을 가리켰다. 그 순간, 꽃상을 쥔 성준의 손이 하얗게 변했다. 그러나 그의 표정은 그 어느 때보다 차가웠다.

성준은 천천히 빙판 위를 걸어서 뚫어 놓았던 얼음구멍 옆에 무릎을 꿇고 앉았다.

"병째 물속에 넣도록 해. 신을 삼키는 물 속에서 뚜껑을 열어서 꽃상을 빼내고 목을 꺾으라구."

요시하라는 흥분이 서린 얼굴로 성준 쪽을 향해 걸어와서 그의 옆에 쪼그리고 앉았다. 한 손엔 단도를, 한손엔 총을. 그녀는 고대와 현대의 무기를 두루 갖춘 폭력의 여신이었다.

"그걸 물 밖으로 꺼내는 순간 신의 권능이 풀릴 거고, 그럼 내가 이 신검을 꽃상에 대는 거지. 신들이 이 안으로 오실 수 있도록. 그러니까 똑바로 해. 알았어?"

성준은 한참이나 꽃상을 내려다보았다. 그의 마음속에 어떠한 결심이 선 것처럼 보였다. 성준은 말없이 꽃상을 물 안에 넣었다. 요시하라의 얼굴에 웃음이 떠올랐다. 성준은 유리병을 잡은 채 미동 없이 앉아 있었다.

"신을 삼키는 물이라고 했나……."

"닥치고 석상의 목이나 꺾어. 어서!"

"요시하라."

성준이 천천히 입을 열었다. 그의 굵은 목소리가 아주 낮게 가라앉아 있었다.

"저들을…… 보내 줘."

"뭐?"

"저들과 메이코가 이곳을 벗어나기 전까지, 나는 이 병의 뚜껑을 열지 않아."

"뭐라구?"

요시하라가 어이없다는 듯 웃었다. 총을 들고 있는 건 자신인데, 이 남자는 도리어 자신을 협박하고 있었다.

"내가 이걸 열어도 당신들은 결국 우리를 죽이겠지. 내가 저들의 목숨이 보장되리란 걸 어떻게 믿을 수 있나. 저들을 보내 줘. 그럼 이걸 열지."

"싫다면?"

"어떤 일이 일어날까?"

그 순간, 요시하라의 얼굴이 창백해졌다.

"너……!"

"내가 이걸 놓친다면 당신은 새로 보호받는 자라는 사람을 찾을 필요가 없겠지. 너희들 말대로 이 호수가 신을 삼키는 물이라면 영원히 이 아래 묻힐 테니까."

요시하라가 이를 악물었다. 당장이라도 총신으로 이자의 머리를 갈겨 버리고 싶었지만 꽃상을 놓쳐 버릴까 봐 그럴 수도 없는 노릇이었다.

"내 손이 점점 감각을 잃고 있어. 자칫 이걸 놓쳐 버리는 실수를 하기가 점점 쉬워지고 있다는 이야기지. 나를 쏘고 싶다면 그렇게 해. 역시 같은 결과가 나타날 테니. 시체의 손가락은 힘이 없잖나."

요시하라는 계산이 빨랐다. 그녀는 더 이상 잃을 게 없는 성준이 잃을 게 있는 자신을 협박하게 된 상황을 빠르게 이해했다.

요시하라는 벌떡 일어나 총구를 성준의 뒤통수에 대면서 현백과 온, 경호원 쪽을 향해 소리 질렀다.

"신이치! 그들을 보내 줘! 메이코도 데려가라고 해! 어서!"

온과 현백은 갑작스러운 요시하라의 결정에 어리둥절해졌다. 성준과 몇 마디를 나누는 듯싶더니 갑자기 자신들을 풀어 주라고 하다니. 경호원 신이치 또한 요시하라의 지시를 제대로 이해하지 못한 듯했다. 그러나 그는 충성스러운 부하였으므로 말없이 그 지시를 따랐다.

그는 온에게 저쪽에 서 있는 메이코를 데려오게 했다. 온은 미끄러운 얼음판을 뒤뚱거리며 달려가 메이코를 안아 올렸다. 아이를 안고서 다시 현백 곁으로 돌아오면서도 온은 계속해서 성준을 바라보았다. 그는 양손을 얼음구멍 안에 넣은 채 요시하라가 겨누고 있는 총부리에 뒷머리가 눌려 있는 상황이었다.

당장이라도 소리쳐 그를 부르고 싶었다.

무슨 짓이냐고. 저 미친 여자와 무슨 거래를 한 것이냐고.

그러나 묻지 않아도 알 수 있었다.

그는 자신과 현백, 이 아이의 목숨과 그의 목숨을 바꾼 것이었다.

온은 차오르는 눈물을 참으며 아이를 꼭 안고 현백 옆으로 돌아왔다. 신이치는 그들에게 빨리 떠나라고 말했다. 현백은 천천히 온과 아이를 감싸 안고 그들이 처음 왔던 길을 향해 걷기 시작했다. 갑자기 그녀가 멈춰 섰다.

"안 돼……."

온이 울음을 참지 못하고 흐느끼며 말했다.

"저 사람…… 저 사람을 두고 갈 순 없어. 현백, 나…… 그렇게는…… 안 돼."

현백은 아무 말도 할 수 없었다. 그는 차오르는 분노와 괴로움을 참았다. 만약 그 혼자였다면 이렇게 물러나진 않았을 것이다. 하지만 지금은 그녀가 위험했다. 저 남자도 그녀의 안위를 걱정했기 때문에 이런 결정을 내렸을 것이다. 그 결정을 따르는 것이 지금으로서는 최선이었다.

저 남자가 죽게 되는 것도, 신의 권능을 영영 잃어버리게 되는 것도 그녀의 생명보다 중하지 않았다. 현백은 거칠게 그녀의 손목을 잡아끌었다. 그 손길에서 슬픔이 흘러내렸다.

"그들은 떠났어."

요시하라가 차가운 목소리로 말했다. 성준은 천천히 고개를 돌려 온이 서 있던 쪽을 바라보았다. 그녀와 메이코, 그 남자가 왔던 쪽으로 등을 돌리고 걸어가고 있었다. 점점 멀어지는 그들을 말없이 바라보던 그는 다시 천천히 고개를 숙여 수면에 닿아 있는 자신의 소매를 내려다보았다.

한동안 잦아드는가 싶었던 눈발이 다시 굵어지고 있었다. 성준은 지금 미동 없이 앉아 있었다. 요시하라는 그런 그를 노려보며 살짝 입술을 깨물었다. 겉으로 보기에는 아무렇지 않은 듯했지만 그녀는 지금 속으로 분을 참고 있었다. 그녀는 성준의 오른쪽에 무릎을 굽혀 앉았다. 그리고 그의 오른쪽 관자놀이 위에 차가운 총구를 대며 속삭였다.

"자, 이제 열어."

성준은 차가운 금속이 살갗에 닿는 것을 느꼈지만 동요하지 않았다. 그녀가 완전히 이곳을 벗어날 때까지 조금 더 시간을 벌어야 했다.

"열라구."

요시하라의 목소리가 더 낮아졌다.

"기다려."

성준은 천천히, 아주 천천히 쉴 셌다. 이윽고 그의 팔이 살짝 움직였다. 병 안에 들어 있는 석상을 꺼내고 있는 듯, 성준의 단단한 어깨 근육이 천천히 움직였다. 요시하라는 긴장된 얼굴로 신검을 구멍 근처에 댔다.

"빨리!"

요시하라의 목소리는 잔뜩 쉬어 있었다. 흥분과 조급함으로 갈라진 목소리가 유리가 긁히는 것처럼 끔찍한 소리를 만들어 내고 있었다.

성준은 마음속으로 마지막 셋을 셌다.

그 순간.

"너! 너, 뭐야!"

갑자기 저쪽에서 신이치의 고함이 들렸다. 갑작스러운 소란에 요시하라의 시선이 신이치 쪽을 향했을 때, 성준은 때를 놓치지 않았다. 번개와 같은 몸놀림으로 얼음구멍에서 손을 들어 올려 열지 않은 유리병으로 요시하라의 머리를 가격한 것이다.

"아악!"

갑작스럽게 공격당한 요시하라는 옆으로 쓰러졌고, 성준은 재빠르게 총을 쥔 요시하라의 손을 발로 찼다. 총은 얼음판 위에 떨어져 멀리 미끄러져 갔다.

"이 자식이!"

"으윽!"

성준이 쓰러진 요시하라를 공격하려는 순간 요시하라가 성준의 배를 발로 찼다. 날카로운 구두 굽에 복부를 얻어맞은 성준은 배를 감싸 쥐며 몸을 구부린 채 몇 걸음 뒤로 물러섰다. 그러나 요시하라가 머리에서 느껴지는 통증에 휘청거리며 일어서는 동안 성준도 몸을 추스르고 일어나 싸울 자세를 취했다.

그러는 와중에 성준이 요시하라의 머리를 가격하는 데 쓴 유리병은 깨지지 않은 채로 얼음 위에서 뒹굴고 있었다.

요시하라는 한 손에 단검을 든 채 순간적으로 어떻게 해야 할지를 고민했다. 신이치는 갑작스럽게 나타났다가 사라진 현온 때문에 소리 지른 것이었다. 온은 홑몸으로 나무 사이에서 나타났다가 다시 사라졌다.

저 여자가 왜 돌아온 거야! 신이치는 뭐 하고 있는 거고?

요시하라는 몇 미터 앞에서 공격 자세를 취하고 있는 성준을 노려보았다. 지금 자신이 들고 있는 건 신검뿐이다. 아무리 자신이 신력이 있어서 날래게 공격한다고 하더라도 저 흑곰 같은 거구의 윤성준은 쉬운 상대가 아니다. 요시하라는 살짝 눈을 돌려 총을 찾았다. 총은 성준과 조금 더 가까운 빙판 저쪽에 떨어져 있었다. 그리고 그 반대편 저 멀리 호수 기슭 쪽에 아직 깨지지 않은 유리병이 구르고 있었다.

요시하라는 뭐부터 챙겨야 하는지 빠르게 계산했다. 그리고 재빨리 총 쪽으로 붕 하고 날아갔다. 그러나 오랜 기간 검도로 단련된 성준의 몸놀림은 결코 느리지 않았다. 요시하라가 총을 잡으려고 곤충처럼 펄쩍 뛰어 오르자마자 성준은 몸을 날려 요시하라의 발을 잡았다. 성준에게 발목을 잡힌 요시하라는 날아오르다 말고 빙판 위로 철퍼덕 추락했다. 떨어지면서 그 충격을 고스란히 몸으로 받은 요시하라와 아까 날카로운 하이힐로 배를 찍힌 성준의 거친 몸싸움이 두꺼운 빙판 위에서 이어졌다.

"아아아악! 이 자식!"

요시하라는 단도를 휘둘러댔지만 성준은 날렵하게 칼을 피하며 요시하라의 팔을 제압하려고 했다. 신력을 받은 요시하라는 가볍게 몸을 날려 움직일 수는 있지만 근력 자체가 강한 것은 아니었다. 성준은 간신히 요시하라의 두 팔목을 쥐는 데 성공했다. 요시하라는 분노에 가득 찬 몸부림을 멈추지 않았다.

탕!

그 순간, 총소리가 울렸다.

성준과 요시하라 모두가 순간적으로 총소리가 난 곳을 바라보았다. 신이치가 산 저쪽으로 총을 쏜 것이다. 성준은 총구가 향한 방향에서 흩날리는 긴 머리칼을 봤다.

안 돼!

성준의 가슴이 고통으로 울렸다. 그녀가 왜 돌아왔는지 알고 있었다. 자신 때문이다. 그녀는 그런 여자니까. 그는 깊은 절망과 분노에 휩싸였다. 그녀 자신이 무사한 것이 자신을 사랑하는 남자에게 가장 좋은 일이라는 걸 저 예쁜 바보는 왜 모를까.

성준이 온의 출현에 정신을 빼앗긴 틈을 타 요시하라의 손이 성준의 커다란 손에서 번개처럼 빠져나왔다. 순식간에 날카로운 단검이 그의 코트 소매를 갈랐다. 두꺼운 모직코트였으므로 살까지 베인 것은 아니지만 요시하라가 성준에게서 벗어나기에는 충분한 공격이었다.

탕!

그와 동시에 다시 총소리가 들렸다. 현백도 돌아와 신이치에게 달려든 것이다. 갑작스럽게 나타난 온을 찾는 데에 신이치의 주의가 온통 쏠려 있는 사이, 현백이 등 뒤로 다가가 커다란 돌로 그의 머리를 내리쳤다. 신이치는 총을 떨어트리고 쓰러졌지만 정신을 잃지는 않았다. 호리호리한 체격의 현백과 건장한 신이치는 곧 투견처럼 서로 뒤엉켜 필사의 싸움을 벌였다.

두 남자가 격투를 벌이는 동안 성준과 요시하라의 대립도 점점 첨예해지고 있었다. 성준과 요시하라는 얼음판 위에서 2미터 정도의 간격을 두고 대치하고 있었다. 성준은 근처에 널려 있는 굵은 나뭇가지를 집어 들었고, 요시하라 또한 단도를 쥔채 날렵한 몸놀림으로 성준의 심장을 찌를 준비를 했다.

요시하라는 이를 빠득빠득 갈았다. 이제 보호받는 자이고 뭐고 다 필요 없어져 버렸다. 악에 받친 신녀는 이놈들 전부를 죽여 버리고 새로운 자를 찾아야겠다고 생각했다.

이 호수가 피로 뒤덮일 때까지 저놈들을 도륙내리라.

요시하라의 눈빛이 살의로 빛났다.

그 시간, 온은 바위 뒤에서 거친 숨을 내쉬고 있었다. 그녀는 현백에게 메이코를 안기고 떠나왔던 길을 되돌아왔다. 경호원을 피해 나무 뒤에 숨어서 물장오리 근처까지 돌아왔지만 결국 들켜 버리고 말았다. 운 좋게 그가 쏜 총알은 피했지만 언제까지 그럴 수 있을지 알 수 없었다.

잠시 후, 뒤따라온 현백이 경호원과 싸우고 있는 것이 보였

다. 온은 자신 때문에 현백의 생명까지 위험해진 것 같아 괴로
웠다.

성준은 아직까지는 무사했다. 아까 얼음구멍에 손을 넣고 있
던 상태에서 용케 벗어나 지금은 요시하라와 대치 중이었다. 말
명을 약 올릴 정도로 날랜 요시하라였지만 거대한 체구의 성준
과의 대결에서 쉽게 우위를 점할 수는 없는 모양이었다.

온은 재빨리 그들과 총, 꽃상 사이의 거리를 확인했다.

총까지의 거리는 너무 멀다. 지금 자신과 가장 가까운 것은
꽃상이다. 꽃상을 가지고 도망치는 걸 본다면 요시하라가 자신
을 쫓아올지도 모른다.

온은 더 생각하지 않고 바위 뒤에서 빠져나와 꽃상이 있는 곳
을 향해 달려가려고 했다. 막 한 발을 떼려는 순간, 저쪽 수풀에
서 작은 물체 하나가 물장오리 기슭 쪽으로 오는 것이 보였다.

천천히 꽃상 쪽으로 다가가고 있는 것은 다름 아닌 그 아이였
다! 온의 등줄기로 식은땀이 흘러내렸다.

현백에게 맡겼는데, 아이를 안전한 곳에 놔두고 온 게 아니었
나? 저 아이까지 여기로 돌아오다니, 안 돼!

아이는 천천히 꽃상을 주워 들고 작은 품에 안았다. 그리고
그 자리에 서서 물장오리 반대편을 바라보았다. 온의 몸이 딱딱
하게 굳었다. 꽃상도 꽃상이거니와 저 작은 아이를 저렇게 위험
한 곳에 놓아둘 수는 없는 일이다. 당장 저 소녀를 데려와야 해.
당장!

온은 차가운 유리병을 곰인형처럼 안고 있는 메이코를 향해 전속력으로 달려갔다. 그리고 어디에서 그런 힘이 솟아나왔는 지 알 수 없을 정도로 빠르게 아이에게서 유리병을 빼앗아 한쪽 손에 안아 들고 다른 손으로 아이의 팔을 낚아챘다. 그리고 모두가 있는 물가에서 가장 먼 늪의 반대편 기슭 쪽으로 뛰기 시작했다.

죽을힘을 다해 미끄러운 얼음판 위를 달렸지만 자꾸만 미끄러졌다. 마음은 조급한데 발걸음은 한없이 더디기만 했다.

"헉, 헉······."

심장이 터질 것 같다고 생각했을 무렵 온과 소녀는 넓은 늪의 정중앙쯤에 다다랐다. 한쪽 손에 들린 유리병은 천근처럼 무거웠고, 다른 손에 꼭 쥔 소녀의 손도 닻처럼 무거웠다.

조금만 더 가면 돼. 조금만 더 가면 저쪽에 닿아서 숨을 수 있어······.

점점 무거워지는 양손과 미끄러지는 발에 벅차서 숨을 헐떡일 때, 갑자기 메이코가 걸음을 멈췄다.

"안 돼!"

온이 소리 질렀다. 이 아이를 거의 끌다시피 해서 여기까지 왔다. 반대편 기슭까지만 가면 몸을 피할 만한 곳이 있을 것이다. 여기서 멈추면 두 사람 모두가 위험하다. 온이 한 번 더 잡아당겨 보아도 아이는 돌덩이처럼 꿈쩍하지 않았다. 작은 몸이 무쇠처럼 무거웠다. 그녀는 당황해하며 메이코의 작은 얼굴을 내려다보았다.

"제발, 얘야, 제발……."

온이 사정하듯 속삭였다. 그러나 쏟아지는 흰 눈 속에 아이는 얼어 버린 듯 그 자리에 서 버렸다. 메이코는 멀리 호수 너머를 바라보고 있었다. 아직도 거기에 누군가가 서 있는 것처럼.

"메이코? 메이코라고 했지? 제발, 빨리 가야 해."

다급하게 외치는 온의 일본어에 메이코는 천천히 고개를 저었다. 그리고 온의 손을 살포시 놓았다. 아이는 가볍게 미끄러운 얼음판 위를 걸어서 그녀와 약간 떨어진 곳에 멈춰 섰다. 고개를 들어 온의 얼굴을 들여다보는 작은 얼굴에는 연한 미소가 어려 있었다.

"다 왔다."

온은 갑작스럽게 돌변한 아이의 태도에 놀라 아무 말도 못하고 서 있었다.

저 평온한 얼굴과 목소리. 아까부터 이상한 아이라고 생각하긴 했지만 이런 상황에서 갑자기 무슨 소리를 하는 건지 온은 혼란스럽기만 했다.

"무슨 말이야? 뭐가 다 왔다는 거야……?"

아이가 갑자기 환하게 웃었다. 가무잡잡한 얼굴에 박힌 검은 두 눈이 커다란 온의 눈동자를 응시하고 있었다.

갑자기 바람이 거세게 불었다. 바람에 섞인 눈발이 두꺼운 얼음판 위에 서 있는 두 사람의 몸을 때렸다. 온은 아이의 흑요석 같은 눈동자를 시간이 멈춘 듯 멍하니 들여다보다가 불현듯 누군가를 떠올렸다.

이 눈빛, 이 얼굴…….

"너……?"

탕!

"안 돼!"

온은 성준의 목소리와 총소리를 듣고 놀라서 몸을 돌렸다.

혹시 그 사람, 그 사람이 맞은 건 아니겠…….

탕!

다시 한 번 총소리가 울려 퍼졌다.

멀리 요시하라가 이쪽을 향해 총을 겨누고 있었다. 온은 정신없이 메이코를 향해 손을 뻗었다. 그러나 메이코는 작은 요정처럼 가볍게 온에게서 한 걸음 뒤로 물러났다. 소녀가 속삭였다.

"나를 모르겠니?"

"네……?"

소녀의 목소리는 아까의 그 목소리가 아니었다. 굴절된 부드러운 목소리, 현실이 아닌 것 같은 그 목소리는 온이 전에 들어본 적 있는 목소리였다.

"당신……."

메이코가 빙긋 웃었다. 그 얼굴도, 그 미소도 전에 본 적 있었다. 온의 가슴이 거세게 요동치기 시작했다. 소녀가 물결처럼 속삭였다.

"이제 가렴."

탕! 탕!

온은 메이코의 차분한 목소리가 스위치처럼 자신의 몸의 무언가를 건드렸다고 생각했다. 갑자기 몸이 뜨거워지는 것이 느껴졌기 때문이다. 욱신거리는 낯선 통증이 등 쪽에서부터 시작되어 배로, 가슴으로, 다리 끝으로…… 그렇게 몸 전체로 퍼져나갔다.

모든 것이 천천히 흘러가고 있었다.

어쩌면 자신이 살아온 지난 시간들이 어딘가에 잔뜩 고여 있다가 지금에 와서야 비로소 느긋하게 흘러가기 시작한 건지도 모르겠다는 생각이 들었다.

멀리서 총소리 비슷한 게 몇 번 더 들린 것 같지만 몸을 움직여 그쪽을 돌아볼 수 없었다. 저 멀리 누군가가 소리를 지르고 있는 것 같은데 귀가 먹먹해져서 무슨 소리를 하고 있는 건지 알아들을 수가 없었다.

누군가 몸을 잡아당기는 것처럼 발이 무거웠다. 그녀는 천천히 시선을 돌려 자신의 다리를 내려다보았다. 현백이 정성스럽게 발에 감아준 도톰한 회색 목도리 위로 뜨거운 액체가 떨어지고 있었다. 눈밭을 헤치며 올라오는 데 거추장스러운 존재였던 흰 스커트도 뻘겋게 물들고 있었다.

예쁜 옷인데 다…… 망쳐 버렸네.

이런 부질없는 생각을 하며 그녀는 힘없이 유리병을 떨어트렸다. 갑자기 호흡이 되지 않는 것 같아 필사적으로 숨을 내쉬어 보았다. 그러면 좀 나아질 것만 같았다. 그러나 필사적인 노력도 소용없이, 그녀는 힘없이 얼음 위로 쓰러졌다. 추락하는 몸이 꽃상이 담긴 유리병 위를 덮쳤고, 돌처럼 떨어지는 그녀의 몸 아래서 유리병은 산산조각 났다. 그러나 유리가 깨지는 날카로운 소리는 그녀의 두꺼운 코트 지락과 피로 얼룩진 치마 아래에 묻혔다.

어찌 되었든 간에 몸을 뉘이니 아까보다는 편했다. 온은 덜덜 떨리는 손을 밑으로 넣어 배를 움켜쥐었다. 꼭 움켜쥔 과일에서 시뻘건 과즙이 쏟아지듯, 지금 자신의 배에서는 뜨거운 피가 터져 나왔다.

뜨거워. 뜨거워서 견딜 수가 없구나.

온은 배 아래에 있는 무언가가 샘솟는 피와 엉키고 있음을 느꼈다. 그녀는 배 밑에 넣은 손을 뒤집어 천천히 더듬듯이 물체를 찾았다. 그리고 그것을 손에 꼭 쥔 채 죽을힘을 다해 몸을 뒤집어 바로 누웠다.

거친 숨을 몰아쉬며 하늘을 보고 누운 온은 차가운 돌조각을 꼭 쥐었다. 아까보다는 조금 더 편안해진 것 같았다.

하늘에서 쏟아지는 눈발이 아까보다 더욱 굵어졌고, 바람도 폭풍처럼 거세게 불었다. 앞이 보이지 않을 정도로 몰아치는 눈보라 속에서 온의 피부는 차갑게 얼어 가고 있었고, 그녀의 내면은 뜨겁게 타 버리고 있었다.

어째서 이렇게 되어 버린 걸까.

그녀는 이미 그 답을 알고 있었다.

첫 바람이 불기 전에 모든 것이 제자리를 찾는다는 마고의 말은 이 뜨거움이 자신의 몸을 덮칠 것이라는 예언이었다.

낯익었던 그 미소…… 메이코의 그 목소리는 바로 마고…… 마고였다.

여신의 수장은 꽃상을 찾기 위해 아이의 몸을 빌려서 제주 땅에 찾아든 것이었다.

그리고 결국 꽃상을 찾았다.

그녀의 뜻대로. 운명의 뜻대로.

온은 눈을 꼭 감았다. 눈꼬리에 눈물이 고였다. 피처럼 뜨거운 눈물이었다.

이 운명은 나에게 무엇인가.

죽음이 코끝에서 아른거리는 이 순간, 그녀는 인정할 수밖에 없었다.

자신이 한 번도 이 모든 걸 온전히 받아들인 적이 없었다는 것을. 처음 현백을 만나 산청에 갔을 때에도, 종로에서 피 흘리는 호종의 등에 매달려 도심을 달릴 때에도, 가련한 어머니와 아버지의 이야기를 들었을 때에도, 그리고 마고를 만났던 그때조차도…….

그녀는 언제나 자신의 의지로 할 수 있는 것이 뭐라도 있을 거라고 믿고 있었다. 자신의 의지가 더해지면 거대한 운명이라

할지라도 조금은 변하지 않겠느냐는 생각, 신이든 하늘이든 그 무엇이든…… 간절히 바라면 움직여 주지 않겠느냐는 생각.

그러나 모든 것이 헛되었다. 헛되고 헛된 것이었다.

뜨거움이 그녀를 모두 집어삼키려는 지금에 와서야 비로소 온은 온몸으로 이 운명을 받아들일 수 있게 되었다. 그녀는 텅 빈 마음으로부터 샘솟은 뜨거운 눈물에 한없이 흐느끼며 꽃상을 움켜쥐었다.

이제 모든 걸 끝낼 때가 되었고, 그녀는, 준비가 되었다.

온이 나지막이 속삭였다.

"받아들이겠습니다."

그녀의 목소리를 들은 것일까.

그녀의 말이 끝나자마자 온이 누워 있는 물장오리의 두꺼운 얼음에 금이 가기 시작했다. 마치 보이지 않는 커다란 손이 얼음을 찢어 버리는 것처럼 늪의 중앙이 쩍 소리를 내며 갈라졌고, 채 몇 초가 지나지 않아 거대한 소용돌이가 피로 흠뻑 물든 그녀의 몸을 빨아들였다.

신을 삼키는 물장오리 물이 바람신 영등의 딸과 꽃상을 함께 집어삼킨 것이다.

*　　　*　　　*

새벽처럼 푸른 공간 속을 그녀는 낙엽처럼 날아올랐다.

하늘을 날고 있는 것 같기도 하고, 물속을 부유하고 있는 것 같기도 했다. 창공을 나는 작은 새처럼, 파도에 쓸려가는 플랑크톤처럼 그녀는 편안했다.

지독하게 깊으면서도 끝 간 데 없이 높은 공간.

그 속에서 온은 아무런 위협이나 고통 없이 부유하고 있었다. 몸은 바람 끝에 안긴 것처럼 가벼웠다. 죽음에 감싸인 그녀의 가냘픈 몸은 이제 자유로웠다.

더 이상 꽃상을 찾아 헤맬 필요도 없다.

모두가 그토록 갖고 싶어 하던 꽃상은 지금 목이 부러진 채로 그녀의 앞에 놓여 있다.

이 작은 돌조각 때문에 얼마나 많은 사람이 죽었는가. 탐욕의 피를 뒤집어쓴 꽃상은 결국 이렇게 부서져 버리고 말았다.

그 안에 담긴 신의 권능도 이 물장오리 물 안에서 영원히 잠들게 될 것이다.

톡. 톡.

쓸쓸한 눈으로 꽃상을 응시하고 있던 그녀의 발끝에 무언가가 닿았다. 고개를 숙여 내려 보자 저 아래 어두운 푸른빛 속에서 누군가 한 손으로 그녀의 발을 잡아당기며 다른 한 손을 내밀고 있었다.

온은 물고기처럼 부드럽게 몸을 숙여 자신의 도움을 요청하는 손을 붙잡았다. 심연 속에서 불현듯 나타난 그 사람은 그녀의 손이 생명의 끈이라도 되는 것처럼 꼭 감싸 줬다. 그녀가 부드럽게 그의 손을 끌어당기자 그의 몸이 서서히 위로 떠올랐다.

잠시 후, 완전히 떠오른 그가 그녀의 앞에 마주 섰다.

그는 천천히 손을 뻗어 긴 손가락으로 온의 얼굴을 더듬었다. 그리고 새순처럼 부드러운 손길로 여꽃 줄기같이 낭창낭창한 그녀의 몸을 껴안았다. 서늘한 손가락이 자신의 긴 머리카락을 쓰다듬자 그녀의 눈에서 뜻 모를 눈물이 왈칵 솟았다. 이 남자의 손가락은 그녀의 가슴에서 눈물을 퍼내려고 하고 있다. 온은 눈물이 가득한 눈으로 그의 얼굴을 바라보았다.

그 사람이었다. 한 번도 얼굴을 제대로 본 적이 없었던 꿈속의 남자. 언제나 자신을 잡고 흐느껴 울었던 그 사람.

그러나 그는 더 이상 울고 있지 않았다. 부드러운 미소를 띤 얼굴로 그녀의 눈을 들여다보고 있을 뿐이다.

그는 카키색 낡은 점퍼를 입었다. 그는 섬세한 손가락을 가졌다. 그는 목이 길었고, 얼굴이 희었다. 그의 눈매는 선했고, 그의 미소는 예뻤다.

아주 예뻤다.

온은 천천히 그의 이름을 불러보았다.

아버지.

자신을 부르는 다정한 딸의 목소리에 스물세 살의 아버지는 엄마가 말했던 것처럼 예쁘게 미소 지었다.

그녀와 똑같은 이목구비를 가진 맑고 단단한 인상의 아버지. 그의 목소리가 이제 다 커 버린 딸의 귓가에 닿았다.

─ 내 딸이 나를 구원하러 왔구나.

아버지의 목소리가 종소리처럼 울리고, 갑자기 두 사람을 감싸고 있는 공간이 부드럽게 요동쳤다. 그리고 다음 순간, 호흡기를 통해 공기가 몸 안으로 들어오듯 아버지의 기억이 흘러들어 왔다. 아버지 생의 마지막 밤이 딸의 두 눈 앞에 생생하게 펼쳐지기 시작한 것이다.

27년 전 그날 밤. 뭍에서 온 낯선 사내들이 아버지를 찾아냈다. 학생운동을 했던 아버지가 자신을 쫓는 사람들을 피해 섬으로 들어온 지 한 달 남짓 되었을 무렵이었다.

잠깐 방심하고 인근 마을에 몇 번 내려가서 물건을 샀던 것이 화근이었다. 그들은 어머니가 당을 비운 사이 찾아와 아버지를 데려갔다.

음력 2월, 바람은 세상을 집어삼킬 듯 거세게 불었고, 사지가 묶인 채로 차에 실려 가는 청년 아버지의 가슴은 절망으로 물들었다. 희미한 달이 물장오리를 비추었을 때, 그들은 아버지의 발에 커다란 돌을 묶은 후 자루를 뒤집어씌웠다.

숨이 끊어지는 마지막 순간에 아버지가 떠올린 것은 엄마의 얼굴이었다. 아버지의 기억 속 고운 소녀의 얼굴이 바로 눈앞에 있는 것처럼 그려졌다. 그 기억을 전해 받은 딸의 가슴이 갈기 갈기 찢어졌다. 얼어붙은 호수 아래로 가라앉은 아버지의 혼은 오구신 바리를 따라 하늘로 올라가지 않고 그대로 물장오리 아래 가라앉아 있었다.

아무도 찾아줄 것 같지 않은 심연 속에서도 그는 언젠가 자신을 찾아와 줄 사람이 있음을 알고 기다려 온 것이다.

죽지도, 또 살지도 못한 상태로, 아버지는 얼굴조차 보지 못한 딸이 자신을 구원하러 오기를 조용히 기다려 온 것이다. 스물하고도 다시 일곱 해 동안 깊고 푸른 물장오리 아래에서.

아버지의 모든 기억을 본 딸은 말없이 그를 부여안고 한참을 울었다.

울음이 잦아들 무렵, 저 멀리서 바리가 왔다. 마고의 자궁에서 처음 만났을 때처럼 바리는 붉은 옷으로 온몸을 휘감은 채 죽음처럼 부드럽게 그들에게 다가왔다. 그녀는 다시 만난 온을 향해 온유한 미소를 지었다.

자신을 버린 아버지를 잊지 않고 돌아와 되살린 공덕으로 죽은 자를 천도하는 오구신이 된 바리.

온을 바라보는 여신의 눈빛에는 어머니와 같은 애틋함과 이해가 담겨 있었다.

결국 아비를 구하는 것은 버림받은 딸이지. 아가, 나도 그랬단다.

애틋한 미소를 지어 보이는 이 죽음의 인도자는 아버지를 본적 없는 딸을 위해 망자(亡者)의 혼을 데려가지 않고 지금까지 기다려 준 것이었다.

딸이 아버지를 찾아내 그 모든 운명이 이루어질 때까지.

그러나 약속된 것들이 모두 이루어진 이상, 이제는 정말 아버지의 혼을 데려가야만 했다. 아버지는 한 번 뒤를 돌아보았을 뿐, 순순히 바리를 따랐다.

더는 미련이 없다는 인사.

천천히 사라지는 호리호리한 뒷모습이 바로 그 마지막 인사였다.

온은 떠나는 아버지의 등을 말없이 바라보았다.

그녀에게도 더 이상 나눌 인사가 없었다.

이렇게, 모든 것이 끝났다.

아버지가 완전히 사라지고 난 후.

혼자 남겨진 온은 갑자기 뭔가 좀 이상하다는 생각이 들었다.

나도 죽었는데.

그런데 나는…… 나는 왜 안 데려갔지?

놀란 온이 황급히 바리가 떠난 쪽을 향해 몸을 돌리던 그 순간, 갑자기 무언가가 그녀의 팔을 거세게 잡아당겼다. 아까 그녀가 물장오리 깊은 곳에서 아버지를 끌어 올렸던 것처럼, 지금 누구의 것인지 모르는 강한 손이 자신의 팔을 힘껏 끌어당기고 있었다.

깜짝 놀란 그녀는 고개를 들어 위를 쳐다보았지만 아무것도 보이지 않았다. 온은 그렇게 비명조차 지르지 못한 채로 인형처럼 힘없이 끌려 올라가며 정신을 잃었다.

제16화
유리여신

목이 찢어지는 것처럼 아팠다. 의식이 돌아오자마자 그녀가
느낀 첫 감각은 까칠했다. 온은 혀를 내밀어 마른 입술을 축이
고 억지로 침을 내어 삼켜 보았다. 여전히 목이 찢어질 듯 아팠
다.

건조한 겨울 아침잠에서 깨어날 때의 느낌. 그건 살아 있을
때 느꼈던 그 감각이었다.

온은 눈을 반짝 떴다. 흰 천장, 따뜻한 공기. 그녀는 한동안
눈을 깜빡이며 자신이 어디에 있는 것인지 생각했다. 깜빡이는
눈꺼풀과 살갗에 느껴지는 온기 덕분에 자신이 살아 있음을 느
낄 수 있었다. 몸은 놀랄 만큼 가벼웠다. 그녀는 차분하게 손가
락으로 배를 쓰다듬어 보았다. 총을 맞았던 부분을 문질러 봤지

만 아무런 흉터도 찾을 수 없었다.

얼떨떨한 기분으로 눈을 돌려 주변을 살펴보았다. 병실처럼 보이는 흰 방에 환자복을 입은 자신이 누워 있었고, 빛이 쏟아 들어져 오는 창가에는 한 남자가 서 있었다.

그녀는 돌아서 있는 그의 넓은 어깨를 바라보며 천천히 몸을 일으켰다. 바스락거리는 소리를 들은 남자도 창가에서 돌아서 서 그녀를 바라보았다. 빛을 등지고 있어 얼굴이 잘 보이지는 않았지만, 그녀는 그가 누군지 알 수 있었다.

잊을 수 없는 사람.

그녀는 그의 이름을 아스라하게 불러보았다.

"성준 씨."

그가 꿈처럼 걸어와서 그녀의 침대 머리맡에 앉았다. 커다란 손이 거짓말처럼 내려와 기다란 손가락으로 가볍게 그녀의 머리카락을 매만졌다. 떨리는 손끝에서부터 그의 마음이 전해져 왔다.

"어떻게…… 된 거예요?"

그는 아무 말 없이 그녀를 안았다. 성준의 넓은 가슴에 살포시 기대며 온은 눈을 감았다. 분명 잠을 잔 것 같은데 다시 잠이 온다. 이 품은 그녀에게 그런 품이다. 성준이 잔뜩 쉰 낮은 목소리로 입을 열었다.

"물에 빠졌던 것은 기억해요?"

"기억나요. 나를 건져 낸 거예요?"

그의 눈빛이 슬픔과 아련함으로 애틋하게 빛났다.

"당신이?"

성준이 천천히 고개를 끄덕였다.

"그럼…… 그 사람들은요?"

그녀의 손을 쥐는 그의 커다란 손에 힘이 들어가는 것이 느껴졌다.

"죽었소."

온은 입술을 깨물었다. 그의 눈을 바라보며 그녀는 그 안에 담긴 수많은 이야기를 짐작할 수 있었다. 아마 지금 그들의 시신은 물 아래 있겠지. 온은 그에 대해 더 묻지 않았다. 대신 온은 다른 사람에 대해 물었다.

총을 맞고 정신을 잃기 직전, 그녀의 눈을 응시하던 고요한 눈동자.

"그 아이는요……?"

성준은 아무 말 없이 고개를 저었다.

"역시…… 사라졌군요."

온은 마고에 대해 생각했다.

처음부터 나를 죽일 생각은 없는 것이었다. 수십 년 전 잃어버린 꽃상과 억울하게 죽임당한 아버지의 운명, 그리고 여신의 딸인 나의 운명이 엮여 있었다는 것을 대여신은 알고 있었겠지. 씨줄과 날줄처럼 엮여 들어 간 운명의 조각들이 이제 온전히 제자리를 찾은 것이다.

대여신의 인도 아래.

깊은 생각에 잠기려는 그녀를 깨우듯 그가 다시 온의 작은 어깨를 끌어안았다. 낯익은 그의 향기, 그의 숨소리, 따뜻한 체온. 넓은 어깨의 곧은 선이 말하고 있었다. 이제야 안심하고 있노라고.

온은 말없이 그의 어깨에 머리를 기댔다. 그냥 저 버리고 싶다. 다시, 여기서.

"기억나? 내가 오랫동안 꿔 온 꿈이 있다고 했었지."

낮은 목소리가 그의 몸을 울리고, 그의 품에 안긴 온의 몸에까지 전달되었다. 꼭 한 사람이 된 것처럼 그녀는 그를 느낄 수 있었다.

"당신을 처음 만난 날도 나는 그 꿈을 꾸고 있었소. 꿈속에서 당신은 어제 입은 바로 그 옷을 입고 있었고…… 당신의 예쁜 흰 스커트는 검붉은 피로 물들었었지."

성준은 작게 한숨을 내쉬었다. 그리고 힘겹게 말을 이었다.

"그 큰 산이…… 온통 당신 피로 물들었어요. 명백하게…… 죽음이었소. 당신의 죽음을 가리키고 있었지."

'죽음'이라는 단어를 발음하는 그의 목소리가 떨렸다. 그동안 그를 괴롭혀 온 예지몽의 무게는 그토록 무거운 것이었다.

"난 그걸 막아 보고 싶었어. 그럴 수 있을 거라 믿었지. 하지만 결국 막지 못했소. 그 꿈의 모습 그대로…… 당신이 붉은 피에 젖은 채로 얼음판 위에 쓰러졌을 때, 그 순간 내가 얼마나 무기력했는지 알아? 그 여자가 총을 쥐고 당신을 쐈을 때, 내가 얼마나……."

그의 눈가가 붉게 물들었다.

"당신을 영영 잃어버리는 줄 알았어……."

온은 말없이 그를 꼭 안아 주었다. 그의 어깨는 고통으로 딱딱하게 굳었다. 그녀는 사랑을 담아 암석처럼 단단한 그의 어깨를 매만졌다.

이 거친 남자가, 커다란 사내가 자신 때문에 이렇게 떨고 있는 것이 기쁘고 설렜다. 이렇게 살아 있다는 것, 죽음의 꿈을 이겨 냈다는 것, 다시 그의 곁으로 돌아왔다는 것이 행복했다.

그때, 방문이 열리는 소리가 들렸다.

현백과 함께 언제 제주에 왔는지 모를 엄마가 병실 안으로 들어섰다. 피곤한 기색이 역력했지만 온이 깨어나 침대에 앉아 있는 모습을 보자 두 사람의 얼굴색이 순식간에 기쁨으로 환해졌다. 특히 엄마의 커다란 눈에는 눈물이 가득 고여 금방이라도 떨어질 것처럼 보였다.

"엄마……."

딸이 다정하게 자신을 부르자 엄마는 말없이 다가와 딸을 와락 안았다. 온은 흐느껴 우는 엄마를 토닥이며 두 남자에게 자리를 비켜 달라는 눈짓을 했고, 두 남자는 말없이 방문을 닫고 나갔다.

"괜찮아요……."

몰아치던 눈물이 잦아들자 딸은 엄마 얼굴에 가득한 눈물을 조심스럽게 닦아 주었다. 작고 여린 엄마는 간신히 울음을 참으며 고개를 끄덕일 뿐이었다.

"걱정 많이 했구나. 어떻게 여기까지 올 생각을 했어요?"

엄마는 아무 말 없이 눈물만 훔치고 있었다. 딸은 엄마의 가냘픈 손짓을 물끄러미 바라민 보았다. 어떻게 말을 꺼내야 할지 몰라서였다.

"엄마……."

엄마는 무슨 일이냐는 듯이 젖은 눈으로 딸의 얼굴을 바라보았다.

"나, 아버지 봤어……."

엄마의 얼굴이 순식간에 창백하게 변했다. 그런 엄마를 바라보는 딸의 가슴은 찢어지듯 아팠다.

온은 물장오리에 빠진 이후 자신이 경험한 신비한 일들에 대해 엄마의 손을 잡고 차근차근 설명해 주었다. 오랫동안 자신을 기다린 아버지의 고운 얼굴, 아버지의 기억을 통해 확인한 그날 밤의 일들, 편안해 보였던 아버지의 마지막 뒷모습까지…… 온은 그 모든 것을 담담하게 전했다.

딸이 쏟아내는 이야기를 들으며 엄마는 오래오래 울었다. 아버지가 살해당한 날의 기억을 이야기할 때에는 작은 손으로 입을 틀어막고 한참을 통곡했다. 스물일곱 해 동안 작은 몸을 짓눌러 온 그리움과 고통이 모두 새어나올 때까지, 엄마는 몇 번이고 제 몸 안의 울음을 퍼냈다. 딸은 그 옆에서 말없이 그 눈물을 지켰다.

"그런데 나, 어떻게 이렇게 됐는지 모르겠어."

눈물을 그친 엄마가 다시 그녀를 뉘이고 침대 옆에 앉자 온이 입을 열었다.

"분명 배에 총을 맞았는데…… 그건 기억이 나거든. 그런데 몸에 아무런 흉터도 없고……."

엄마는 퉁퉁 부은 눈으로 온을 내려다보며 딸의 비단결 같은 뺨을 쓰다듬었다.

"꽃상이……."

"꽃상은 깨졌어, 엄마. 내가 물장오리 안에서 꽃상 목이 부러진 걸 분명 봤어."

"온아."

"응?"

"…… 네게로 넘어온 것 같아."

온은 이게 무슨 소리인지 몰라서 그저 멍하니 엄마를 바라보았다.

"꽃상이 깨지면서…… 그 안에 있던 권능들이 네 몸 안으로 들어갔어. 총 맞은 자리가 흔적 없이 나은 것도, 또 물장오리 안에서 네 아버지를…… 만날 수 있었던 것도 아마 권능이 네 몸으로 들어갔기 때문일 거야."

"하지만 엄마, 나는 아무것도 없는 텅 빈…… 그니까 유리병 같은……."

"너는 내가 신이었을 때 가진 딸이잖니. 비록 권능을 갖고 태어나지는 않았지만 네 몸은 비어 있는 신물(神物)이나 다름없으니까."

엄마의 설명에 온은 할 말을 잃었다.

예전에 지리산 사계지에서 흰 모데미풀을 피우는 시험을 했을 때 현백의 기운이 자신에게 들어온 일이 있었다. 힘을 가지고 있진 않지만 그 힘을 품을 수는 있는 몸. 여신들도 모두 그녀를 비어 있는 아이라고만 했지, 완전한 인간이라고 한 적은 없다.

그럼 정말 나는 권능을 담을 수 있는 유리병 같은 존재였단 말인가?

온은 낯선 기분으로 환자복 아래로 손을 넣어 자신의 배를 만져 보았다. 흉터 하나 없이 매끄러운 살결이 봄꽃처럼 부드럽고 따뜻했다.

"나 그럼 이제……."

온은 멍하니 중얼거렸다.

"새로운 꽃상이 된 거야……?"

*   *   *

그로부터 며칠 후.

온은 현백과 함께 해안가의 벤치에 앉아 있었다. 눈이 시릴 정도로 푸른 바다를 바라보면서 두 사람은 꽤 오랫동안 말이 없었다. 나란히 앉아 바다만 바라보아도 어색하지 않은, 그런 고요한 평온이 지금 두 사람을 감싸고 있었다.

변덕스러운 제주의 날씨는 언제 눈이 왔냐는 듯이 따뜻했다. 맑은 공기는 제법 봄의 향기를 품고 있었고, 볕은 매일매일 조금씩 더 길어지고 있었다. 그러나 역시 삼다도라는 말이 무색하지 않게 바람만은 거셌다. 이 바람은 어쩌면 자신 때문에 부는 것일지도 모른다. 스물여섯 해 만에 영등할망을 제주로 불러들인 장본인 아닌가.

그런 생각을 하자 온은 괜히 웃음이 났다. 세상 사람들은 모르는 이 이상한 세계에 대해 어느새 너무 당연하게 여기고 있는 자신의 사고방식이 재미있었기 때문이다.

"혹시 그런 이야기 들어봤어요?"

멀리 파도가 밀려나가는 선을 천천히 따라가며 살피던 현백이 갑자기 입을 열어 말했다.

"2월 초하룻날에 영등할망이랑 그 딸이 제주에 같이 들어올 때 딸이 흰 치마를 입으면 바람이 안 불고, 붉은 치마를 입으면 바람이 많이 분다는 이야기."

그가 아스라이 부서지는 파도로부터 그녀를 향해 시선을 돌려 빙긋 웃었다.

"혹시 지금 빨간 치마 입었어요?"

현백의 실없는 농담에 온이 키득키득 웃었다.

그날 자신이 입은 치마는 흰색이었지만, 자신이 흘린 피로 금세 붉게 물들어 버렸다.

이 바람은 정말 자신 때문에 불고 있는지도 모른다.

그런 생각에 온의 입가에 봄바람처럼 가벼운 미소가 감돌았다.

현백은 다시 말이 없었다. 지난 며칠 동안 그는 그녀 곁을 맴돌기만 했을 뿐, 가까이 다가오려고도 말을 걸려고도 하지 않았다. 이렇게 나란히 앉은 것도 그날 이후 처음이었다.

두 사람은 다시 조용히 바다를 바라보았다. 한참 후, 온이 입을 열었다.

"혹시 어머니한테 앞으로 내가 어떻게 되는 건지 얘기 들었어요?"

현백은 대답이 없었다.

"아무것도 느껴지지가 않아요. 내 안에 들어왔다는 그 꽃들을 나는 느낄 수가 없어요. 정말 어떻게 되는 걸까요, 나?"

"아마 죽을 때까지 안고 살게 되겠죠."

현백이 담담하게 말했다.

"죽을 때까지 꽃들을 품고 있다가…… 죽은 다음엔 마고가 가져갈 거예요. 그러니까 걱정하지는 말아요. 권능은 이 작은 몸에 잘 봉인되었으니."

현백이 천천히 그녀의 머리카락을 귀 뒤로 넘겨 주었다. 그는 여전히 온과 눈을 맞추지 않은 채 입가에 쓸쓸한 미소만 띠고 있었다.

"어쩌면 누나를 신으로 만들기 위해서 이 모든 일이 일어난 게 아닐까요?"

"하지만 나…… 나는 여전히 아무 능력도 없는데."

온이 말을 더듬는 게 귀여웠는지 현백이 빙긋 웃었다.

"그러게요. 투명한 유리그릇처럼 권능꽃만 가득 품고 있는 것처럼 보이네요. 하지만……."

현백이 눈을 들어 그녀의 검은 눈동자를 들여다보았다.

"여기까지 헤쳐 온 것만으로도 당신은 여신의 자격이 있어요."

"현백……."

온은 더 이상 아무 말도 할 수 없었다. 그의 얼굴에서 잔잔한 슬픔을 보았기 때문이다.

"결국 이렇게 되었네요."

현백이 담담하게 말했다. 그는 처음 만났을 때보다 더 아름다워 보였다.

더 많이 사랑해서 더 많이 상처받은 사람.

그래서 지금은 더 깊어진 사람.

그를 깊어지게 만든 사람이 자신이라는 것이 온은 못내 미안하고 가슴 아팠다. 그런 그녀의 마음을 아는지 모르는지, 현백은 말없이 온의 코트 깃을 여며 주었다. 언제나처럼 부드럽고 다정한 손길이었다. 그가 고개를 숙여 온의 귓가에 부드럽게 속삭였다.

"정말로…… 나랑은 안 되는 거죠?"

마지막이 될 그의 확인에 온은 대답 없이 그저 현백의 넓은 어깨를 꼭 안아 주었다. 잠시나마 가지고 있던 설렘을 제주의 거센 바람에 모두 날려 보낸 후, 오직 누이로서의 애정만을 담은 포옹이었다.

잠시 후, 현백은 조용히 자리에서 일어났다.

"건강해요, 부디."

그는 천천히 몸을 숙여 벤치에 앉은 그녀의 이마에 입을 맞췄다.

"잘 있어요, 나의 유리여신."

그의 부드러운 입술은 그의 집 2층 벽난로의 온기처럼 따뜻했다. 온은 눈을 감고 그에게서 풍겨 나오는 쌉싸래한 담배 냄새와 시원한 나무 향기를 맡았다. 잠시 후 그녀가 눈을 떴을 때, 그는 그 자리에 없었다.

이제 그녀는 혼자 벤치에 앉아 있었다. 바람이 더 거세졌지만 안으로 들어가고 싶지는 않았다. 조금 더 바람을 느끼고 싶었다.

어머니의 바람, 제주의 바람.

그때, 갑자기 누군가 다가와 그녀를 뒤에서 와락 안았다. 온은 자신을 감싼 긴 팔의 주인을 바로 알아채고는 활짝 웃어 보였다.

"다른 남자가 키스하는 걸 두 번이나 참아 주는 나는 정말 대단한 인내심의 소유자라는 생각이 들었소."

"그건 정말 대단하네요."

성준은 싱긋 웃으며 그녀 옆자리에 앉았다. 그가 한쪽 팔로 그녀의 작은 몸을 포근히 감싸 안아 주자, 커다란 그의 품에 안기게 된 그녀는 긴 여행에서 돌아온 것 같은 편안함을 느꼈다.

"나 어제 또 그 꿈을 꿨어."

성준이 부드럽게 속삭였다. 갑작스러운 폭탄 발언에 놀란 그녀는 그의 품에서 벗어나 동그래진 눈으로 그를 올려다보았다.

"어제도 언제나 그랬듯이 당신의 치마가 피로 젖었는데……."

그가 잠시 말을 멈췄다. 온의 얼굴은 이미 두려움으로 창백해져 있었다. 성준은 그녀의 이목구비를 하나하나 마음에 담듯 찬찬히 들여다보며 부드럽게 속삭였다.

"내가 당신을 품에 안았어. 당신을 찾았어."

그의 말을 들은 온은 그만 긴장이 풀려 그의 어깨에 머리를 기대며 쓰러졌다. 성준이 그녀의 오버액션에 나지막하게 웃었다.

"꿈속에서 당신을 안으니까 따뜻하고 참 좋더군. 당신 옷은 피로 물든 붉은색이 아니라 아름다운 진분홍색이었어요. 그리고 꼭 지금처럼 내게 웃어 주었지."

그녀는 말없이 그의 입술에 입 맞췄다.

"이제 다시는 꾸지 않을 거예요. 그런 꿈."

온의 위로에 그가 고개를 끄덕였다. 그들의 입가에는 다시 행복한 미소가 어렸다.

"온."

성준의 부름에 그녀는 또 왜 그러냐는 듯 눈썹을 살짝 올렸다.

"이제 나와 결혼해 주겠소?"

"음…… 그러니까 이제야 청혼하는 건가요? 그 많은 시간을 두고?"

"그동안 일이 좀 많았어야 말이지. 둘 다 바빠서 청혼할 시간이 없었잖아."

성준의 능청스러운 대답에 온이 큭큭대며 웃었다. 그러다 갑자기 그녀가 웃음을 멈추고 사뭇 진지한 얼굴로 그의 두 눈을 똑바로 응시했다.

"그런데 나 말이에요, 아주 이상한 사람인데 괜찮겠어요?"

"이상한 사람?"

"응, 이상한 사람. 설명하긴 어렵지만 이상한 사람이에요, 나."

"음…… 이상한 걸로 치자면 예지몽을 꾸는 나도 만만치 않지."

"난 훨씬, 훨씬 더 이상한 사람이라구요. 당신은 따라올 수도 없을걸!"

"이봐요, 현온 씨. 난 취향이 이상한 남자라서 말이지, 평소부터 이상한 여자를 이상형이라고 생각하고 있었어요."

성준의 썰렁한 농담에 그녀가 웃음을 터트렸다.

"Always……. The light of my heart is 'ON'."

그가 그녀의 입술에 키스했다. 사랑과 신뢰를 담은 입맞춤을 받으며 온은 기쁨으로 심장이 멈춰 버리는 것 같았다.

"이것 하나만 약속해 줘요."

성준은 사랑을 가득 담은 눈빛으로 그녀의 다음 말을 기다렸다.

"언제나 어디에서나 나를 찾아 준다고. 처음 만난 날처럼, 어젯밤 꿈속에서처럼 나를 찾아서 붙잡아 준다고 약속해 줘요."

"약속해."

그녀가 다시 한 번 속삭였다.

"영원히."

"그래요, 영원히."

온의 얼굴에 사랑을 담은 미소가 어렸다. 그런 그녀를 바라보는 성준의 얼굴에는 자신만만한 웃음이 떠올랐다.

"당신이 잊었나 본데, 난 뭐든 놓치는 일이 없어."

그가 빙긋 웃으며 그녀의 입술에 다시 키스했다.

곧이어 따뜻한 바람이 그들이 앉아 있는 벤치로 불어왔고, 새로이 꽃을 품은 젊은 유리여신의 옷자락이 제주의 푸른 바람에 펄럭였다.

*　　*　　*

온에게.

바람이 거세게 부는 날이군요. 당신에게 편지 쓰기 좋은 날이에요.

아이 낳은 거 축하해요. 건강한 딸이라니, 이모가 기뻐하시겠어요.

저는 여기서 잘 지내고 있어요. 학교 때문에 정신이 없지만 한국에서보다는 재미있어요. 공부도 할 만하구요.

어제는 갑자기 자려고 누웠는데 산청 집 별당에 당신이 누워 있던 모습이 생각났어요.

나는 그때 당신이 깰 때까지 머리맡에 앉아 기다리고 있었는데…… 코를 골면서 자더군요. 나는 똑똑히 들었어요. 발뺌할 생각은 말아요. 전날 밤 그렇게 괴로워하다가 혼절까지 한 사람이 잠은 왜 그렇게 잘 자는지, 그렇게 태평하게 자고 일어나서는 같이 밥 먹으면서 자기는 코 따위는 곤 적 없다는 듯이 얼마나 심각한 표정을 짓고 앉아 있던지.

그리고 나는 그게 왜 그렇게 귀엽고, 또 재미있었는지 몰라요.

갑자기 그날 생각이 나서 자려다가 한참을 웃었습니다.

오랫동안 당신은 나를 지탱해 온 사람이었어요.

현온이란 여자는 내 안의 단단한 심 같은 존재였죠. 당신 존재 덕분에 나는 내 생애 가장 힘들었던 스무 살 무렵의 시간을 버틸 수 있었던 것 같아요.

하지만 지금 생각하면 결국 당신은 내 인생에서 다른 역할을 맡은 사람이었어요.

나는 당신을 통해 내 운명을 받아들일 준비를 할 수 있었으니까요.

당신이 버텼던 일들, 받아들인 운명, 그리고 헤치며 나아가서 결국엔 찾아낸 소중한 것들.

당신과 함께하면서 나는 내 운명을 어떻게 만나야 하는지 깨달았습니다.

당신을 그리워한 시간들, 당신을 사랑한 기억들은……

그래요. 결국 이 순간을 위해 있었던 것이라고 생각하기로 했어요. 그리고 언젠가 당신 보기에 부끄럽지 않은 운명의 아들이 되도록 이 시간을 열심히 보내려고 해요.

당신을 얻지 못한 것이 오랜 고통으로 남아있겠지만……

아무것도 후회하지 않아요.

안녕.
나의 첫사랑.

— 바람이 많이 부는 날

Charles River에서

현백

추신.

단언컨대 영부인이 될 기회를 뻥 차 버린 것에 대해 언젠가
후회할 날이 있을 거예요.

바보.

『유리여신』 완결

The Goddess of glass

유리여신

서희우 장편소설

카카오페이지 화제의 웹소설!

**신비로운 한국 설화에 운명적인 두 남녀의 사랑을 녹여 낸 로맨스.
그 아름답고 은은한 여운 속으로 당신을 초대합니다.**

유리여신

KakaoPage 유리여신을 웹소설로 만나보세요!

단

이현성 장편소설

애
완
견
의

법
칙

카카오페이지 화제의 웹소설!

수많은 독자들을 뜨거운 연애에 목마르게 한 달콤한 이야기!
뒷이야기를 기다리는 당신들을 위한 미공개 외전 포함!